하드 SF 르네상스 2

하드 SF 르네상스 2

초판 1쇄 펴낸 날 / 2008년 11월 10일

지은이 • 그렉 이건 외 | 엮은이 • 데이비드 G. 하트웰 외 | 옮긴이 • 김상훈 이수현
펴낸이 • 임형욱 | 편집주간 • 김경실 | 책임기획 • 김상훈 | 편집장 • 정성민
디자인 • 조현자 | 영업 • 이다윗 | 독자교열 • 김두경
펴낸곳 • 행복한책읽기 | 주소 • 서울시 중구 필동3가 15 문화빌딩 403호
전화 • 02-2277-9216,7 | 팩스 • 02-2277-8283 | E-mail • happysf@naver.com
필름출력 • 버전업 | 인쇄 제본 • 동양인쇄주식회사 | 배본처 • 뱅크북
등록 • 2001년 2월 5일 제2-3258호 | ISBN 978-89-89571-54-4 03840 값 • 13,000원

THE HARD SF RENAISSANCE
by David G. Hartwell

THE HARD SF RENAISSANCE : Copyright ⓒ 2002 by David G. Hartwell
Translated by Kim Sang-Hoon, Lee Soo-Hyun
Korean Translation Copyright ⓒ 2008 by Happyreading Books.
This book is published in Korea by arrangement with Susan Ann Protter Literary Agency
through Eric Yang Agency, Seoul, Korea.

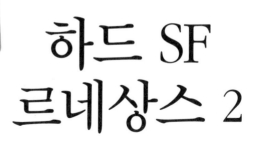

하드 SF 르네상스 2

그렉 이건 외 지음 | 김상훈 · 이수현 옮김

Edited by **David G. Hartwell**
& Kathryn Cramer

행복한책읽기

THE HARD SF RENAISSANCE 2

by

Paul McAuley

Greg Egan

David Brin

James Patrick Kelly

Michael Swanwich

David Langford

차 례

유전자 전쟁 | 폴 맥콜리
내가 행복한 이유 | 그렉 이건
붉어지기만 하는 빛 | 데이비드 브린

김상훈 옮김

옮긴이 김상훈

서울 출생. 필명 강수백. SF 및 판타지 평론가, 번역가, 기획자. 시공사의 〈그리폰북스〉와 열린책들의 〈경계소설〉의 기획을 담당했고, 현재 〈행복한책읽기의 SF총서〉를 기획하고 있다. 주요 번역 작품으로는 로저 젤라즈니의 『신들의 사회』, 『전도서에 바치는 장미』, 『별을 쫓는 자』, 로버트 홀드스톡의 『미사고의 숲』, 그렉 이건의 『쿼런틴』, 테드 창의 『당신 인생의 이야기』 등이 있다.

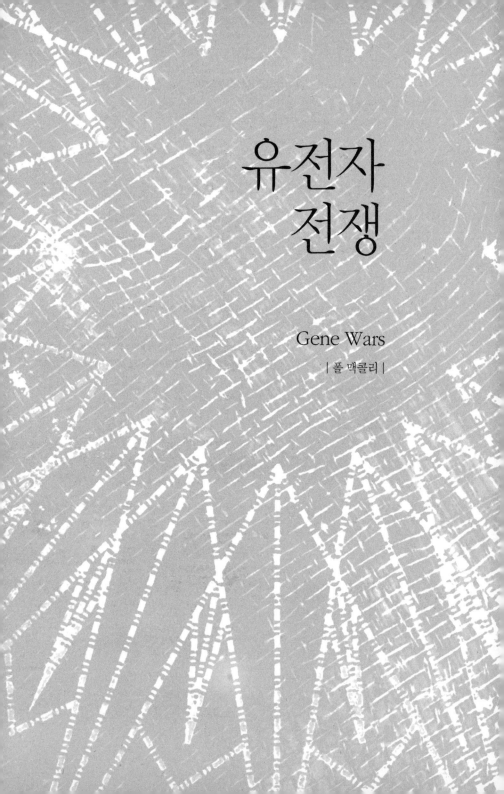

유전자
전쟁

Gene Wars

| 폴 맥콜리 |

1

　에반은 여덟번째 생일날에 이모가 보낸 생물교육 시장의 최신 히트 상품인 〈유전자 조작으로 유사 지능 생물을 만들어 보자〉를 받았다. 상자 뚜껑에는 외계의 늪에서 꿈틀거리는 부정형(不定形)의 괴상한 생물체가 그려져 있었다. 한쪽 모퉁이에는 시험관에서 풀려나오는 이중나선의 도안이 양각되어 있었다. 어머니는 아버지한테 보이면 안 된다고 했기 때문에 에반은 그것을 가지고 오래된 헛간으로 갔다. 그는 덮개를 덮은 콤바인 그늘에 있는 먼지투성이 작업대 위에 플라스틱제 배양접시와 유리병을 올려놓은 다음 그 안에서 화학 물질과 레트로바이러스를 배합했다.
　이틀 뒤에 그곳에 가 있는 것을 아버지에게 들켰다. 그가 창조한 끈적끈적한 곰팡이 덩어리, 환상(環狀) AMP* 한 방울 주위에 모여든

12

백만 마리는 되는 아메바는 레트로바이러스에 의해 형질 변환을 일으키고 파란 섬모를 가진 조그맣고 동그란 싹들을 틔우고 있던 참이었다. 에반의 아버지는 배양접시와 유리병의 내용물을 뜰에 쏟아 버리고 에반으로 하여금 그 위에 공업용 표백제를 1리터 붓게 했다. 에반은 공포나 두려움보다는 자극적인 악취 때문에 눈물을 쏟았다.

그해 여름, 리스 회사에서 농장의 가축들을 차압했다. 슈퍼소들의 회수를 감독한 대리인은 시험관과 이중나선 상표가 갈매기 날개형 문**에 그려진 커다란 차를 타고 떠났다. 다음 해의 밀은 전염력이 특히 강한 바이러스성 병에 걸려 전멸했다. 에반의 아버지는 저항력이 있는 신종 밀을 살 경제적 여유가 없었기 때문에 농장은 파산했다.

2

에반은 수도에서 이모와 함께 살았다. 열다섯 살이었다. 시내용 자전거와 플러그인 컴퓨터를 갖고 있었고, 마이크로사우루스, 즉 자줏빛의 요란스러운 털가죽을 두른 고양이만한 트리케라톱스***를 키우고 있었다. 마이크로사우루스가 먹을 수 있는 유일한 먹이인 특제 죽을 사려면 에반이 일주일에 받는 용돈의 반이 날아갔다. 제일 친한 친구에게 부탁해서 이 식이의존증을 해소한다는 해적판 바이러스를 마

---

* cyclic AMP, 아데노신 1인산 회로. 대사나 신경계의 기능을 조정하는 2차 정보전달물질.
** gull-wing dorr, 위로 젖혀서 여는 식의 문짝.
*** 북아메리카의 백악기 후기에 살던 대형 초식 공룡. 네 발로 걸으며, 3개의 날카롭고 긴 뿔이 달려있다.

이크로바이러스의 몸에 주사한 것은 바로 이 때문이었다. 그러나 부분적인 성공밖에는 거두지 못했다. 이제 특별한 죽을 안 먹어도 되는 것은 사실이었지만, 햇빛에 의해 촉발되는 간질 증세가 나타나 버렸기 때문이다. 결국은 옷장 안에 가두고 기르는 수밖에 없었다. 마이크로사우루스의 털이 뭉텅이로 빠지기 시작하자 에반은 근처의 공원에 그것을 버렸다. 어차피 마이크로사우루스는 한물 간 유행이었다. 공원에서는 이미 수십 마리의 초소형 공룡들이 배회하며 나무 잎사귀나 풀, 패스트푸드 찌꺼기 따위를 먹고 있었다. 얼마 되지 않아 이들의 모습은 사라졌다. 모두 굶어 죽었기 때문이다.

3

대학 졸업식 전날에 스폰서로부터 전화가 걸려와서 졸업 후에 연구직에 종사할 필요가 없어졌다는 소식을 전했다. 은밀하게 진행되던 유전자 전쟁이 공공연한 것으로 바뀜으로써, 회사 방침이 변했다는 얘기였다. 에반이 항의하려고 하자 그 여자는 날카롭게 그의 말을 제지했다.

"당신은 대다수의 장기 고용자들보다 훨씬 더 나은 상황에 놓여 있어. 분자 유전학 학위가 있으니까 적어도 하사관은 될 수 있잖아."

4

정글은 선명한 녹색 담요였고, 그 위를 흐르는 강들은 갈래진 은빛의 번개였다. 안전벨트로 어깨를 고정한 에반이 헬리콥터의 해치를 열고 상체를 내밀자 뜨뜻한 바람이 불어오며 세차게 소용돌이쳤다. 그는 스물세 살이었고, 기술 하사관으로 일하고 있었다. 이번이 두번째 복무 기간이었다.

고글 너머로 보이는 풍경에 번득이는 아이콘들이 겹쳐지면서 목표물을 추적했다. 1킬로미터쯤 떨어진 두 개의 마을이 보인다. 이들 사이를 잇는 붉은 흙길은 처음에는 모세혈관처럼 가늘게 보였지만 헬리콥터가 돌진하자 갑자기 동맥 수준으로 굵어졌다.

지상에 섬광이 몇 개 출현했다. 농민들의 무기가 기껏해야 칼라슈니코프 자동소총 정도라면 좋을 텐데. 지난 주에는 구식 지대공 미사일을 가진 원주민들에 의해 헬리콥터 한 대가 격추되었다. 다음 순간에는 그런 생각을 할 여유가 없어졌다. 눈 아래의 옥수수밭이 뿌옇게 변할 정도로 끈적한 바이러스 현탁액을 분무하느라고 정신이 없었기 때문이다.

나중에 나이 든 선임 조종사가 인터컴을 통해 말했다.

"날이 갈수록 일하기 힘들어지는군. 옛날엔 그냥 잎사귀를 하나 따와서 나머지는 복제하면 그만이었어. 도둑질이라고 할 수도 없는 일이지. 그런데 요즘은……. 옛날부터 난 전쟁이 경제에 악영향을 끼친다고 생각하고 있었어."

에반은 대꾸했다.

"저 옥수수 게놈의 독점권을 갖고 있는 건 우리 회사야. 저 농민들은 그걸 재배해도 좋다는 허가를 받지 않았어."

조종사는 감탄한 듯이 말했다.

"자네야말로 진짜 회사 인간이로군. 여기가 어떤 나라인지도 모르는 거 아냐."

에반은 잠시 생각하다가, 이렇게 대답했다.

"언제부터 나라 따위가 중요해졌어?"

5

범람원(氾濫原) 전체에 손으로 꿰맨 퀼트처럼 조밀한 논이 펼쳐져 있다. 농민들은 수면에 반사된 자기 모습 위로 허리를 굽히고 겨울에 수확할 모를 심고 있었다.

유네스코 사절단 한복판에서, 농업부 장관은 비서가 든 검은 우산 아래 서 있었다. 기록적인 쌀 풍년을 맞았음에도 불구하고 국민들이 굶어 죽고 있는 상황을 설명하고 있다.

에반은 우산도 없이 뜨뜻한 가랑비를 맞으며 이 작은 군중 뒤에 서 있었다. 세련된 원피스형 양복과 노란 덧신 차림이다. 그는 스물여덟 살이었고, 과거 2년 동안은 회사를 위해 유네스코에 끈을 대는 일에 종사하고 있었다.

장관이 말하고 있었다.

"우리 나라가 이웃 나라들과 경쟁하기 위해서는 농약 내성을 가지도록 유전자 조작된 종자들을 사야 하지만, 국민들은 자기들이 재배한 쌀을 살 돈이 없습니다. 채무를 갚기 위해 모두 수출해야 하니까요. 이런 풍작 한가운데서 우리 나라의 어린이들은 굶고 있습니다."

에반은 하품을 삼켰다. 나중에 어떤 허름한 대사관에서 개최된 리셉션에서 그는 이 장관이 혼자 있을 때 접근하는 데 성공했다. 독한 증류주에 익숙하지 않은 장관은 취한 상태였다. 에반은 자신이 목격한 것에 의해 마음이 크게 흔들렸다고 고백했다.

"우리 도시를 보라고." 장관은 혀 꼬부라진 소리로 말했다. "매일 지방에서 천 명은 되는 난민들이 몰려오지. 콰시오르코르병*에 각기병까지 창궐하고 있어."

에반은 카나페를 입 안에 쏙 집어넣었다. 그의 회사가 발매한 신제품이다. 카나페는 식도를 넘어가기 전에 달콤하고 관능적으로 부르르 떨었다.

"제가 도와드릴 수 있을지도 모릅니다. 제가 일하는 회사에서는 인간이 필요로 하는 영양분을 완전히 충족시키는 효모균을 가지고 있습니다. 단순한 배양기(培養基)만으로도 얼마든지 만들어낼 수 있습니다."

"얼마나 단순한가?" 에반이 설명하자 장관은 어느새 취기가 사라진 모습으로 그를 테라스로 이끌었다. "이 얘기는 비밀에 부칠 필요가 있다는 걸 이해해줬으면 좋겠네. 유네스코의 규칙에 따르면……."

"그걸 피해갈 방법은 있습니다. 이미 장관님 나라와 비슷한……. 무역 불균형을 가지고 있는 다섯 나라와 리스 계약을 맺었습니다. 이 게놈을 염가로 리스함으로써, 저희 회사의 다른 제품들에 대해 호의적인 정부들을 돕는 방식입니다……."

* kwashiorkor, (아프리카에서의) 단백질 결핍에 의한 소아 영양실조증.

6

유전자 해적 업자에게 투여한 지효성 독물의 효과가 나타난 것은, 그가 에반에게 유전자 편집 설비를 보여 주고 있었을 때의 일이었다. 두 사람은 필리핀 근해의 해저 어딘가에 고정된 지난 세기의 유물인 ICBM 원자력 잠수함 안에 와 있었다. 미사일 발사관은 발효 용기로 개조되었다. 함교(艦橋)는 최신형 유전자 조작 장비로 가득 차 있었다. 가상현실 장치를 통해 사용자가 DNA의 이중나선을 따라 이동하는 분자 크기의 절단 로봇을 직접 조작하는 방식이다.

"내가 필요로 하는 건 시설이 아니라, 판매를 대행해 줄 사람이야."

해적이 말했다.

"그건 전혀 어렵지 않습니다."

에반은 대꾸했다. 해적 업자의 보안 체계에 구멍을 뚫는 것은 한심할 정도로 쉬웠다. 해적 업자는 에반에게 좀비 바이러스를 감염시키려고 했지만, 유전자 조작에 의해 특별 설계된 에반의 면역계는 그것을 쉽게 처리했다. 지효성 독물의 작용은 그런 것보다 훨씬 더 미묘하다. 그것을 감지할 수 있으면 이미 때는 늦은 것이다. 에반은 서른두 살이고, 스위스의 회색 시장에서 온 브로커로 위장하고 있다.

"여기엔 오래 전 물건을 놓아두었지." 해적 업자는 스테인레스강으로 만들어진 극저온 용기를 툭툭 쳤다. "내가 이 업계의 거물이 되기 전에 갖고 있던 것들을 말야. 유리(遊離) 발광효소 따위야. 브라질의 열대우림이 빛을 내기 시작했던 거 기억나? 바로 내가 한 일이야."

해적 업자는 이마의 땀을 닦았고, 미간을 찡그리며 이 방의 복잡한 온도 조절 장치를 응시했다. 엄청나게 살이 찐 데다가 털이 전혀 없는 이 사내는 무릎 위까지 오는 짧은 바지와 샤워용 샌들밖에는 착용하고 있지 않았다. 이 사내가 표적이 된 것은 획기적인 HIV 치료약을 발표해서 진짜 거물이 되려 하고 있기 때문이다. 에반의 회사는 여전히 자체 생산하는 치료약으로 많은 돈을 벌고 있었기 때문에, 제3세계에서 AIDS가 뿌리뽑히는 걸 원하지 않았다.

에반이 말했다.

"그 탓에 브라질 정부가 전복된 걸 기억합니다 ──그걸 흉조로 받아들인 국민들에 의해서 말입니다."

"어이, 그럼 나더러 어떻게 하라고? 그땐 아직 애송이에 불과했어. 유전자 형질을 바꾸는 일 자체는 쉬웠지. 어려운 건 벡터를 찾는 일뿐이었어. 지금은 구닥다리야. 앞으로는 체세포 형질 전환이 크게 유행할 거야. 내 말을 믿으라고. 세포 속의 게놈을 직접 조작할 수 있는데, 일부러 신종을 배양할 필요가 어디 있겠어?' 그는 온도 조절기를 툭툭 쳤다. 양손이 떨리고 있다. "어이, 여긴 너무 더운 것 같지 않아? 아니면?'

"그게 첫번째 증세야." 에반이 말했다. 유전자 해적이 바닥에 쓰러지자 그는 옆으로 비켰다. "방금 그건 두번째 증세이고."

회사는 해적의 보안 주임을 매수한다는 예방 조치를 취해 놓았기 때문에, 에반이 발효 용기를 재조정할 시간은 얼마든지 있었다. 그가 해안에 닿을 무렵이면 내용물들은 완전히 타 있을 것이다. 회사 명령에는 반하는 일이었지만, 에반은 충동적으로 HIV 치료약의 1마이크로그램 샘플을 호주머니에 집어넣었다.

"해적 업자와 합법적 업자 사이의 경계는 지뢰밭이나 마찬가지라서," 암살자는 에반에게 말했다. "가장 패러다임 전환이 일어나기 쉬운 곳이야. 그래서 내가 할 일이 생기는 거지. 우리 회사는 안정을 선호하거든. 1년 뒤에 당신이 주식을 공개하면, 그 지분으로 아마 억만장자가 될 수도 있을 거야──마이너한 참가자지만, 참가자라는 데는 변함이 없지. 그 고양이들 말인데 그런 품종을 갖고 있는 사람은 어디에도 없거든. 그 게놈은 20년대에 이미 완전히 사라진 걸로 알려져 있었어. 회색 시장에서 손을 털고 고급품 시장을 노리다니 정말 머리가 좋아." 그녀는 미간을 찌푸렸다. "난 왜 이렇게 수다를 떨고 있는 걸까?"

"당신이 나를 죽일 생각이 나지 않는 것과 같은 이유에서야."

에반이 말했다.

"그런 짓을 하다니 정말 바보스럽다는 생각이 들어."

암살자는 시인했다.

에반은 미소 지었다. 유전자 해적 업자가 그에게 쓰려고 한 2단계 바이러스는 이미 오래 전에 해독이 끝나 있었다. 바이러스 한쪽이 트로이 목마 역할을 맡아 T임파구를 눈코 뜰 새 없이 바쁘게 만드는 동안, 다른 쪽은 회사가 고용인들에게 이식한 충성 유전자들을 고쳐 쓰는 방식이다. 또 다시 그 가치가 증명되었다고나 할까. 에반은 말했다.

"내 회사에도 당신 같은 사람이 필요해. 게다가 이렇게 오랜 시간을 들여 나를 유혹하려고 했으니, 아마 내 아내가 되어 달라는 내 청을 받아들여 줄지도 모르겠군. 그렇지 않아도 아내가 필요한 참이었어."

"결혼 상대가 킬러라도 아무렇지도 않아?"

"아, 그거 말이군. 나도 옛날에는 그런 일을 했거든."

8

에반은 시장의 폭락을 예견했다. 유전자 전쟁은 기본 양곡을 대두와 쌀과 빈민용 이스트의 세 가지로 솎아냈다. 영원히 돌연변이를 계속하도록 설계된 병원체들 탓에 곡물과 대다수의 환금 작물은 이제는 컴퓨터 메모리에 저장된 뉴클레이티드 배열로써만 존재한다. 글로벌 생명공학기업 3사가 전 인류의 98퍼센트가 섭취하는 열량에 대한 특허를 가지고 있었지만, 그들은 그 테크놀러지에 대한 통제력을 잃었다. 전시 경제의 압력이 테크놀러지를 간이화한 결과, 급기야는 누구든지 자기 자신의 게놈을 직접 조작할 수 있는—바꿔 말해서 자기 자신의 신체 형태를 바꿀 수 있는—지점에 도달해 버렸던 것이다.

에반은 패션 산업계에 DNA를 편집하는 극미 자가증식 로봇과 핵산 주형(鑄型)을 판매함으로써 이미 상당한 재산을 모았지만, 늦든 빠르든 간에 누군가가 직접 광합성 시스템을 완성하리라는 사실을 알고 있었다. 그의 주식 거래를 담당하는 전문가 시스템은 그 분야의 연구 상황과 연동되도록 프로그래밍되어 있었다. 그와 그의 아내가 자기 회사의 지배 지분을 매각한 것은 최초의 그린피플green people이 등장하기 석 달 전의 일이었다.

"인간이란 어떤 것인지를 기억하고 있었을 무렵의 당신이 생각나는군." 에반은 슬픈 어조로 말했다. "아마 내가 구식이라서 그러는 거겠지만, 사실이니 어쩔 수 없군."

그녀는 지지대 위에서 분무액의 안개에 에워싸인 채로 대답했다. "그래서 그린이 되려고 하지 않았던 거야? 난 또 자기 라이프 스타일을 과시하려고 그러는 줄 알았어."

"오래된 습관은 쉽게 사라지지 않거든."

사실은 태어난 그대로의 몸이 좋다는 것이 본심이었다. 최근에 그린이 되려면 빛 에너지를 충분히 흡수하기 위해 체세포의 형질 변환을 통해 높이 1미터의 검은 고깔을 몸에 자라나게 하는 과정이 포함된다고 한다. 대다수 사람들은 이제 검은 고깔을 뒤집어쓴 아나키스트의 무리가 되어 열대에 모여 살고 있었다. 노동은 더 이상 생존에 필수적인 행위가 아니라 취미였다. 에반은 말을 이었다.

"당신이 보고 싶어질 거야."

"현실을 직시하자고." 아내가 말했다. "우린 한 번도 서로를 사랑한 적이 없잖아. 하지만 나도 당신이 보고 싶어질 것 같아."

강력한 꼬리 지느러미를 획 움직이며, 유선형의 몸을 가진 그녀는 바다로 뛰어들었다.

햇살 아래를 미끄러지듯이 천천히 움직이며, 아메바처럼 모였다가 흩어지는 일을 되풀이하는 검은 고깔 차림의 포스트휴먼[後人類]들. 지느러미 밑에 촉수를 감춘 돌고래인간이 뿌연 물이 담긴 수조 속에서 앞뒤로 움직인다. 걸어다니는 불가사리, 통통 굴러다니는 날카로운 덤불, 팔과 다리가 하나씩 달린 뱀, 에메랄드처럼 반짝거리는 조그만 새들의 무리. 이 무리 전체가 단일 존재이다.

자유롭게 신체 형태를 재조정하는 수많은 극미 기계들에 감염되어 점점 더 기괴해지는 사람들.

에반은 한적한 곳에서 은퇴 생활을 하고 있다. 포스트휴먼 혁명의 아버지로서 존경받고 있는 몸이다. 자줏빛의 요란스러운 털가죽에 몸을 감싼 마이크로사우루스가 언제나 그의 뒤를 졸졸 따라다닌다. 그가 죽음을 선택했기 때문에 그의 기록을 찍고 있는 것이다.

에반이 말했다. "아무 후회도 없어. 아니, 아내가 변신했을 때 따라가지 않은 일만은 후회하는지도 모르겠군. 나는 모든 게 이렇게 될 걸 예상하고 있었어. 테크놀러지란 일단 어느 선까지 간이화되고, 어느 선까지만 싸진다면, 그걸 개발한 회사들의 손에서 벗어나게 되지. 텔레비전이나 컴퓨터처럼 말야. 아마 자넨 그걸 기억 못하겠지만."

그는 한숨을 쉬었다. 예전에도 똑같은 얘기를 한 듯한 모호한 기억이 있었기 때문이다. 과거 1세기 동안에는 사고하는 일 자체를 그만두고 싶다는 욕구 말고는 새로운 생각은 아무것도 떠오르지 않았다.

마이크로사우루스가 말했다.

"어떤 의미에서는 제가 바로 그 컴퓨터일지도 모르겠습니다. 예의

식민지 사절단을 이제 만나시겠습니까?'

"나중에." 에반은 벤치로 휘적휘적 걸어가서 천천히 앉았다. 최근 두 달 동안에는 가벼운 신경통 증세나 손등의 검버섯 따위가 나타나고 있었다. 죽음이 다가오자 이토록 오랫동안 억압당하고 있던 게놈의 일부가 마침내 발현을 시작한 것이다. 뜨거운 햇살이 나무 생물들의 길고 가느다란 벨벳 가지들 사이로 쏟아져 내린다. 에반은 꾸벅꾸벅 졸았다. 잠에서 깨자 불가사리 한 무리가 그를 바라보고 있었다. 근육질의 불가사리 팔 끄트머리에는 파란 인간의 눈이 하나씩 붙어 있었다.

"당신의 게놈을 화성까지 가져감으로써 경의를 표하고 싶답니다." 조그만 자줏빛 트리케라톱스가 말했다.

에반은 한숨을 쉬었다.

"난 그냥 평온을 원할 뿐이야. 쉬고 싶어. 죽게 해 줘."

"오, 에반." 조그만 트리케라톱스는 참을성 있는 어조로 말했다. "당신도 잘 알고 있지 않습니까. 이제는 어떤 것도 정말로 죽지는 않는다는 사실을."

폴 맥콜리 | Paul McAuley

폴 맥콜리는 1955년생의 영국 작가로 하드 SF를 곧잘 발표하며 1990년대에 스티븐 백스터, 피터 해밀턴, 이언 M. 뱅크스 등과 함께 영국의 하드SF/스페이스 오페라 르네상스를 꽃피운 작가 그룹의 일원이다. 식물학과 동물학 학위를 가진 맥콜리는 영국과 로스앤젤레스에서 과학 연구에 종사하다가 영국으로 돌아와서 대학 교수가 되었지만, 몇 년 전에는 전업 작가가 되기 위해 교수직에서 사임했다. 그는 인터뷰에서 이렇게 말했다.

"저는 과학 중독자입니다—예전부터 줄곧 그랬죠. 과학자가 되기 전부터 작가였고, 앞으로도 줄곧 과학에 관한 글을 쓰고 있을 겁니다. 이 우주의 풍성하고 기이한 양태에 여전히 매료되어 있기 때문이죠. 과학자로서의 이점이 있다면 어떤 현상이든 간에 철저하게 분석해 보는 꼼꼼함을 얻었다는 점일 겁니다. 저변(底邊)으로부터 그 현상을 바라보고, 필요하다면 연구해 보는 일을 주저하지 않는 태도 말입니다. 이제는 더 이상 현역 과학자가 아니므로, 예전에 비해 생물학과 과학 문화에 관해 점점 더 많은 글을 쓰고 있습니다—제가 좀 알고 있는 분야이기 때문이죠."

맥콜리의 첫 장편소설인 『Four Hundred Billion Stars』는 1988년에 루디 러커의 『Wetware』와 함께 필립 K. 딕 상을 공동 수상했다. 그 이래 그는 계속 장편 SF를 발표했으며, 『Fariyland』(1994)는 아서 C. 클라크 상과 존 W. 캠벨 상을 수상했고, 『Pasquale's Angel』(1999)은 대체역사 소설에 대해 수여되는 사이드와이즈 상을 수상했다. 그 외로는 『The Book of Confluence』 3부작에 속하는 SF 장편 『Child of the River』(1997), 『Ancient of Days』(1998), 『Shine of Stars』(1999)를 썼다. 2001년에는 두 권의 소설을 발표했다. 『Secret of Life』는 화성의 생명체에 관한 근미래 하드 SF 스릴러이며, 『Whole Wide World』는 하이테크

를 소재로 다룬 스릴러이다. 단편집으로는 『The King of the Hill and Other Stories』(1991)와 『The Invisible Country』(1996)가 있다. 영국의 SF 잡지 〈인터존〉 상에 북리뷰를 발표하기도 한다.

닉 게버스가 편찬한 앤솔러지 『Infinity Plus』의 1999년 인터뷰에서, 왜 자기 자신을 '급진적 하드 SF 작가'라고 부르느냐는 게버스의 질문에 대해 맥콜리는 이렇게 대답했다.

'급진적 하드 SF'란 몇 년 전에 〈인터존〉의 사설에서 데이비드 프링글과 콜린 그린랜드가 만들어낸 용어입니다(〈인터존〉 8호, 1984년 여름호이다). 그들은 SF계에 새로운 종류의 소설이 생겨날 여건이 되었다고 주장했습니다. "비판적이고 상상력이 풍부하며, 현재와 미래의 과학 및 과학기술을 직시하는 소설이며……. 과학기술의 예리하고 풍성한 언어를 써서 현실을 날카롭게 해석하려고 시도하는" 소설이. 그리고 최근 들어 가드너 도조와는 스페이스 오페라의 하위 장르로 간주되는 수정주의적 와이드스크린 바로크를 묘사하기 위해 이 용어를 차용했지만, 개인적으로 이것은 급진적 하드 SF가 할 수 있는 여러 가지 일의 일부에 불과하다고 생각합니다. 제가 생각하는 급진적 하드 SF의 정의는 매우 넓으며, SF의 핵심적 전통에 뿌리를 박고 있지만 현재의 파도를 타고 있으며, 세련된 캐릭터와 최첨단 과학을 통해서 세계 혹은 세계들의 복잡성을 독자에게 전달하려고 시도하는 SF를 의미합니다. 미래를 '단 하나의 거대한 변화,' 이를테면 나노테크놀러지, 불사, 생명공학 따위를 통해 규정하려는 전통적 SF의 접근법에 대한 반작용이라고나 할까요. 우리가 20세기에서 배운 것을 하나만 들라면, 바로 이 사실을 지적하고 싶습니다. "변화란 계속적이며 수많은 전선(前線)에서 동시에 진행된다."

SF작법에 영향을 끼친 급진적 하드 SF 개념을 받아들이는 방식은 작가에 따라 가지각색이며, 이것은 이 앤솔러지의 주요 주제 중 하나이기도 하다.

「유전자 전쟁」은 통제를 벗어난 생명공학, 과학기술의 정치학, 포스트 인류의 등장을 소재로 삼고 있으며, 계속적이고 동시 진행되는 변화를 다루고 있다는 점에는 의심의 여지가 없다. 이것은 유전자 공학이 사회 자체의 변화를 가져온 미래에 대한 예리한 소설이며, 맥콜리의 주인공들은 브루스 스털링의 장편 SF『스키즈매트릭스』와 마찬가지로 원형을 알아볼 수 없을 정도로 변신한다. 새로운 하드 SF를 특징짓는 또 하나의 요소는 그것들이 냉전 후와 새로운 천년기의 정치와 밀접한 관계를 맺고 있다는 점이다. 이 단편은 세계화와 유전자 변형 농작물에 반대하는 정치운동의 영향을 강하게 받고 있으며, 1980년대 초반에서 중반까지 하드 SF의 상당한 부분을 차지하고 있던 테크노-리버태리언적이며 (경우에 따라서는) 친 군사적이기도 한 작품들—첨언하자면 베인 출판사Baen Books에서 책을 내는 SF 작가들 중 다수는 여전히 이런 노선을 따르고 있다—과는 엄청난 입장 차이를 보인다.

내가
행복한 이유

Reasons To Be Cheerful

| 그렉 이건 |

1

    2004년 9월, 열두 살이 된 지 얼마 안 되었을 무렵 나는 거의 지속적으로 행복한 상태에 돌입했다. 원인이 무엇인지에 관해서는 전혀 신경이 쓰이지 않았다. 학교 수업 중에는 지루한 것들도 물론 있었지만, 성적은 충분히 좋았기 때문에 마음 내킬 때마다 백일몽에 빠져도 아무 문제가 없었다. 집에 오면 책이나 웹페이지를 자유롭게 섭렵했다. 분자생물학이나 소립자 물리학, 사원수(四元數)나 은하계의 진화에 관해 읽거나, 복잡 기괴한 컴퓨터 게임이나 추상 도형 애니메이션 따위를 직접 만들었다. 나는 비쩍 마르고 동작이 둔한 어린애였고, 복잡하기만 하고 무의미한 집단 스포츠는 기절할 정도의 따분함을 느꼈지만, 내 마음대로 내 몸을 움직이는 일은 충분히 즐거웠다. 그래서 장소를 가리지 않고 달렸고, 달리기만 하면 언제든 기분이 좋았다.

음식, 잠을 잘 장소, 안전, 나를 사랑해 주는 부모님, 격려, 자극. 나는 이것들 모두를 가지고 있었다. 이런 상황에서는 행복하지 않은 쪽이 오히려 이상하지 않은가? 물론 수업이나 학교에서의 인간관계 따위가 얼마나 답답하고 단조로울 수 있는지, 처음에는 열심히 하다가도 시시콜콜한 문제 때문에 금세 열이 식어 버리는 일이 얼마나 빈번하게 일어나는지를 잊고 있었던 것은 아니다. 그러나 실제로 삶이 순조로울 때, 언제 그런 행운이 끝나는지를 손꼽아 세어 보는 취미는 내게 없었다. 행복한 기분에는 그것이 언제까지나 계속될 것이라는 확신이 따라오기 마련이다. 그런 낙관적인 관측이 무너지는 것을 수없이 보아 왔음에도 불구하고, 나는 아직 충분히 나이를 먹지도 않았고, 신랄하지도 않았던 듯하다. 실제로 그런 일이 현실화될 징후가 나타났을 때도 놀라지 않은 것을 보면.

내가 먹은 것을 되풀이해 토하기 시작하자 우리 집 주치의였던 애쉬 선생님은 내게 항생제를 투여하고 학교를 일주일 쉬게 했다. 내가 단순한 세균성 질환 따위에 의기소침하는 대신 예기치 않은 휴가가 생겼다는 사실에 도리어 즐거워하는 것을 보고 부모님이 크게 놀랐을 거라고는 생각하지 않는다. 아들이 아픈 시늉조차도 하지 않는 것만은 좀 당혹스러웠을지도 모르지만 말이다. 그러나 하루에 서너 번씩 꼬박꼬박 진짜로 구토를 하는 내 입장에서는 배가 아프다고 신음해 보았자 연기 과잉이라는 느낌을 받는 것이 고작이었을 것이다.

항생제 치료는 아무 효과도 없었다. 나는 평형감각을 잃고 걸을 때도 비틀거리기 시작했다. 애쉬 선생님에게서 두번째 진찰을 받았을 때는 시력 검사표를 향해 눈을 찡그리고 있었다. 그녀는 나를 웨스트미드 병원의 신경과 의사에게 보냈고, 그 즉시 그는 MRI 스캔을 하라고 지시했다. 같은 날 오후에 나는 그 병원에 입원했다. 부모님은 진단 결과를 즉각 보고받았지만, 내가 그들에게서 완전한 고백을 듣기까지는 사흘이 더 걸렸다.

악성 뇌종양이라고 했다, 수아종(髓芽腫)이라고 불리는 이 종양이 수액이 가득 찬 뇌실 중 하나를 막아서 두골 내부의 압력을 높이고 있다고 했다. 수아종 환자의 사망률은 높지만, 제거 수술을 받은 다음 강력한 방사선 치료와 화학요법을 병행하면 나와 같은 단계에서 발견된 환자의 3분의 2는 5년은 더 산다고 했다.

나는 다 썩은 침목(枕木)으로 이루어진 철교 위를 걸어가는 내 모습을 상상했다. 한 걸음씩 걸을 때마다 나무가 내 체중으로 부러지지 않기를 기대하면서 전진할 수밖에 없는 나의 모습을. 나는 앞에 가로 놓인 위험을 매우 뚜렷하게 이해했지만……. 아무런 공황도, 두려움도 찾아오지 않았다. 억지로 공포를 불러일으키려고 해 봐도, 기껏해야 고양감 쪽에 더 가까운 격렬한 현기증을 느꼈을 뿐이었다. 마치 유원지에서 무시무시한 탈것을 타기 전에 스릴을 느끼는 것처럼.

내가 이런 데는 이유가 있었다.

나의 증세 대부분은 두골 내의 압력이 높아진 것이 원인이지만, 뇌척수액을 검사해 본 결과 루엔케팔린이라는 물질의 농도가 비정상적으로 높다는 사실이 판명되었다. 이것은 엔돌핀의 일종이며, 모르핀이나 헤로인 같은 진통 물질이 결합하는 것과 같은 수용체 일부와 결합하는 신경 펩티드다. 악성 종양이 생겨나는 과정 어딘가에서, 종양 세포의 분열이 억제되지 않도록 하는 유전자의 스위치를 넣은 돌연변이성 전사인자(轉寫因子)가 루엔케팔린을 만드는 데 필요한 유전자의 스위치도 함께 넣은 것이 틀림없었다.

이것은 흔히 볼 수 있는 부작용이 아니라 극히 희귀한 우발적 증세였다. 당시에는 엔돌핀에 관해 거의 몰랐지만, 부모님을 통해 신경과 의사들의 설명을 들었고, 나중에는 내가 직접 알아 보았다. 루엔케팔린은 고통이 생존에 위협이 될 수 있는 긴급 상황에서 자동적으로 분비되는 진통 물질이 아니었고, 상처가 나을 때까지 동물의 지각을 마비시키는 마취 효과도 없었다. 실은 이 물질은 행복감을 나타내는 주요 수단이며, 행동이나 상황이 쾌감을 불러일으키는 경우에 분비된다. 이 단순한 메시지는 다른 수많은 뇌내 활동에 의해서도 조율되며, 그 결과 거의 무제한에 가까운 긍정적인 감정의 팔레트가 만들어진다. 루엔케팔린이 목표 뉴런과 결합하는 것은 다른 신경 전달 물질들이 만들어 내는 연쇄의 첫번째 고리에 지나지 않는다. 그런저런 복잡한 과정에도 불구하고, 나는 하나의 단순하고 명명백백한 사실을 증언할 수 있다. 루엔케팔린은 기분을 좋게 만든다.

부모님은 내게 이 소식을 전하면서 울음을 터뜨렸고, 그런 그들을 위로한 사람은 다름 아닌 나였다. 난치병 소재로 시청자의 눈물샘을 자극하는 TV 미니 시리즈의 착하고 어린 주인공처럼 차분한 미소를 지으며 말이다. 내가 실은 강했다거나, 속이 깊다거나, 어른스러워서가 아니었다. 내 신세를 한탄하는 것이 육체적으로 불가능했기 때문이다. 루엔케팔린은 매우 특정적으로만 작용하기 때문에, 조잡한 인공 진정제 따위에 귀까지 푹 잠겨 있는 경우와는 딴판으로 진실을 있는 그대로 직시할 수가 있었다. 머리는 더할 나위 없이 명석했지만 정서적으로는 전혀 두려움이 없이 오히려 용기백배한 상태였다.

나의 뇌실에 션트가 삽입되었다. 두개강 깊숙한 곳까지 가느다란 관을 삽입해서, 혈압을 낮추고 원발종양(原發腫瘍) 절제라는 더 침습적이고 위험한 조치를 조금 늦췄던 것이다. 절제 수술은 주말에 받을 예정이었다. 암 치료 전문의인 메이트랜드 선생님은 이런 치료 절차에 관해 자세히 설명해 주었고, 앞으로 몇 달 동안 내가 어떤 위험이나 고통을 겪게 될지 미리 경고했다. 드디어 때가 왔다고나 할까.

그러나 지독한 불운에 직면한 부모님은 일단 그 충격이 스러진 뒤에는, 자식이 살아서 어른이 될 확률이 3분의 2밖에 안된다는 사실을 결코 좌시하지 않으리라고 결심했다. 그들은 시드니의 이런저런 병원에 전화를 걸어 문의했고, 급기야는 더 먼 곳까지 전화를 걸어 다른 의사들의 의견을 들었다.

어머니는 골드코스트에 있는 민영병원—미국 네바다 주에 본부가 있는 〈헬스 팰리스〉체인의 유일한 오스트레일리아 지점—의 암 치료 센터에서 수아종 환자들을 위한 새로운 치료를 하고 있다는 사실을 알아냈다. 증식하는 암세포에만 감염하도록 유전자 조작된 헤르페스 바이러스를 뇌척수액에 주입한 다음, 그 바이러스에 의해서만 활성화되는 강력한 세포독성 약물로 바이러스에 감염된 암세포를 죽이는 방식이었다. 외과 수술이라는 위험이 없는 이 치료법을 받은 환자의 5년 생존율은 80퍼센트에 달한다고 한다. 나는 병원의 홍보 사이트로 가서 치료 비용이 얼마나 되는지 알아보았다. 병원은 패키지 치료 프로그램을 제공했다. 석 달 동안의 입원비, 병리학 및 방사선 치료 비용, 그리고 약값을 모두 포함해서 6만 달러였다.

아버지는 건축 현장에서 일하는 전기공이었다. 어머니는 백화점 점원이었다. 나는 외아들이었으므로 우리 집은 빈곤함과는 거리가 멀었지만, 치료 비용을 대기 위해서 채무 기간이 15년 내지 20년쯤 늘어나는 것을 감수하고 주택담보를 재설정했던 것이 틀림없다. 사실 제거 수술이나 새로운 요법이나 생존율은 큰 차이가 없었고, 메이트랜드 선생님은 바이러스 요법은 극히 새로운 방식이므로 수치를 직접 비교할 수는 없다고 부모님에게 경고했다. 따라서 그녀의 충고를 받아들여 전통적인 치료법을 고수했더라도 비난하는 사람은 없었을 것이다.

아마 루엔케팔린이 나의 태도를 성자(聖者) 비슷하게 만들었다는 사실이 부모님의 결단을 촉발한 듯하다. 내가 평소 때처럼 무뚝뚝하고 까다롭게 굴거나, 혹은 불가사의할 정도로 꿋꿋한 태도를 보이는 대신 적나라한 두려움을 보였더라면 부모님이 그토록 큰 희생을 치르려고 하지는 않았을지도 모르겠다. 진실이 어땠는지는 결코 알 수 없겠지만, 어떤 식이었든 간에 그들에 대해 느끼는 고마움이 줄어드는 것은 아니다. 나처럼 머릿속이 루엔케팔린 분자로 가득 차 있지는 않았지만, 그들도 그 영향으로부터 자유로울 수는 없었던 듯하다.

북쪽에 있는 골드코스트로 가는 비행기 안에서 나는 줄곧 아버지 손을 잡고 있었다. 지금까지 아버지와 나 사이는 조금 소원했고, 서로에게 조금씩 실망하고 있었다. 아버지가 나보다 더 강인하고 활동적이며 외향적인 아들을 원했다는 것을 알고 있었고, 나 역시 아버지를 상투적인 의견이나 슬로건을 아무 비판도 없이 그대로 받아들여 세상을 보고 있는 체제 순응적인 인물로 보고 있었기 때문이다. 그러나 이 여행 중에는 서로 거의 말을 나누지 않았음에도 불구하고, 그의 실망감이 물불을 가리지 않는 자식에 대한 강렬한 애정으로 변하는 것을 느낄 수 있었다. 이런 아버지를 존경하지 않았다는 사실이 부끄럽게 느껴졌다. 나는 루엔케팔린의 조언을 받아들여 이번 일이 일단락된 뒤에는 아버지와의 관계가 개선되리라고 확신했다.

길가에서 바라본 〈골드코스트 헬스 팰리스〉는 해변에 늘어선 고층 호텔 중 하나라고 해도 전혀 이상할 것이 없었다. 게다가 안에 들어가도 비디오픽션에서 본 호텔과 거의 다르지 않았다. 내가 들어간 독실에는 침대보다 더 폭이 넓은 텔레비전이 있었고, 케이블 모뎀이 달린 네트워크 컴퓨터까지 딸려 있었다. 내 주의를 딴 데로 돌리기 위한 것이라면 성공적이었다. 일주일 동안 이런저런 검사를 받은 후에 그들은 내 뇌실 션트에 점적 장치를 연결해서 바이러스를 주입했다. 사흘 뒤에는 약물을 주입했다.

종양은 거의 즉각적으로 오그라들기 시작했다. 그들은 내게 스캔 결과를 보여 주었다. 부모님은 기뻐하면서도 얼이 빠진 듯한 표정이었다. 마치 백만장자 부동산업자들이 회춘 수술을 받으러 오는 듯한 이런 병원에서는 돈을 갈취당하는 것이 고작이고, 내 병세가 악화되는 와중에도 기껏해야 현란한 설명으로 농락당할 것을 기대하기라도 한 것일까. 그러나 종양은 계속 오그라들었다. 그러나 그것이 이틀 연속으로 소강 상태에 접어든 듯한 징후를 보이자, 암 전문의는 같은 조치를 한 번 더 되풀이했다. 그러자 MRI 화면에 보이는 구부러진 촉수나 반점은 예전보다 한층 더 빠른 속도로 가늘어지고 희미해졌다.

무조건적인 기쁨을 느껴야 마땅했던 시기에 나는 점점 더 불안감이 가중되는 것을 자각하고, 루엔케팔린의 분비 중단에 따른 금단증상이라고 생각했다. 종양이 이 물질을 워낙 대량으로 분비하고 있던 탓에, 그 이상 좋은 기분이 되는 것이 글자 그대로 불가능해졌을 가능성조차 있다. 내가 행복의 정점까지 치켜올려졌다면, 그 뒤로 남은 것은 내리막길밖에는 없다. 그러나 그것이 사실이라면 내 쾌활함에 어두운 균열이 생겼다는 사실은 매번 스캔을 할 때마다 목격하는 좋은 소식의 증거라고밖에는 할 수 없지 않을까.

어느 날 아침 나는 몇 개월만에 처음으로 악몽에서 깨어났다. 종양이 날카로운 발톱이 달린 기생충이 되어 나의 두개골 안에서 몸부림치는 꿈이었다. 잼병에 갇힌 전갈처럼, 기생충의 딱딱한 갑각이 뼈와 부딪치며 딸각거리는 소리가 들리는 듯했다. 나는 겁에 질리고, 식은 땀으로 흠뻑 젖었으며…… 해방된 기분이었다. 나의 공포는 이내 백열한 분노로 변했다. 그 괴물은 화학물질의 힘으로 나를 복종시켰지만, 이제는 그것과 당당하게 맞서고, 머릿속에서 쌍욕을 내뱉고, 나의 이 엄청난 분노로 악마를 쫓아낼 수 있을 것 같은 기분이었다.

이미 퇴각 중이었던 숙적이 마침내 격퇴당한 것을 알고 조금 맥이 빠졌다. 그러나 실제 인과관계를 완전히 무시하고 나의 분노가 암을 몰아냈다고 믿을 수도 없었다──이건 마치 포크리프트가 내 가슴을 압박하고 있던 커다란 바위를 들어 올리는 것을 보고는, 내가 숨을 깊게 들이마심으로써 바위를 날려 보낸 시늉을 하는 것이나 마찬가지다. 그러나 나는 뒤늦게 찾아온 이런 감정들을 어떻게든 받아들이려고 노력했고, 그 다음에는 잊기로 했다.

입원한 지 6주 뒤에 스캔 화면에서는 암이 완전히 사라졌고, 나의 혈액과 뇌척수액과 림프액에서도 암 전이세포의 존재를 시사하는 단백질은 전혀 검출되지 않았다. 그러나 저항력을 가진 종양 세포가 조금이라도 남아 있을 위험성은 있었기 때문에, 의사들은 헤르페스 바이러스 감염 요법과는 무관한, 전혀 다른 종류의 약을 단기간에 대량 투여하기로 결정했다. 그러기 전에 우선 그들은 내 고환에서 정자를 추출하고(국소마취를 받고 했기 때문에 아픈 것보다는 창피한 것이 문제였다) 엉덩이뼈에서 골수 샘플을 채취했다. 만에 하나 이 약물이 나의 잠재적인 정자 생산 능력이나 새로운 조혈 세포의 원천을 완전히 차단해 버리더라도, 다시 그 기능을 회복시키기 위한 조치이다. 일시적이긴 하지만 머리카락이 모두 빠지고 위벽이 엉망이 되었다. 처음암이라는 진단을 받았을 때보다 훨씬 더 자주 격렬하게 구토했다. 그러나 내가 울부짖기 시작하자 한 간호사는 전혀 동정하는 기색도 없이 내 나이의 반도 안 되는 어린아이들은 몇 달 동안이나 같은 치료를 받고 있다고 내게 말했다.

이런 통상적인 항암제만으로는 결코 내 종양을 치료할 수 없었겠지만, 이번 경우에는 바이러스 치료가 끝난 뒤의 마무리로 쓰였기 때문에 재발의 위험을 대폭 감소시키는 효과가 있었다. 세포 자살, 프로

그래밍된 죽음을 의미하는 아포토시스라는 멋진 단어를 알게 된 나는 그것을 주문처럼 되뇌었고, 급기야는 구역질이나 피로감을 거의 즐기는 경지에 이르렀다. 괴로우면 괴로울수록 암세포의 말로를 상상하는 것이 쉬워졌다. 스스로 목숨을 끊으라는 항암제의 명령을 받은 종양의 세포막이 풍선처럼 터지고, 오그라든다. 괴로워하면서 죽어, 이 좀비 새끼야! 아마 언젠가는 이것을 소재로 한 컴퓨터 게임을 만들지도 모르겠다. 아예 시리즈화해서, 클라이맥스에 해당하는 최종판에는 〈화학요법 3: 대뇌 혈전〉 뭐 이런 이름을 붙여서 파는 것이다. 그럼 부와 명성을 얻고 부모님의 빚을 갚아 줄 수 있다. 그런다면 단지 허상에 불과했던 종양의 다행감(多幸感)과는 달리, 내 인생은 진실로 완벽해지는 것이다.

　나는 12월 초에 퇴원했다. 암은 흔적도 남지 않고 사라진 상태였다. 부모님은 더 걱정을 해야 할지 환호를 해야 할지 마음을 정하지 못하고 오락가락하는 기색이었다. 너무 서둘러 상황을 낙관해 버리면 벌을 받을지도 모른다는 불안감을 서서히 떨쳐 버리려 하는 성싶다. 화학요법의 부작용은 사라졌고, 션트를 삽입했던 작은 반점을 제외하면 머리카락도 다시 자라기 시작했다. 이제는 음식물을 먹어도 토하지 않았다. 새해가 될 때까지 2주밖에는 안 남은 시점에서 학교로 가 보았자 무의미했기 때문에, 집에 도착하자마자 나는 여름방학에 돌입했다. 담임이 시켰는지 반 친구 모두에게서 신파적이고 무성의한 위문 이메일이 와 있었다. 그러나 친한 아이들은 집까지 찾아와서, 조금씩 주뼛거리고 곤혹스러워하면서도 죽음의 문턱에서 살아 돌아온 나를 축하해 주었다.

　그런데도 왜 나는 이토록 기분이 안 좋은 걸까? 매일 아침 눈을 뜨면

창문을 통해 맑고 파란 하늘이 보이는데도——원하는 만큼 늦잠을 잘 수 있고, 하루 종일 아버지나 어머니가 집에 머무르며 내가 왕이라도 되는 것처럼 돌봐 주고, 내가 원한다면 16시간 동안 컴퓨터 모니터 앞에 앉아 있어도 잔소리 하나 하지 않는데도——왜 아침 햇살을 한 번 보기만 해도 베개에 얼굴을 묻고 이를 악물고 "난 죽어야 했어, 난 죽어야 했어"라고 속삭이고 싶어지는 것일까?

그 무엇도 내게 아무런 즐거움을 주지 않았다. 글자 그대로 전무했다——내가 제일 좋아하는 웹진이나 웹사이트를 보아도, 과거에는 열광했던 짐바브웨의 은자리 음악을 들어도, 얼마든지 먹을 수 있는 칼로리와 당분과 염분이 듬뿍 든 정크푸드를 먹어도 아무 감동도 느끼지 못했다. 그 어떤 책을 보아도 단 한 쪽도 읽을 수가 없었고, 코딩을 하려고 해도 열 줄도 작성할 수 없었다. 현실 세계의 친구들 눈을 똑바로 바라보지도 못했고, 온라인으로 누군가와 접촉하는 일조차도 생각하고 싶지 않았다.

내가 하는 모든 일과 내가 상상하는 모든 것에는 참을 수 없을 정도의 두려움과 수치심이 따라붙었다. 이런 상태를 설명하기 위한 유일한 비유는 학교에서 본 아우슈비츠에 관한 다큐멘터리 영화다. 그것은 뉴스 영화 카메라가 강제수용소 정문을 향해 가차없이 접근하면서 찍은 긴 트래킹 쇼트로 시작되었다. 그 문 뒤에서 무슨 일이 일어났는지는 이미 잘 알고 있었기 때문에 암울하기 그지없는 기분으로 그 장면을 바라보았던 것을 기억한다. 그렇다고 해서 내가 망상에 빠진 것은 아니었다. 나를 에워싼 모든 일상적 사물의 표면 아래에 입에 담기도 싫은 소름 끼치는 악이 숨어 있다거나 하는 생각에 사로잡힌 것은 아니었다. 그러나 잠에서 깨어 하늘을 볼 때마다, 내가 실제로 수인이 되어 아우슈비츠의 문을 올려다보고 있는 것이 아니라면 도저히 설명할 수가 없는 종류의 불길한 예감에 사로잡히곤 했던 것이다.

아마 종양이 다시 자랄 가능성을 두려워하고 있었는지도 모르겠지만, 그렇게까지 두려워하고 있던 것은 아니었다. 바이러스가 첫번째 라운드에서 그토록 신속하게 성공을 거뒀다는 사실 쪽을 훨씬 더 중요하게 여겼어야 마땅했고, 또 어떤 수준에서는 나 자신을 행운아로 여기고 충분히 감사하고 있는 것도 사실이었다. 그러나 이제는 루엔케팔린이 유발한 지복(至福)의 시간에 자살하고 싶을 정도로 우울한 감정을 느끼는 것이 불가능했던 것과 마찬가지로, 그런 상황에서 탈출했다는 사실을 기쁘게 느끼는 것은 아예 불가능했다.

부모님도 걱정하기 시작했고, 결국 '회복 카운슬링'을 위해 나를 심리학자에게 끌고 갔다. 그런다는 생각 자체가 다른 것과 마찬가지로 끔찍했지만, 저항할 기력조차도 나지 않았다. 브라이트 선생님과 나는 내가 행복을 죽음의 위험에 결부시킴으로써 무의식적으로 비참한 기분을 선택했을 가능성을 '함께 탐색'했다. 종양의 주요 증세였던 행복감을 되살릴 경우 다시 종양이 부활할 가능성을 내심 두려워하고 있다는 뜻이다. 나의 한쪽에서는 이런 겉핥기식 설명을 경멸했지만, 다른 부분은 그것을 열성적으로 받아들였다. 이런 기괴한 심리적 논리를 모조리 까발려서 백일하에 드러낸다면, 그 논리의 결함이 자동적으로 무효화될 것을 기대했던 것이다. 그러나 내가 경험하는 모든 일들——새의 지저귐, 욕실의 타일 무늬, 토스트 냄새, 나 자신의 손 모양 따위에 내가 느끼는 염증과 비애는 점점 강해져만 갔다.

종양이 루엔케팔린의 농도를 비정상적으로 높였기 때문에 그것을 받아들이는 뉴런 수용체의 수가 줄어들었거나, 헤로인 중독자가 수용체들을 차단하는 자연산 억제 분자를 만들어냄으로써 마약에 대해 둔감해지는 것과 마찬가지로 내 몸이 '루엔케팔린 내성'을 갖추기에 이르렀는지 궁금했다. 이런 생각을 아버지에게 털어놓자 그는 브라이트 선생님과 그 얘기를 해 보라고 재촉했다. 브라이트 선생님은 매우 흥미롭게 내 설명을 듣는 척했지만 아무 조치도 취하지 않는 것을 보면 그가 내 말을 심각하게 받아들이지 않았다는 점은 명백했다. 그는 내가 느끼는 모든 일들은 내가 겪었던 트라우마에 대한 지극히 자연스러운 반응이라고 부모님에게 계속 주장했고, 내가 정말로 필요로 하는 것은 시간과 인내심과 이해심뿐이라고 말했다.

새해가 되자 나는 쫓겨나듯이 학교로 갔다. 그러나 내가 일주일 내내 아무 일도 안 하고 멍하니 책상에만 앉아 있자 집에서 온라인으로 학습하라는 제안을 받았다. 집에 온 뒤에는 전혀 아무 일도 하고 싶지 않은 완벽한 불행의 발작 사이에 이따금 찾아오는, 그나마 좀비 수준으로라도 머리가 돌아가는 시간을 이용해 가까스로 교과 과정을 소화해 낼 수 있었다. 그런 시기에는 비교적 머리가 맑아졌기 때문에 내가 겪고 있는 이런 괴로움의 원인이 무엇일까 곰곰이 생각해 보았다. 생물 의학 문헌을 검색해서 고양이에게 대량의 루엔케팔린을 투여했을 경우의 효과에 관한 논문을 읽었지만, 설령 내성이 생긴다고 해도 단기간만 존속한다는 사실을 알아냈을 뿐이었다.

그러던 중, 3월의 어느 날 오후, 죽은 탐험가들에 관해 공부할 시간에 헤르페스 바이러스에 감염된 암세포의 전자현미경 사진을 보고 있던 나는, 마침내 수긍할 수 있는 가설을 하나 생각해 냈다. 바이러스는 감염할 암세포의 세포막을 뚫을 때까지 그곳에 달라붙어 있기 위해서 특수한 단백질을 필요로 한다. 그러나 그 과정에서 바이러스가 암세포의 풍부한 RNA 전사물(轉寫物)로부터 루엔케팔린 유전자의 카피를 획득했다면, 바이러스는 증식하는 암세포뿐만 아니라 나의 뇌 안에서 루엔케팔린 수용기(受容器)를 가진 모든 뉴런에 달라붙을 수 있는 능력을 갖추게 되었을 것이다.

그런 상황에서 바이러스에 감염된 세포에만 영향을 끼치는 세포독성 약물을 주입했다면 루엔케팔린 수용기를 가진 정상적인 뉴런들까지 몰살당했다는 얘기가 된다.

그렇게 죽은 뉴런들이 평소에 자극하고 있던 신경 경로는 모든 입력을 박탈당하고 천천히 시들어 죽는다. 쾌감을 느낄 수 있던 뇌의 모든 부위가 죽어 가고 있었던 것이다. 여전히 아무것도 느끼지 못할 때가 이따금 있기는 하지만, 기분이란 수시로 변하는 감정들 사이의 균형에서 생겨나는 법이다. 대항 세력이 완전히 사라져 버린 지금은, 미약하기 그지없는 우울한 기분조차도 아무런 저항도 받지 않고 이런 줄다리기의 승자가 될 수 있다.

부모님에게는 아무 얘기도 하지 않았다. 아들에게 살아남을 최선의 기회를 주기 위해 발버둥친 결과가, 나를 바로 이런 비참한 상황에 몰아넣었다고 고백할 생각은 도저히 나지 않았다. 〈골드코스트〉에서 나를 치료한 암 전문의와 접촉하려고 해 보았지만, 전화를 걸어 보아도 자동 차폐의 해자(垓字)에 가로막혀 녹음된 배경 음악만 실컷 듣는 것이 고작이었고, 이메일을 보내도 모두 무시당했다. 가까스로 애쉬 선생님을 혼자서 만나러 갈 수는 있었다. 그녀는 주의 깊게 내 이론에 귀를 기울여 주었지만, 혈액과 소변 검사 결과에 따르면 임상적인 우울증을 타나내는 표준적인 징후가 전혀 나타나지 않았으므로 나의 증세는 심리적인 것에 불과하다면서 신경과 의사를 소개해 주지 않았다.

그나마 머리가 맑아지는 시간이 짧아지고 있었다. 어두운 방을 바라보며 침대에 누워 있는 시간이 점점 더 늘어나기 시작했다. 나의 절망감은 너무나도 단조롭고, 그 어떤 현실적인 접점도 가지고 있지 않았던 탓에, 비참함을 어느 정도 둔화시키는 면도 없지는 않았다. 내가 사랑하는 사람이 방금 살해당한 것도 아니고, 암을 극복했다는 것은 거의 확실시되며, 내가 지금 느끼는 기분과 엄연한 논리의 뒷받침을 받은 진짜 슬픔과 공포 사이의 차이를 여전히 파악할 수 있지 않은가.

그러나 암울한 기분을 박차고 나와 내가 원하는 감정을 느낄 수 있는 방법은 전무했다. 나는 둘 중 하나를 선택할 자유밖에는 없었다. 내가 느끼는 이 비애를 정당화할 수 있는 그럴듯한 이유를 찾아내서 내가 인위적으로 꾸며낸 불행한 상황에 대한 지극히 자연스러운 반응에 불과하다고 나를 속이든가, 아니면 그런 감정을 외부에서 강요받은 이질적인 것으로 치부하고 육체적으로 마비되어 아무 쓸모도 없어진 무력한 사람처럼 이 감정의 껍질 안에 갇혀 있다고 상상하든가.

아버지는 결코 나를 탓하지 않았다. 내가 나약하다거나 은혜를 모른다는 소리도 하지 않았고, 단지 나의 인생에서 조용히 퇴장했을 뿐이다. 어머니는 위로 대신 고의적인 도발을 통해서라도 내 마음과 접촉하려고 했지만, 나는 대답 대신 어머니의 손을 꼭 쥐는 반응조차도 하지 못하는 지경에 이르렀다. 정말로 몸이 마비되거나 눈이 먼 것은 아니었고, 언어 상실증에 걸리거나 지능이 저하된 것도 아니었다. 그러나 과거에 내가 살고 있었던 밝게 반짝이는 세계—그것이 물리적이든 가상적이든, 현실이든 상상의 산물이든, 지적이든 정서적이든 간에—는 더 이상 보이지 않았고, 이해할 수 없는 것이 되었다. 안개에 묻힌 것처럼. 똥무더기에 묻힌 것처럼. 잿속에 묻힌 것처럼.

마침내 신경과 병동에 입원했을 무렵에는 MRI 스캔으로 내 뇌에서 죽은 부분들을 뚜렷하게 볼 수 있었다. 그러나 조기에 발견했다고 해도 그 진행을 막을 방법은 없었을 것이다.

한 가지 확실했던 것은, 나의 두개골 안으로 손을 뻗쳐서 행복의 메커니즘을 부활시킬 힘을 가진 사람은 이제 없다는 점이었다.

열 시에 자명종 소리를 듣고 깼지만, 움직일 수 있는 기력을 불러 일으킬 때까지는 세 시간이 더 걸렸다. 나는 침대 시트를 밀쳐내고 바 닥에 다리를 대고 앉아서 열의 없는 욕설을 중얼중얼 내뱉으며 아예 일어나지 말았어야 했다는 불가피한 결론을 극복하려고 노력했다. 오 늘 내가 얼마나 엄청난 업적을 이루든 간에(단순히 쇼핑을 하러 갈 뿐 만 아니라 냉동식품 이외의 것을 사려고 한다든가), 또 아무리 터무니 없는 행운이 내게 찾아오더라도(월세를 내는 날이 오기 전에 보험사 에서 생활 수당을 입금한다든지) 내일 아침에는 나는 지금과 똑같은 기분으로 깨어날 것이다.

아무것도 도움이 안 되고, 아무것도 바뀌지 않아. 이 한 문장으로 모든 걸 설명할 수 있다. 그러나 나는 이미 오래 전에 그런 사실을 받아들 였기 때문에 실망할 일은 전혀 남아 있지 않았다. 그리고 그냥 침대에 앉아서 이토록 명명백백한 일에 대해 천번째의 푸념을 할 생각은 조 금도 없었다.

안 그래?

헛소리는 작작해. 그냥 움직여.

나는 '아침'에 먹을 약—어젯밤 침대 옆 탁자에 올려놓은 여섯 개 의 캡슐—을 삼켰고, 화장실로 가서 지난번에 먹은 약의 대사(代謝) 산물을 주 성분으로 하는 샛노란 오줌 줄기를 배출했다. 세상의 그 어 떤 항우울제도 나를 프로잭* 천국으로 이끌어 줄 수는 없지만, 내가

* Prozac, 우울증 치료제.

완전한 긴장병에 빠져들어 유동식과 환자용 변기와 스펀지 목욕 신세를 지지 않는 것은 이 빌어먹을 약이 도파민과 세로토닌의 농도를 높게 유지해 주는 덕택이었다.

얼굴에 물을 끼얹으면서 아직 냉장고에 음식이 반이나 차 있는데도 아파트에서 나갈 이유를 생각해 내려고 했다. 씻지도 않고 수염도 안 깎은 채로, 창백한 기생충 거머리처럼 불결하고 무기력한 상태로 하루종일 방안에 틀어박혀 있으면 기분이 더 안 좋아지기 때문이다. 그러나 내가 행동에 나설 정도로 혐오감이 높아질 때까지는 1주 내지는 그 이상의 시간이 걸리는 것이 보통이었다.

거울을 응시한다. 식욕 결핍은 운동 부족을 상쇄하기에 충분했다. 나는 러너스 하이*와 무관한 것과 마찬가지로 탄수화물 의존증과도 인연이 없었다. 느슨한 가슴 피부 밑의 갈비뼈를 셀 수 있을 정도이다. 나는 서른 살이었고, 쇠약한 노인처럼 보였다. 내 본능의 잔재가 명하는 대로 차가운 거울 유리에 이마를 대고 이 감촉에서 어렴풋한 쾌감을 느낄 수 있을지도 모른다고 되뇌어 본다. 그런 쾌감은 없었다.

부엌으로 가자 영상전화에 불이 들어와 있었다. 메시지 하나가 와 있다. 화장실로 돌아와서 바닥에 주저앉은 채로 꼭 나쁜 소식일 리가 없다고 나를 설득해 보려고 했다. 꼭 누가 죽을 필요는 없지 않은가. 게다가 부모님은 이미 이혼하지 않았는가.

전화로 다가가서 손을 흔들어 디스플레이 화면을 켰다. 엄격한 얼굴을 한 중년 여성의 섬네일 화상이 떠올랐지만, 본 적이 없는 사람이었다. 발신자 이름은 케이프타운 대학의 생체공학과 교수인 Z. 두라니 박사다. 제목을 보니 〈새로운 기법을 이용한 신경 보철 재건수

---

* Runners high, 30분 이상 달릴 경우 올 수 있는, 몸이 가벼워지면서 머리가 맑아지는 느낌. 체내 진통 물질의 생산량 증가에 기인한다.

술〉이라고 나와 있었다. 평소와는 좀 다르다. 사람들은 나의 임상 상태에 관한 보고서를 적당히 훑어보기만 하기 때문에 내가 약간의 지능 장애를 가지고 있다고 지레짐작하는 경우가 대부분이었다. 두라니 박사에게는 신기하게도 혐오감을 느끼지 않았고, 내 경우 이것은 경의에 가장 가까운 반응이었다. 그러나 그녀가 아무리 근면하다고 해도, 새로운 치료법이 덧없는 희망으로 끝나지 않는다는 보장은 되지 않는다.

〈헬스 팰리스〉가 무과실 손해배상에 응한 결과 나는 최저 임금과 같은 액수의 생활비를 다달이 받고 있고, 인가된 의료비도 환불받았다. 얼마든지 낭비해도 좋은 천문학적 액수의 보상금은 받지 못했지만, 보험회사는 나를 경제적으로 자립시키는 것이 가능할지도 모르는 치료법에 대해 필요한 비용을 전액 지불할 수 있는 재량권을 가지고 있었다. 〈글로벌 보험〉사 입장에서 그런 치료법의 가치─내가 죽을 때까지 지불해야 하는 생활비 총액─는 시간이 흐를수록 떨어지기만 했지만, 따져 보면 전 세계 의학 연구 자금의 경우도 마찬가지였다. 나의 특이한 증례는 의학계에 널리 알려져 있었다.

지금까지 나에게 제시된 치료법들 대다수는 신약에 관계된 것이었다. 내가 복지시설 신세를 지지 않을 수 있는 것은 매일 먹는 약 덕택이기는 하지만, 약이 나를 행복한 근로자로 바꿔 줄 수 있다는 생각은 연고를 바르면 잘려 나간 팔다리가 다시 자라날 것이라고 기대하는 것이나 마찬가지였다. 그러나 〈글로벌 보험〉사의 관점에서 보면 약물요법보다 더 복잡한 치료법에 돈을 지불한다는 행위는 훨씬 더 큰 액수를 가지고 도박을 하는 것과 마찬가지였다. 실제로 그런다면 내 보험을 담당하는 보험사 직원은 보험 통계 데이터베이스를 붙잡고 씨름을 할 것이다. 내가 40대에 자살할 가능성이 지금도 충분히 높은 상황에서, 지출 여부를 졸속으로 결정할 필요는 없다. 싸구려 치료법은 설령 성공 가능성이 낮다 해도 시도할 가치가 있지만, 실제로 성공할 가능성이 있을 정도로 혁명적인 제안은 비용-위험 분석에서 거부당할 것이 뻔하다.

나는 화면 앞에서 무릎을 꿇고 양손으로 머리통을 감쌌다. 메시지를 안 보고 그냥 지워 버린다면 차라리 모르는 편이 나았다는 좌절감을 맛보지 않아도 된다……. 그러나 모르고 지나가도 그에 못지않은 좌절을 맛보게 될 것이다. 나는 재생 버튼을 누르고 화면에서 고개를 돌렸다. 설령 녹화된 얼굴을 마주 보더라도 강렬한 수치심을 느끼기 때문이다. 이유는 알고 있었다. 긍정적인 비언어적 메시지를 받아들이는 데 필요한 신경 경로는 이미 사라진 지 오래였지만, 상대가 보이는 거부나 적대감 따위의 반응을 경고하는 경로는 멀쩡하게 남아 있을 뿐만 아니라 왜곡되고 지나치게 과민해진 나머지 실제 현실과는 무관한 격렬한 부정적 신호로 마음의 빈틈을 채우기에 이르렀기 때문이다.

두라니 박사가 뇌졸중 환자에 관한 그녀의 연구에 대해 설명하는 동안 나는 최대한 주의해서 귀를 기울였다. 조직배양한 신경을 이식하는 것이 현재의 표준적인 치료법이었지만, 최근 들어 그녀는 정교하게 조정한 합성 폴리머 발포체(發泡體)를 손상 부위에 주입하고 있다고 했다. 이 발포체는 주위에 있는 뉴런의 축색돌기와 수지상 돌기를 끌어당기는 성장 인자를 분비하고, 폴리머 자체도 전기화학적 스위치의 네트워크로 기능하도록 설계되어 있었다. 이 네트워크는 처음에는 조직화되어 있지 않지만, 발포체 내부에 산재한 여러 개의 마이크로프로세서 속에 든 프로그램의 지시에 따라 우선 잃어버린 뉴런들의 기능을 포괄적으로 재생하고, 그 다음에는 각 개인의 상태에 적합하도록 미(微)조정을 시행한다.

두라니 박사는 자신의 치료가 대성공을 거둔 사례들을 이야기했다. 잃어버린 시력을 되찾고, 언어능력을 되찾고, 운동 기능이나 배설 억제 능력이나 음악적 재능을 되살리는 데 성공했다고 했다. 내 증례는 상실한 뉴런이나 시냅스의 수로 보아도, 결손된 부위의 단순한 부피만으로 보아도 그녀가 지금까지 메워 온 그 어떤 간극보다 더 컸다. 그러나 이런 사실은 그녀의 도전심을 더 자극했을 뿐이었다.

나는 거의 금욕주의자적인 태도로 한 가지 사소한 문제점이 있다는 얘기가 나오기를 참을성 있게 기다렸다. 치료 비용이 여섯 자리나 일곱 자리에 달한다는 얘기 말이다. 그러자 화면 속의 목소리가 말했다. "여비와 3주 동안의 입원비를 그쪽에서 부담하기만 하면, 치료 비용은 제 연구 보조금으로 충당할 수 있습니다."

나는 이 말을 십여 번 더 재생해 보고, 조금이라도 내게 덜 유리한 방향으로 해석할 수 있는지를 알아보려고 했다 ── 이런 일만은 자신이 있었다. 그러는 일에 실패하자, 나는 의지력을 불러일으킨 다음 케이프타운에 있는 두라니의 조수에게 더 자세히 설명해 달라는 이메일을 보냈다.

나의 해석에는 오류가 없었다. 의식을 겨우 유지하게 해 주는 약의 1년치 약값으로, 나는 남은 인생을 완전한 인간으로서 살아갈 수 있는 기회를 제공받은 것이다.

내 힘만으로 남아프리카로 가는 여행을 준비하는 것은 도저히 불가능했지만, 일단 〈글로벌 보험〉이 자기들에게 주어진 기회를 인식한 뒤에는 두 개의 대륙에서 회사 조직들이 나를 위해 움직여 주었다. 내가 했던 일은 모든 것을 취소하고 싶다는 충동을 억누르는 것 정도였다. 다시 입원해서 무력한 환자 입장이 된다는 생각만 해도 충분히 불안했지만, 인공신경 수술의 결과에 관해 생각할 때는 달력에 표시된

사적인 심판의 날 날짜를 보고 있는 기분에 빠져들었다. 2023년 3월 7일, 나는 무한하게 크고, 무한하게 풍성하며, 무한하게 나은 세계로 입장하는 것을 허락받든가……. 그게 아니라면, 치료가 불가능할 정도로 손상이 크다는 얘기를 듣게 될 것이다. 그리고 어떤 의미에서는, 전자에 비하면 희망이 없다는 선고를 받는 쪽이 차라리 덜 무서웠다. 어차피 현재의 내 상태에 훨씬 더 가까워서 상상하기가 훨씬 쉬웠기 때문이다. 내가 상상할 수 있는 행복함이란 기껏 어린 시절의 나 자신이 즐겁게 달려가며 햇살 속으로 녹아드는 광경 정도였다——매우 감상적이고 감동적이기는 하지만, 세부적인 면에서 별로 도움이 되지 않았다. 내가 햇살이 되고 싶다면 언제든 손목을 그으면 그만이다. 나는 직업과 가족을 원했고, 평범한 사랑과 적당한 야심을 원했다. 지금까지 내게는 이룰 수 없는 꿈이었기 때문이다. 그러나 실제로 그런 것들을 손에 넣으면 어떤 기분일까 상상하는 것은 26차원 공간에서의 일상 생활을 머리에 그리는 것이나 마찬가지였다.

새벽편 비행기로 시드니에서 출발하기 전날 밤에는 한숨도 자지 않았다. 공항까지는 정신과 간호사의 배웅을 받았지만, 케이프타운에 도착할 때까지 간호인이 계속 곁에 앉아 있는다는 모욕적인 사태는 피할 수 있었다. 기내에서 깨어 있는 시간 내내 편집증과 싸우고, 뇌리를 가로지르는 비애와 불안에 대해 일일이 이유를 갖다 대고 싶은 유혹을 참아야 했다. 나를 경멸하듯이 바라보는 승객은 여기엔 아무도 없어. 두라니의 치료법이 실은 사기로 판명되지는 않을 거야. 나는 이런 '설명적'인 망상을 억누르는 데는 성공했지만……. 내가 느끼는 감정을 변화시키거나, 순수하게 병적인 불행함과 곧 선구적인 뇌수술을 받게 될 사람이 당연히 느낄 것이 뻔한 불안감 사이에 뚜렷한 선을 긋는 행위는 예전과 마찬가지로 나의 능력을 완전히 벗어난 일이었다.

하루 종일 그런 것들을 구별하려고 악전고투할 필요가 없어진다면 바로 그게 지복(至福)이 아닐까? 행복 따위는 잊자. 비참한 고뇌로 점철된 미래조차도 일종의 승리라고 볼 수 있었다. 그럴 만한 이유가 있다는 사실을 내가 이해하는 한은.

두라니 박사의 포스트독 연구원 중 한 사람인 루크 드 브리스가 공항으로 나를 마중 나왔다. 스물다섯 살쯤 되어 보였고, 워낙 자신감이 넘치는 탓에 그것을 나에 대한 경멸로 곡해하지 않기 위해서 노력해야 할 정도였다. 드 브리스가 모든 것을 알아서 척척 해 주는 통에 금세 덫에 걸려 옴짝달싹도 할 수 없는 기분이 되었다. 마치 컨베이어 벨트 위에 올라간 기분이다. 그러나 내 힘으로 입국 절차를 밟아야 했다면 당장 장벽에 부딪혀 결국 아무것도 못 했을 것이라는 사실을 알고 있었다.

자정을 넘은 시각에 케이프타운 교외에 있는 병원에 도착했다. 주차장을 걸어가자 벌레 우는 소리가 다르며, 공기 냄새가 막연하게 이질적이며, 별자리들이 교묘한 위조품처럼 느껴졌다. 병원 현관 근처에서 나는 무릎을 꿇고 쓰러졌다.

"괜찮으십니까?"

드 브리스가 멈춰 서서 나를 일으켜 주었다. 나는 두려움으로 벌벌 떨고 있었다. 이내 내가 보인 추태에 대한 수치심이 몰려왔다.

"내 회피 요법에는 반하는 일을 하고 있어서."

"회피 요법이라니요?"

"어떤 희생을 치르더라도 병원에 가는 걸 피하는 요법."

드 브리스는 웃음을 터뜨렸지만, 단지 내 기분에 맞추려고 그러는 것인지는 도통 알 수 없었다. 다른 사람을 정말로 웃게 만들었다는 사실을 깨닫는 행위는 쾌락에 해당하므로, 그것을 인식하는 신경 경로는 모두 죽어 있기 때문이다.

드 브리스가 말했다.

"지난번 환자는 들것에 태우고 와야 했습니다. 여기서 퇴원했을 때는 지금 당신처럼 비틀거리며 혼자 걸어 나갔습니다만."

"수술이 실패해서?"

"인공 고관절 상태가 안 좋았을 뿐입니다. 이쪽 잘못이 아닙니다."

우리는 계단을 올라가서 밝게 조명된 병원 로비로 들어갔다.

다음 날 아침—수술 전날인 3월 6일 월요일—에 나는 외과수술 팀에 소속된 대다수의 의사들을 만났다. 그들은 순수하게 기계적인 첫 번째 수술을 담당하게 된다. 죽은 뉴런들로 이루어진 뇌 안의 불필요한 빈 공간을 깨끗이 긁어내고, 조그만 풍선을 써서 굳게 닫힌 틈새를 비집어 연 다음, 괴상한 모양을 한 빈 공간에 두라니의 발포체(發泡體)를 삽입하는 것이다. 18년 전에 션트를 삽입했을 때 생긴 구멍 하나 말고도 아마 두 개는 더 뚫어야 한다고 했다.

간호사가 내 머리를 밀고 노출된 피부에 다섯 개의 기준 마커를 접착했다. 그런 다음 오후 내내 스캔을 받고 그 결과를 바탕으로 뇌 안의 죽은 공간의 3차원 이미지를 생성했다. 일련의 공동에다가 낙석과 무너진 터널까지 갖춘 동굴 탐험가의 지도처럼 보인다.

저녁이 되자 두라니 본인이 와서 설명했다.

"마취가 끊기기 전에 발포체는 딱딱해지고, 주위의 세포 조직과 최초의 접속 부위들이 생겨날 겁니다. 그런 다음에는 마이크로프로세서들이 우리가 기점으로 고른 상태의 네트워크를 형성하라는 지시를 폴리머에게 내릴 거고요."

나는 기력을 쥐어짜서 입을 열었다. 그 어떤 질문을 하더라도—아무리 내 말투가 정중해도, 아무리 명석하고 요점이 맞는 내용이더라도—마치 이 여자 앞에서 벌거벗은 채로 서서 내 머리에 묻은 똥을 닦아 달라고 부탁하는 것만큼이나 괴롭고 수치스럽게 느껴졌다.

"그런 네트워크는 어디서 찾아냈습니까? 자원한 사람을 스캔이라도 한 겁니까?"

나는 루크 드 브리스의 클론이 되어 새로운 인생을 시작하게 되는 것일까—그의 취향과, 야심과, 감정을 고스란히 물려받은 상태로?

"물론 아네요. 건강한 신경조직들이 등록된 국제적인 데이터베이스가 있어요. 뇌수술을 받은 적이 없는 2만 명의 시체에서 채취한 데이터가 말예요. 게다가 X선 단층 촬영보다 정밀도가 높답니다. 액체질소로 뇌를 얼린 다음에 다이아몬드 날이 달린 절단기로 박편(薄片)을 잘라 내서 염색한 다음에 전자현미경으로 촬영한 거예요."

두라니가 아무렇지도 않게 엑사바이트* 단위의 작업량을 언급하는 것을 듣고 내심 움찔했다.

"그렇다면 그 데이터베이스를 써서 일종의 합성 패턴을 만든 겁니까? 많은 사람들의 뇌에서 골라 낸 전형적인 신경 네트워크를 받게 된다는 뜻인가요?"

두라니는 그것과 크게 다르지 않다고 대충 대답하려는 기색을 보이다가 그만두었다. 그녀가 세부에 꼼꼼하게 집중한다는 사실은 명백했고, 아직 나의 지성을 과소평가하지도 않았다.

"엄밀히 말하자면 그것과는 달라요. 합성 패턴이라기보다는 다중노출에 더 가깝다고나 할까. 데이터베이스에서 뽑은 약 4천 명분의 기록은 모두 2, 30대의 남성들 것이고, 어떤 사람의 뉴런 A가 뉴런 B와 접속하고 있는 부분에서, 다른 사람의 뉴런 A는 뉴런 C와 접속하

---

* exabyte, 10의 18제곱 바이트.

고 있었다면……. 당신은 뉴런 B와 C 양쪽에 접속할 수 있게 돼요. 따라서 이론상으로는 수술이 끝나면 4000개가 있는 독자적 접속 형태 중 하나를 골라 전체 네트워크를 깎아 다듬어 낼 수가 있다는 뜻이죠——실제로는 그런 과정을 통해 당신만의 독자적 버전을 만들어 내게 되겠지만."

그것은 누군가의 정신적인 클론이 된다든지 프랑켄슈타인처럼 기워 맞춘 괴물이 되는 것보다는 나은 안으로 들렸다. 일단은 대강 깎아 만든, 아직은 이목구비가 뚜렷하지 않은 조각으로 시작하는 것이다. 하지만——

"어떻게 네트워크를 깎아서 다듬는단 말입니까? 누구든 될 수 있는 존재에서, 어떤……?' 아니 그럼? 열두 살 당시의 나를 부활시키기라도 하란 말일까? 그게 아니라면 4천 명의 낯선 사람들을 리믹스해서 소환한 다음, 서른 살의 나였을지도 모르는 인물을 만들어 내란 말인가? 나는 말꼬리를 흐렸다. 내가 사리에 맞는 대화를 나누고 있다는 얼마 안 되는 확신조차도 사라져 버렸다.

두라니 역시 조금 불안한 기색이었지만, 그런 일에 관한 나의 판단력은 별 볼일 없으므로 확신할 수는 없었다. 그녀는 말했다.

"당신 뇌의 아직 멀쩡한 부분에 이미 잃어버린 기록이 소량이나마 있을 가능성이 있어요. 성장시의 경험이나, 당신에게 즐거움을 준 것들에 관한 기억이. 또 바이러스의 공격에서도 살아남은 원 조직의 단편들도 있을 겁니다. 의뇌(義腦)는 당신의 진짜 뇌에 포함된 모든 부위와 양립할 수 있는 상태를 자동적으로 지향하도록 만들어져 있기 때문에, 그런 부위들과의 상호작용이라는 맥락에서 가장 잘 기능하는 신경 접속이 강화될 거예요." 그녀는 잠시 생각하는 기색이었다. "일종의 의수를 상상해 봐요——처음에는 불완전한 형태밖에는 갖고 있지 않지만, 당신이 그걸 쓸수록 스스로 조정을 하는 의수예요. 어떤 물건을 잡으려고 했다가 닿지 않으면 길어지고, 예기치 않게 어딘가에 부딪히면 알아서 줄어들고, 급기야는 당신의 동작이 무의식으로 상정하고 있는 환지(幻肢)의 크기와 모양을 정확하게 반영하게 되는 식이죠. 환지 자체는 잃어버린 육체의 기억에 지나지 않지만."

이 비유는 매력적이었지만, 나의 스러져 가는 기억에 그 기억을 저장한 사라진 존재를 세부까지 빠짐없이 저장할 수 있을 정도로 충분한 정보가 포함되어 있다고는 믿기 힘들었다. 과거의 나, 그리고 뇌종양에 걸리지 않았더라면 내가 되었을지도 모르는 인물의 모습이라는 조각 그림을, 그 틀에 남아 있는 몇 안 되는 힌트를 바탕으로 4천 명에 달하는 타인의 행복을 섞어 급조한 조각들을 써서 짜 맞추라는 얘기나 마찬가지가 아닌가. 그러나 우리 두 사람 중 적어도 한 사람은 이런 화제를 난처해 하고 있었기 때문에 나는 더 이상 추궁하지 않았다.

가까스로 마지막 질문을 했다.

"그런 일들이 실제로 시작되기 전에는 어떤 느낌을 받게 될까요? 마취에서 깨어난 직후에, 아직 모든 접속이 멀쩡하게 남아 있을 때는?"

두라니는 솔직하게 말했다.

"그건 내가 모르는 일 중 하나예요. 당신이 말해 줄 때까지는."

누군가가 내 이름을 되풀이해서 부르고 있다. 격려하듯이, 그러나 집요하게. 나는 조금 더 각성했다. 목과 다리와 등이 모두 찌르는 듯이 아팠고, 위장은 구역질로 딱딱하게 굳어 있었다.

그러나 침대는 따뜻했고, 시트는 부드러웠다. 그냥 누워 있기만 해도 좋았다.

"지금은 수요일 아침이에요. 수술은 잘 됐어요."

눈을 떴다. 두라니와 그녀 밑에서 일하는 연구원 네 사람이 침대 발치에 모여 있었다. 나는 대경실색하며 그녀의 얼굴을 응시했다. 예전에는 '엄격'하고 '근접하기 힘들다'는 식으로 생각했던 그녀의 얼굴은……. 황홀했고, 매력적이었다. 몇 시간이라도 바라볼 수 있을 것 같았다. 그러나 다음에는 그녀 곁에 서 있는 드 브리스로 시선이 갔다. 그녀 못지않게 매력적인 이목구비를 가지고 있다. 다른 세 연구원 중 한 사람 쪽으로 고개를 돌렸다. 모두가 빠짐없이 매력적이었다. 도대체 어디를 보아야 할지 갈피를 잡을 수 없을 정도로.

"기분이 어때요?"

나는 할 말을 잃었다. 눈앞에 있는 사람들의 얼굴은 너무나도 많은 의미를 가지고 있었고, 너무나도 많은 매력의 원천으로 가득 차 있었기 때문에 어느 하나의 요소만을 뽑아서 거론할 수가 없었다. 그들 모두가 현명하고, 환희에 차 있고, 아름답고, 사려가 깊고, 세심하고, 인정 많고, 차분하고, 활력에 차 있었다……. 사람이 갖출 수 있는 자질 중에서 가장 긍정적인—그러나 궁극적으로는 통일되지 않은—자질들이 백색 잡음처럼 몰려와서 나를 감쌌다.

그러나 강박적으로 사람들의 얼굴을 차례로 둘러보며 뭐든 읽어보려고 노력하던 중에, 그들의 얼굴이 발산하는 의미가 마침내 초점을 맺기 시작했다——시야가 흐릿했던 것은 아니지만, 적절한 단어가 생겨나기 시작했다고나 할까.

나는 두라니에게 물었다.

"웃고 있는 겁니까?"

"조금이지만 웃고 있어요." 그녀는 주저했다. "이런 일을 알아내려면 표준화된 이미지를 쓴 표준 검사법이 있긴 하지만……. 내 표정이 어떤지 얘기해 줬으면 좋겠어요. 내가 무슨 생각을 하고 있는지 맞춰 봐요."

나는 시력검사라도 받고 있는 것처럼 무심코 대답했다.

"당신은……. 호기심을 느끼고 있군요? 주의 깊게 귀를 기울이고 있습니다. 당신은 흥미를 느끼고 있고……. 뭔가 좋은 일이 일어나기를 기대하고 있습니다. 그럴 거라고 생각하기 때문에 그렇게 웃고 있는 겁니다. 그게 아니라면 실제로 그런 일이 일어났다는 사실을 자기도 아직 믿지 못하기 때문에."

두라니는 고개를 끄덕이며 이번에는 확실하게 웃어 보였다.

"좋아요."

그녀가 믿을 수 없을 정도로, 거의 가슴이 아플 정도로 아름다워 보인다는 얘기는 하지 않았다. 그러나 방에 있는 다른 사람들에게도 남녀를 불구하고 똑같은 느낌을 받았다. 그들의 얼굴에 떠오른 상반된 감정들이 야기한 안개처럼 막연한 느낌은 이제 사라졌지만, 그 뒤에 남은 것은 심장이 멈출 것 같은 광채였다. 이 느낌은 너무나도 무차별적이고, 너무나도 강렬했기 때문에 일말의 불안을 느꼈을 정도였다. 어떤 의미에서는 어둠에 적응한 사람의 눈이 갑자기 밝은 곳으로 나와 눈이 부신 것만큼이나 자연스러운 반응으로 느껴지기는 했지만 말이다. 게다가 18년 동안이나 모든 사람의 얼굴에서 추악함밖에는 느끼지 못한 나로서는 천사처럼 보이는 다섯 사람의 남녀를 앞에 두고 불평을 할 기분이 아니었다.

두라니가 물었다.

"배가 고픈가요?"

잠시 생각해 볼 필요가 있었다.

"예."

연구원 하나가 미리 준비해 둔 음식을 가지고 왔다. 월요일 점심에 먹었던 것과 똑같다. 샐러드, 롤빵, 치즈. 롤빵을 집어들고 한입 베어

물었다. 씹는 느낌은 예전과 하등 다르지 않았지만, 맛이 달랐다. 이틀 전에는 똑같은 빵을 모든 음식과 마찬가지로 약간의 역겨움을 느끼며 먹었던 기억이 있다.

뜨거운 눈물이 내 뺨을 타고 흘러내렸다. 황홀감 때문에 그런 것은 아니다. 입술은 바싹 마르고, 피부에서는 소금이 배어 나오고, 피도 말라 버린 사람이 샘물을 마셨을 때와 같은 불가사의하고 고통스러운 감각이었다.

고통스러우며, 저항할 수가 없는 감각. 접시를 다 비우고 한 접시를 더 달라고 청했다. 먹는 건 좋은 일이야. 올바른 일이야. 필요한 일이야. 세 접시를 먹어치우자 두라니가 단호한 어조로 말했다. "그걸로 충분해요." 나는 더 먹고 싶다는 갈망에 부들부들 떨었다. 그녀는 여전히 아름답지만 나는 그녀를 향해 분노에 찬 고함을 질렀다.

그녀는 나의 양팔을 붙잡고 진정시켰다.

"지금부터가 힘들어요. 네트워크가 안정될 때까지는 이런 식의 충동이 솟구치거나 온갖 감정에 사로잡히는 일이 빈번히 일어날 겁니다. 당신은 차분한 마음을 가지려고 노력하고, 뭐든 깊게 생각해 봐야 합니다. 의뇌 덕택에 당신이 익숙한 것보다 훨씬 더 많은 일을 경험할 수 있지만……. 그걸 제어하는 건 여전히 당신이니까요."

나는 이를 갈고 고개를 돌려 그녀를 외면했다. 그녀에게 팔을 잡히자마자 나는 아플 정도로 발기하고 있었던 것이다.

나는 말했다.

"알았습니다. 내가 알아서 제어하겠습니다."

그 뒤로 며칠이 지나자 의뇌가 유발하는 반응은 예전보다 훨씬 덜 거칠고 덜 극단적인 것으로 변했다. 가장 날카롭고 아귀가 맞지 않는 네트워크 가장자리가 계속적인 사용에 의해—은유적으로—매끄럽게 변하는 광경을 머리에 떠올릴 수 있을 정도였다. 먹고, 자고, 사람들과 함께 있다는 행위는 여전히 강렬한 쾌감을 불러일으켰지만, 그것은 누군가가 고압전류가 흐르는 와이어로 내 뇌를 찔러서 얻은 결과라기보다는 어렸을 적에 본 비현실적인 장밋빛 꿈을 보는 느낌에 더 가까웠다.

물론 의뇌가 나의 뇌에 쾌락을 유발하는 신호를 보내고 있는 것은 아니었다. 의뇌 자체가 나의 내부에서 쾌락을 느끼고 있는 유일한 부분이었던 것이다. 그 과정이 다른 모든 것들……이를테면 나의 다른 부분을 이루고 있는 지각, 언어활동, 인지활동 따위와 아무리 매끄럽게 통합되어 있었다고 해도 말이다. 이런 생각을 처음 떠올렸을 때는 조금 동요했지만, 곰곰이 생각해 보니 별 것 아니라는 사실을 알 수 있었다. 건강한 뇌의 해당 부위들을 파랗게 물들인 다음, "쾌락을 느끼고 있는 것은 이것들이지, 당신이 아냐!"라고 선언하는 사고실험과 큰 차이가 없지 않은가.

나는 이런저런 심리 검사를 잔뜩 받았다. 대부분 매년 있는 보험회사의 사례 평가 일환으로 여러 번 받은 적이 있는 것들이었지만, 두라니의 연구팀은 그들이 거둔 성공을 수치 데이터로 증명할 필요가 있었다. 뇌졸중 환자가 마비되었던 손을 수술 후에 얼마나 더 잘 움직일 수 있는지를 객관적으로 확인하는 작업 쪽이 더 쉬울지도 모르지만, 내가 느끼는 긍정적인 감정의 수치적 척도 또한 바닥에서 가장 높은 곳으로 뛰어오른 것이 틀림없다. 이런 검사를 받아도 전혀 짜증스러운 기분을 느끼지 않았다. 오히려 새로운 영역에서 의뇌를 처음 이용해 볼 수 있는 좋은 기회였다— 예전에 경험했던 기억조차도 거의 없는 새로운 방식으로 행복감을 맛보았던 것이다. 나는 일상적인 가정생활을 단순화한 장면들, 이를테면 이 어린애와 이 여자와 이 남자 사이에서는 방금 무슨 일이 일어났는지를 설명하고, 누구 기분이 좋고 누구 기분이 나쁜지 대답하라는 식의 검사를 받았을 뿐만 아니라, 복잡한 알레고리를 내포한 서술적 회화부터 미니멀리스트가 그린 세련된 기하학적 소품에 이르는 숨막힐 정도로 위대한 예술작품들의 영상과도 접했다. 일상 대화의 단편을 듣는다든지, 기쁨이나 고통에 찬 생생한 고함소리에까지 귀를 기울였고, 모든 전통과 시대와 형식을 망라하는 음악의 샘플을 들었다.

그때가 되어서야 비로소 뭔가가 이상하다는 사실을 깨달았다.

제이콥 첼라는 음악 파일을 재생하며 나의 반응을 기록하고 있었다. 첼라는 자신의 반응이 데이터를 왜곡할 위험을 피하기 위해서 검사를 하는 동안은 거의 무표정한 모습을 견지하고 있었다. 그러나 천상의 음악처럼 달콤한 유럽의 클래식곡의 일부가 재생되고, 내가 그것에 20점 만점을 주자, 그의 얼굴에 동요한 듯한 표정이 언뜻 떠오르는 것을 보았다.

"뭔가? 그럼 자넨 이 곡이 싫다는 거야?"

첼라는 모호한 미소를 떠올렸다. "제가 뭘 좋아하든 그건 상관없습니다. 그런 걸 알아보고 있는 게 아닙니다."

"난 이미 채점을 했기 때문에 자네가 무슨 소리를 하든 내 점수에는 영향을 끼치지 않아." 나는 애원하는 듯한 눈으로 그를 보았다. 누구하고든 좋으니 말을 나누고 싶어서 미칠 지경이었다. "나는 18년 동안 이 세상에 아무런 관심을 기울이지 않았어. 방금 들은 곡의 작곡가가 누군지도 모른다고."

첼라는 주저했다. "J. S. 바흐입니다. 그리고 저도 당신 의견에 찬성입니다. 숭고한 곡이죠."

그는 터치스크린에 손을 뻗고 실험을 계속했다.

그렇다면 아까 그 낙담한 표정은 뭐였단 말인가? 그러자마자 해답이 머리에 떠올랐다. 진작에 깨닫지 못한 내가 바보였다. 그 정도로 음악에 몰입했던 것이다.

나는 지금까지 어느 곡에든 18점 이하의 점수를 주지 않았다. 시각 예술의 경우에도 마찬가지였다. 나는 4천 명의 가상 제공자들로부터 최저 공통분모에 해당하는 것을 물려받는 대신에, 최대한의 범위에 해당하는 다양한 미적 감각을 이어받았던 것이다——수술을 받은 지 벌써 열흘이나 지났지만, 나 자신의 독자적인 제한 인자나 취향은 아예 나타나지 않았다.

내게는 모든 미술품이, 모든 음악이 지고(至高)의 아름다움인 것이다. 어떤 음식도 맛이 있었다. 눈에 보이는 사람들 모두가 완벽하게 이상적인 용모를 가지고 있었다.

혹시 오랫동안 결핍되어 있던 기쁨을 닥치는대로 흡수하고 있는 것인지도 모르지만, 그게 사실이라면 언젠가는 포만감을 느끼고 다른 사람들과 마찬가지로 어느 하나를 골라 마음에 들어하는 식의 개인적인 취향이 생겨나야 하지 않는가.

"아직도 이런 상태라는 건 이상하지 않나? 이건 완전히 무차별적이잖아?" 나도 모르게 이런 질문을 내뱉고 있었다. 가벼운 호기심으로 한 말이었지만, 질문을 마칠 무렵에는 공황에 빠지기 직전이었다.

첼라는 샘플곡의 재생을 멈췄다——알바니아어인지 모로코어인지 아니면 몽골어인지는 모르겠지만, 이 합창을 들었을 때는 목덜미의 솜털이 곤두섰고, 내 영혼이 솟구치는 기분이 들었다. 다른 모든 것들과 마찬가지로 말이다.

첼라는 한동안 침묵하며 서로 상충하는 이런저런 의무감을 가늠하고 있었다. 이윽고 그는 한숨을 쉬고 말했다.

"두라니 선생님과 의논하시는 편이 낫겠습니다."

두라니는 자기 연구실의 월스크린에 막대그래프를 투영했다. 과거 열흘 동안 나의 의뇌 내부에서 상태를 바꾼 인공 시냅스—새로 접속된 시냅스, 단절되거나 약화되거나 강화된 기존 시냅스—의 수를 하루 단위로 표시한 것이었다. 뇌에 삽입해 놓은 마이크로프로세서가 그런 것들의 추이를 기록하고, 의사가 매일 아침 내 머리 위에서 안테나를 흔드는 방식으로 수집한 데이터였다.

첫날의 숫자가 극적인 것은 의뇌가 한창 환경에 적응하는 중이었기 때문이다. 의뇌의 기반이 되어 준 4천 개의 네트워크는 제공자들의 두개골 속에서는 안정되어 있었을지도 모르지만, 내가 받은 '보통 사람' 버전이 인간의 진짜 뇌와 접속하는 것은 이번이 처음이었다.

이틀째에는 변화량이 반으로 줄어들었고, 사흘째에는 10분의 1로 줄어들었다.

그러나 나흘째부터는 배경 잡음에 해당하는 것밖에는 잡히지 않았다. 기쁨으로 가득 차 있는 나의 삽화적 기억은 어딘가 다른 곳에 기억되어 있는 것이 틀림없다. 기억 상실의 징후는 전혀 없었기 때문이다. 그러나 수술 직후의 폭발적인 활동이 끝난 다음, 쾌락을 정의했던 신경 경로에는 아무런 변화도 없었고, 정교해지는 기색도 없었다.

"며칠 안에 뭔가 새로운 경향이 나타난다면, 그것들을 증폭해서 그 방향으로 유도할 수 있어요——불안정한 건물이 어느 한쪽으로 무너지려는 기색을 보이면, 그 방향으로 밀어서 쓰러뜨리는 방법으로 말예요."

그러나 두라니는 크게 기대하지 않는 듯했다. 이미 너무 오랜 시간이 흘렀고, 신경 네트워크는 꿈쩍도 하지 않는 상태였기 때문이다.

나는 말했다.

"유전적 인자는 어떻습니까? 제 게놈을 읽고 그걸 바탕으로 범위를 좁힐 수는 없을까요?"

그녀는 고개를 가로저었다.

"신경 발달에 관여하는 유전자는 적어도 2천 개는 있고, 혈액형이나 세포조직의 적합성을 따지는 것처럼 간단한 문제가 아녜요. 데이터베이스로 쓴 제공자들의 샘플은 당신과 마찬가지로 그런 유전자의 극히 일부만을 가지고 있어요. 물론 다른 사람들에 비해 기질적으로 당신과 가까운 사람들은 있었겠지만, 그런 사람들을 유전자를 통해 특정해 내는 건 불가능해요."

"그렇습니까."

두라니는 신중한 어조로 말했다.

"당신이 원한다면 의뇌를 완전히 끌 수도 있어요. 수술할 필요는 전혀 없고, 단지 스위치를 끄기만 하면 다시 예전 상태로 돌아갈 거예요."

나는 빛을 발하는 듯한 그녀의 얼굴을 응시했다. 어떻게 옛날로 돌아가란 말이지? 검사 결과와 그래프가 뭐라고 하든……. 이걸 어떻게 실패라고 부른단 말인가? 설령 내가 느끼는 주위의 아름다움이 아무 쓸모가 없는 것이라고 해도, 루엔케팔린에 정수리까지 푹 잠겨 있던 옛 시절만큼이나 무의미하지는 않다. 나는 여전히 두려움과 불안과 슬픔을 느낄 수 있었다. 검사 결과는 제공자 전원이 공통으로 가지고 있던 보편적인 두려움을 보여주고 있었다. 바흐나 척 베리나 샤갈이나 파울 클레를 싫어하는 것은 불가능하겠지만, 나는 질병과 기아와 죽음의 이미지에는 보통 사람과 마찬가지 반응을 보였던 것이다.

게다가 암 따위에는 전혀 개의치 않았던 예전의 나와는 달리, 지금의 나는 나 자신의 운명에 전혀 무관심하지 않았다.

그러나 이 의뇌를 계속 쓸 경우 나는 어떤 운명을 맞게 될까? 보편적인 행복감, 보편적인 불안감……. 전 인류가 내 감정을 반반씩 규정한단 말인가? 어둠 속에서 오랜 세월을 살아 오면서, 그나마 내가 매달리고 의지할 수 있었던 것은 나의 내부에 일종의 씨앗이, 기회만 주어진다면 다시 살아 있는 인간으로 자라날 가능성이 있는 나의 작은 버전이 들어 있을 가능성 때문이 아니었던가? 그렇지만 그런 희망이 틀렸다는 사실은 지금 증명되지 않았나? 나는 자아의 재료에 해당하는 것들을 제공받았고 ── 이것들 모두를 시험해 보고, 이것들 모두를 마음에 들어 했지만, 그 어떤 것도 나 자신의 것으로 만들지는 못했다. 지난 열흘 동안 내가 느낀 즐거움은 무의미했다. 나는 타인이라는 태양의 빛을 쪼이며 바람에 날리는 죽은 껍질에 불과했다.

나는 말했다.

"그래 주십시오. 스위치를 끄는 겁니다."

두라니가 한 손을 들어올렸다.

"기다려요. 당신이 원한다면 한 가지 더 가능한 수단이 남아 있어요. 우리 대학의 윤리위원회와 의논을 하는 중이고, 루크는 이미 소프트웨어 제작에 착수했어요……. 하지만 최종적인 결단은 당신에게 달려 있어요."

"무슨 결단입니까?"

"네트워크는 어느 방향으로든 유도할 수 있어요. 어떻게 간섭해야 하는지도 알고. 균일성을 타파하고, 어떤 것들은 다른 것들에 비해서 더 큰 즐거움의 원천이 되도록 하는 거죠. 자발적으로 그런 일이 일어나지 않았다고 해서, 다른 수단으로 그걸 실현할 수 없다는 뜻은 아녜요."

나는 갑자기 현기증을 느끼고 웃음을 터뜨렸다.

"만약 내가 동의한다면……. 당신의 그 윤리위원회가 내가 어떤 음악을 좋아하고, 어떤 음식을 즐기고, 어떤 직업을 택할지를 정해 준다는 말이군요? 내가 어떤 인물이 될지를 위원회에서 정하겠다는 말입니까?"

　사실 그게 그렇게 나쁜 일일까? 이미 오래 전에 죽은 내가, 전혀 다른 새로운 인간에게 생명을 주는 거나 마찬가지 아닌가. 폐나 신장뿐만 아니라 이 몸 전체를, 별 볼일 없는 기억이고 뭐고 다 포함해서, 자의적으로 만들어 낸—그러나 완전하게 기능하는—갓 태어난 인간에게 기증한다고 보면 되지 않나?

　두라니는 분개한 표정으로 말했다.

　"아녜요! 그런 일은 꿈에도 생각하지 않아요! 하지만 마이크로프로세서를 프로그램해서 네트워크의 개량을 당신에게 맡길 수는 있어요. 당신을 즐겁게 하는 것들을, 의식적이고 신중하게 직접 선택할 수 있는 능력을 당신에게 줄 수 있다는 뜻이에요."

　드 브리스가 말했다.

　"제어 패널을 머리에 떠올려 보십시오."

　내가 눈을 감자 그가 말했다.

　"그건 좋은 생각이 아닙니다. 그럴 때마다 눈을 감는 버릇이 생기면 액세스 기회가 한정되니까요."

　"알았네."

　나는 허공을 응시했다. 실험실의 음향 시스템에서는 베토벤의 걸작이 흘러나오고 있었기 때문에 집중하기는 쉽지 않았다. 나는 버찌처럼 선홍색을 한, 단순화된 슬라이드식 눈금을 시각화하려고 악전고투했다. 드 브리스가 불과 5분 전에 내 머릿속에서 한 줄씩 주의 깊게 만들어 낸 물건이다. 그러자 그것은 모호한 심상(心象)에서 갑자기 구체적인 것으로 바뀌었다. 시야 가장 아래쪽에서, 진짜 물체처럼 선명하게 방 안의 광경에 겹쳐졌던 것이다.

"보여."

버튼은 19번 눈금 근처에 떠 있었다.

드 브리스는 내가 있는 곳에서는 보이지 않는 디스플레이 화면을 흘끗 보았다.

"좋습니다. 자, 그럼 점수를 낮춰 보십시오."

나는 힘없이 웃었다. 베토벤이여 물러가라.

"어떻게? 어떻게 어떤 걸 더 좋아하란 말인가?"

"그럴 필요는 없습니다. 단지 그 버튼을 왼쪽으로 움직이면 됩니다. 그런 광경을 머리에 떠올리십시오. 소프트웨어는 지금 당신의 시각령(視覺領)을 모니터하면서 순간적으로 떠오르는 가상 지각을 포착하고 있습니다. 그러니까 그 버튼이 움직이는 걸 보았다고 생각한다면——이미지도 알아서 그렇게 움직일 겁니다."

사실이었다. 마치 버튼이 움직임에 저항하는 듯한 기분이 들어서 몇 번 통제력을 잃기는 했지만, 어떻게든 10번 눈금까지 내리고 그 효과를 감상할 수 있었다.

"썅."

"제대로 작동한다는 뜻이군요?"

나는 멍한 표정으로 고개를 끄덕였다. 음악은 여전히……. 괜찮았지만……. 마법은 완전히 사라져 있었다. 마치 감동적인 명연설을 듣고 있던 중에, 연사가 자기가 하는 주장을 반도 믿고 있지 않다는 사실을 깨달았을 때의 기분이라고나 할까——원래 느꼈던 시정(詩情)과 웅변은 고스란히 그대로 남아 있지만, 진짜 감동이 완전히 증발해 버린 느낌이다.

이마에 식은땀이 배어나오는 것을 자각했다. 두라니에게서 설명을 들었을 때는 그 제안 전체가 워낙 기괴해서 현실 얘기라고는 믿기 힘들 정도였다. 몇 조(兆) 개나 되는 직접적인 신경 접속을 하고, 개인

정체성의 잔재와의 상호작용에 의해 의뇌를 나 자신의 이미지에 맞춰 새롭게 형성할 수 있는 무수한 기회를 갖고 있었음에도 불구하고 의뇌를 결국 내 것으로 만들지 못했다는 사실을 감안한다면, 실제로 선택을 할 때가 오면 나는 결단을 내리지 못하고 마비되어 버리지 않을까 하는 두려움을 불식할 수가 없었던 것이다.

그러나 나는 과거에 단 한 번도 들어 본 적이 없거나, 워낙 유명하고 흔한 곡이므로 한두 번 우연히 들었다고 해도 전혀 감동을 받지 않았던 클래식 음악으로 인해 내가 황홀 상태에 빠질 하등의 이유가 없다는 사실을 명명백백하게 알고 있었다.

그리고 지금, 나는 단 몇 초만에 그 잘못된 반응을 절단냈던 것이다.

아직도 희망은 있다. 내게는 아직 나 자신을 부활시킬 기회가 남아있다. 단지 한 걸음씩 걸을 때마다 지금처럼 의식적으로 그럴 필요가 있을 뿐이다.

드 브리스가 키보드를 건드리며 쾌활한 어조로 말했다.

"의뇌의 주요 시스템들을 조절하는 가상 조작 패널들을 각각 다른 색으로 분류해 놓겠습니다. 며칠만 연습하면 거의 무의식적으로 조작할 수 있게 될 겁니다. 단지 경험에 따라서는 두세 개의 시스템과 동시에 관계되는 경우도 있다는 사실만 잊지 않으면 됩니다……. 이를테면 음악을 들으면서 사랑을 나눌 때 그쪽에 신경을 쓰고 싶지 않거든, 파랑이 아니라 빨간 패널의 수치를 내리라는 뜻입니다." 그는 고개를 들고 내 얼굴을 바라보았다. "어, 걱정하지 마십쇼. 설령 실수를 저지르더라도 나중에 다시 올려놓으면 그만이니까요. 그냥 마음이 바뀌는 경우도 마찬가지입니다."

3

비행기는 시드니 시간으로 밤 9시에 착륙했다. 토요일 밤의 9시다. 전철로 시내 중심부까지 가서 집으로 가는 편으로 갈아탈 작정이었지만, 시청역에서 사람들이 많이 내리는 것을 보고 함께 내렸다. 유료 보관함에 여행 가방을 집어넣고 그들 뒤를 따라 거리로 올라갔다.

바이러스 치료를 받은 뒤에도 시내에 몇 번 와본 적이 있지만 이렇게 밤에 오는 것은 처음이었다. 인생의 반을 외국에서—외국 형무소 독방에서—보낸 다음 고향으로 돌아온 기분이었다. 모든 것이 어떤 식으로든 혼란스러웠다. 옛날과 전혀 다르지 않으면서도 어딘가 기억과는 다른 건물들을 보면 일종의 어지러운 기시감을 느꼈다. 길모퉁이를 돌았다가 어렸을 때 본 적이 있는 가게나 간판 따위의 개인적인 도표(道標)가 사라져 있는 것을 깨달을 때마다 가슴이 공허해지는 느낌을 맛보았다.

나는 퍼브 앞에 섰다. 출입문 바로 앞이었기 때문에 안에서 들려오는 강렬한 음악에 맞춰 내 고막이 떨리는 것조차 느낄 수 있었다. 퍼브 안에서 웃고, 춤을 추고, 술잔 내용물을 여기저기에 튀기고, 알코올과 친애의 정으로 얼굴이 달아오른 사람들의 모습이 보인다. 폭력의 예감으로 몸이 근질거리는 사람도 있고, 섹스를 기대하는 사람도 있다.

당장이라도 안으로 들어가서 저 광경의 일부가 될 수 있어. 전 세계를 가득 메우고 있던 재는 이제 모두 사라졌다. 나는 어디든 원하는 데로 갈 수 있었다. 퍼브에서 떠들고 있는 저 사람들의 죽은 친척들의 존재를 마음속에서 느낄 수조차 있다──의뇌 네트워크의 배음(倍音)으로 부활해서, 음악이나 죽이 맞는 저 소울메이트들의 모습에 공명하며 살아 있는 사람들의 땅으로 데려가 달라고 내 두개골 안에서 아우성을 치는 듯하다.

몇 걸음 걸어 나가던 중에 시야 모퉁이에 있던 무엇엔가로 주의가 분산되었다. 퍼브의 옆골목에서 열 살에서 열두 살쯤 되어 보이는 소년이 벽에 등을 기대고 비닐백에 얼굴을 처박고 있다. 몇 번 심호흡을 하는가 싶더니 고개를 들어올렸다. 쾡한 눈이 마치 지복(至福)을 느낀 오케스트라 지휘자처럼 반짝인다.

나는 뒷걸음질쳤다.

누군가가 내 어깨에 손을 갖다댔다. 뒤로 홱 돌아서자 만면에 웃음을 띤 사내의 모습이 눈에 들어왔다. "주님은 자네를 사랑하네, 형제여! 자네의 고민은 이제 끝났어!" 그러고는 내 손에 팸플릿을 억지로 쥐어 주었다. 그의 얼굴을 들여다보니 어떤 상태인지를 뚜렷하게 인식할 수 있었다. 그는 루엔케팔린을 자유자재로 분비할 수 있는 방법을 우연히 발견한 것이다──그러나 그는 그 사실을 모르기 때문에, 샘솟듯이 솟아나는 행복감에는 모종의 신성한 이유가 있다고 지레짐작한 것이다. 나는 가슴이 죄어드는 듯한 공포와 연민의 정을 동시에 맛보았다. 적어도 나는 뇌종양에 관해 알고 이었다. 저기 저 골목에 있는 맛이 간 소년조차도 자기가 기껏해야 본드를 마시고 있다는 사실을 알고 있었다.

그리고 저 퍼브 안에 있는 사람들은? 자기들이 뭘 하는지 알고는 있는 것일까? 음악, 친구들, 알코올, 섹스……. 이것들을 가르는 기준이 어디 있단 말인가? 합당한 이유가 있어 보이는 행복감이 이런 사내의 경우처럼 공허하고 병적인 행복으로 바뀌는 기준이란 무엇일까?

나는 비틀거리며 뒤로 물러났고, 다시 역을 향해 가기 시작했다. 어디를 보아도 사람들이 웃고, 소리를 지르고, 손을 마주 잡고, 입을 맞추고 있다……. 그리고 내 눈에 그들은 마치 피부를 벗겨낸 인체 모형처럼 보였다. 무수히 많은 근육이 자연스럽게 맞물리며 정교하기 이를 데 없는 동작을 하는 광경이 떠오른다. 반면에 내 안에 묻혀 있는 행복 기계는 자기 자신의 존재를 되풀이해서 인식하고 있다.

지금 나는 두라니가 즐거움을 느끼는 인간의 모든 능력을 하나도 빠짐없이 내 두개골 속에 챙겨 넣었음을 명명백백하게 확신하고 있다. 그러나 그 능력의 일부라도 손에 넣기 위해서는 사실을 사실로— 그 어떤 종양이 강요하는 것 이상으로 깊게—받아들여야 한다. 행복 그 자체에는 아무 의미도 없다는 사실을. 행복이 없는 인생은 견딜 수 없지만, 행복 그 자체는 목표가 되지 못한다. 나는 행복의 이유를 자유롭게 선택할 수 있고 또 그런 선택에 만족해 할 수도 있지만, 그런 과정을 통해 자력으로 만들어 낸 나의 새로운 자아가 어떤 감정을 느끼든 간에, 나의 모든 선택이 잘못되었을 가능성은 상존한다.

내가 새 생활을 시작할 수 있도록 〈글로벌 보험〉이 설정한 유예기간은 금년 말까지였다. 매년 시행되는 심리 검사에서 두라니의 치료가 성공적이었다는 결과가 나온다면, 나는 실제로 취직을 하든 말든 지금보다 한층 더 조건이 나쁜, 민영화되고 형해만 남은 사회 보장 제도의 잔해에 매달리는 수밖에 없다. 그래서 나는 서투르게나마 현실에 적응하려고 노력했다.

시드니로 돌아온 날에는 새벽에 잠에서 깼다. 전화기 옆에 죽치고 앉아서 발굴을 시작했다. 옛날 내가 쓰고 있던 웹상의 작업 공간의 데이터는 아카이브에 보관되어 있었다. 현재 시세로는 1년에 10센트밖에 보관료가 들지 않고, 내 계좌에는 아직도 36달러 20센트가 남아 있다. 이 기괴한 데이터 화석은 적대적 인수와 합병을 통해 네 번이나 회사가 바뀌었는데도 멀쩡하게 살아남았다. 지금은 구식이 된 과거의 데이터 포맷을 해독하는 이런저런 컴퓨터 툴을 구사해서 나는 과거 인생의 단편들을 현재로 끄집어낸 다음 확인해 보았다. 너무 괴로워서 더 이상 계속할 수 없을 때까지.

다음 날에는 옛날에 다운받은 은자리 음악을 들으면서 12시간 동안 아파트 구석구석을 깨끗하게 쓸고 닦았다. 배가 고파서 청소를 잠시 멈추고 걸신 들린 것처럼 음식을 먹었을 때를 제외하면 한 번도 쉬지 않았다. 음식 취향을 짠 음식을 정말 좋아하던 열두 살 당시로 되돌려 놓을 수도 있었지만, 극기심이라기보다는 실제적인 이유에서, 전혀 마조히스틱하지 않은 쪽을 선택했다. 과일보다 더 독한 것을 갈망하는 일은 없도록 말이다.

향후 몇 주 동안 내 체중은 만족할 만한 속도로 빠르게 늘었다. 그러나 거울에 비친 내 모습을 보거나 영상전화에서 모핑 소프트웨어를 돌리면서 내가 거의 모든 종류의 체형을 마음에 들어 한다는 사실을 알았다. 의뇌 네트워크의 기본이 된 데이터베이스의 주인공들은 지극히 다양한 이상적인 자기 이미지를 가지고 있었거나, 아니면 자신의 실제 용모에 완전히 만족한 채로 죽었던 것이 틀림없다.

나는 이번에도 역시 실용주의를 선택했다. 하고 싶지만 못 다한 일은 많았고, 피할 수만 있다면 55살에 심장마비로 죽고 싶지는 않았기 때문이다. 그러나 달성 불가능하거나 부조리한 목표에 집착해도 의미가 없었기 때문에 나는 소프트웨어로 비만체가 된 내 모습을 만들어 낸 다음 0점을 매겼고, 슈워제네거식의 근육질 체형에도 0점을 매겼다. 그 대신 나는 날씬하고 강인한 몸—소프트웨어에 의하면 충분히 실현 가능한 몸매이다—을 선택한 다음 20점 만점에 16점을 매겼다. 그런 다음 달리기를 시작했다.

처음에는 천천히 달렸다. 거리에서 거리로 제비처럼 날쌔게 뛰어다니는 어린 시절의 이미지가 끈질기게 따라붙기는 했지만, 달리는 동작에 즐거움을 느낀 나머지 부상을 입은 사실조차도 모르는 일이 없도록 주의했다. 근육통용 도찰제를 사려고 절뚝거리며 약국으로 가자 프로스타글란딘 조절제라는 약을 팔고 있는 것을 발견했다. 항염제의 일종으로써 자연 치유 과정을 저해하는 일 없이 염증을 최소화한다고 한다. 반신반의하면서도 이것을 사서 바르자 실제로 효과가 있었다. 처음 한 달은 고통에 시달렸지만 다리가 부어 절뚝거리지도 않았고, 몸이 보내는 위험 신호를 무시하다가 근육이 상하는 일도 없었다.

위축되어 버린 심장과 폐와 장딴지를 억지로 정상 상태로 되돌려 놓자 실로 좋은 기분이었다. 매일 아침 집 근처의 뒷골목을 누비며 한 시간씩 뛰었고, 일요일 오후가 되면 시내를 아예 한 바퀴 돌았다. 무리하게 달리는 속도를 단축하려는 시도는 하지 않았다. 운동선수가 되겠다는 야심 따위는 추호도 없었고, 단지 나에게 주어진 자유를 만끽하고 싶었기 때문이다.

얼마 지나지 않아 달리는 과정은 완전한 하나의 행위로 융합되었다. 나는 힘차게 뛰는 가슴의 고동과 손발의 움직임을 느끼며 충실감에 빠져들 수도 있었고, 그런 세세한 것들은 전체적인 만족감 속으로 밀어넣고 마치 열차를 타고 있는 것처럼 주위 경치를 구경할 수도 있었다. 육체를 되찾은 나는 이 도시의 외곽에까지 하나씩 손을 뻗치기 시작했다. 레인 코브 강에 인접한 폭이 좁은 숲에서 영원히 추악할 것 같은 패러매타 로드에 이르기까지, 나는 머리가 돈 측량기사처럼 시드니를 가로지르며 눈에 보이지 않는 측지선(測地線)으로 풍경을 감싼 다음 내 머릿속에 그려 넣었다. 나는 상판이 빠개질 정도로 힘찬 발걸음으로 글레이즈빌, 아이언코브, 피어몬트, 메도우뱅크 다리를 건넜고, 하버브리지까지 갔다.

이따금 의구심에 사로잡힐 때도 있었다. 엔돌핀에 취해 있는 것은 아니지만—그렇게까지 열심히 달리지는 않는다—여전히 현실이라기에는 너무나 기분이 좋았다. 이래서야 본드를 흡입하는 것과 별 차이가 없나? 아마 1만 세대에 달하는 나의 조상들은 사냥감을 쫓거나, 위험에서 탈출하거나, 생존을 위해 자기 영역을 조사하면서 지금 내가 느끼는 것과 같은 종류의 쾌감을 느꼈는지도 모르지만, 내 입장에서 보면 이것들 모두가 즐겁기 그지없는 취미 활동에 불과했다.

그렇다고는 해도 나 자신을 속이고 있는 것도 아니고, 다른 사람에게 해를 끼치는 것도 아니었다. 나는 나의 내부에 있는 죽은 어린애로부터 이 두 가지 규칙을 끄집어냈고, 계속 달렸다.

서른 살이 되어서 사춘기를 맞는다는 것은 흥미로운 경험이다. 바이러스는 나를 글자 그대로 거세하지는 않았지만, 성적인 상상이나 성기 자극이나 오르가슴에서 쾌락을 빼앗아 간 데다가 시상 하부에서 내려오는 호르몬 조절 경로의 일부에까지 손상을 입힌 탓에 성적 기능이라고 할 만한 것은 전혀 남아 있지 않았다. 나의 육체는 이따금 성기를 허무하게 경련시키며 정액을 내뱉었지만, 정상적인 발기라면 전립선에서 당연히 분비되기 마련인 윤활액이 없는 탓에 원하지 않는 사정을 할 때마다 요도가 찢어지는 듯한 통증을 느껴야 했다.

이런 사정이 모두 바뀌자, 성적으로는 노쇠한 것이나 다름없는 상태에서도 큰 충격을 받았다. 깨진 유리에 찔리는 듯한 고통밖에는 느끼지 못하는 몽정에 비하면 마스터베이션은 믿기 힘들 정도로 멋졌다. 제어 패널을 써서 그 쾌락을 줄일 엄두조차 나지 않을 정도였다. 그러나 자위 행위로 인해 진짜 성행위에 대한 관심이 사라질 염려는 없는 듯했다. 나는 거리에서, 가게 안에서, 전철 안에서 나도 모르는 사이에 사람들을 뚫어지게 바라보고 있다는 사실을 깨닫고, 의지력과 순수한 공포감과 의뇌 조절을 통해 이런 나쁜 습관을 극복했다.

네트워크는 나를 양성애자로 바꿔 놓았다. 나는 일찌감치 내 성욕을 데이터베이스에 포함된 가장 마초적인 제공자보다 훨씬 더 낮은 위치에 고정시켜 두었지만, 이성애자인지 동성애자인지를 선택하려고 하자 모든 것이 유동적으로 바뀌어 버렸다. 네트워크는 모집단에서 추출해 낸 일종의 가중평균 따위가 아니었다. 실제로 그랬다면, 그나마 살아남은 본래의 신경 구조가 지배력을 발휘할 것이라는 두라니의 원래 목표는 의뇌 쪽의 다수결 표결에 의해 툭하면 갑자기 바뀌어 버렸을 테니까 말이다. 그래서 나는 10에서 15퍼센트만 게이가 아니었다. 내 입장에서 보면 이성애자와 동성애자의 두 가능성은 같은 무게를 가지고 있었고, 어느 한쪽을 제거한다는 생각만 해도 나는 지독한 불안감과 자책감에 시달렸다. 마치 몇십 년 동안이나 양성애자로 살아 온 것처럼.

이것은 단지 의뇌가 자신을 방어하고 있기 때문일까, 아니면 부분적으로는 나 자신의 반응에 기인한 것일까? 짐작도 할 수 없었다. 바이러스 치료를 받기 전, 열두 살 무렵에도 나는 성에는 아무런 관심도 느끼지 않았던 것이다. 그냥 나는 이성애자일 것으로 짐작했고, 어떤 여자애들에게 매력을 느끼기도 했다. 그러나 그것은 순수하게 미학적인 의견에 불과했고, 한눈에 반해서 뚫어지게 쳐다본다거나 몰래 더듬거나 하는 행동까지 해 본 적은 없었다. 최신 연구를 검색해 보니 옛날 뉴스 따위에서 본 유전자 관련설들은 요즘은 모두 부정되었다. 따라서 설령 나의 성적 취향이 태어나기 전부터 정해져 있다 하더라도, 지금은 어떻게 되어 있을지를 알아볼 수 있는 혈액 검사 따위는 존재하지 않았다. 바이러스 치료를 받기 전의 내 뇌를 찍은 MRI 스캔 결과까지 찾아냈지만, 해상도가 낮은 탓에 신경해부학적으로 뚜렷한 소견을 이끌어내는 것은 불가능했다.

나는 양성애자가 되고 싶지는 않았다. 십대처럼 이런저런 실험을 해 보기에는 너무 나이를 먹었다. 내가 원하는 것은 확실함이었고, 단단한 기반이었다. 나는 일부일처제를 원했다──설령 일부일처제가 누구나 쉽게 고수할 수 있는 상태가 아니라고 할지라도, 불필요한 문제를 일부러 걸머질 생각은 없었다. 그렇다면 어느 쪽을 죽여야 할까? 어떤 선택을 하면 인생이 편해지는지는 알고 있었지만……. 모든 것을 4천 명의 샘플 제공자들 중에서 가장 저항이 적은 길을 가게 해 줄 사람을 선택하는 행위로 환원할 수 있다면, 도대체 나는 누구의 인생을 살고 있다고 말할 수 있을까?

아마 무의미한 논점을 가지고 이러쿵저러쿵하고 있는 것인지도 모르겠다. 나는 정신병력을 가진 서른한 살의 숫총각이며, 재산도 장래성도 없는 데다가 사회적으로도 제대로 기능하지 못한다. 그리고 원한다면 언제든 현 시점에서 유일하게 선택할 수 있는 선택의 만족도를 올리고 기타 모든 것들을 환상으로 치부해 버릴 수도 있다. 나 자신을 속이는 것도 아니고, 누군가에게 해를 주는 것도 아니다. 나는 더 이상 욕구를 가지지 않을 수 있는 능력을 가지고 있다.

라이카트 지구 뒷골목에 작은 서점 하나가 자리 잡고 있다는 사실은 여러 번 보아 익히 알고 있었지만, 6월의 어느 일요일 아침에 조깅을 하면서 그 앞을 지나려다가 진열창에 로베르트 무질이 쓴 『특성 없는 남자』의 영어판이 전시되어 있는 것을 깨달았을 때는 멈춰 서서 웃는 수밖에 없었다.

습도가 높은 겨울이라 온몸이 땀으로 흠뻑 젖어 있었기 때문에 서점 안으로 들어가서 그 책을 사지는 않았다. 그러나 진열창 너머로 흘끗 본 계산대에 붙은 〈점원 모집〉이라는 글이 눈에 들어왔다.

특별한 기능을 필요로 하지 않는 일자리를 찾는 것은 무의미해 보였다. 당시 완전 실업률은 15퍼센트에 육박했고, 청년층에 한정하면 실업률은 그 세 배에 달했기 때문이다. 그래서 나는 어떤 일자리가 나든 천 배의 경쟁률을 각오하고 있었다——게다가 경쟁자들은 나보다 젊고, 급료가 싸고, 강하며, 정신병력 또한 없을 것이다. 온라인 교육을 다시 받기 시작했지만 단기 성과를 올리기는커녕 전반적인 지식 습득에 급급하는 형편이었다. 어린 시절 그토록 나를 매료했던 지식 영역들은 이제 백 배는 더 넓게 확대되어 있었고, 설령 의뇌가 제공하는 무한한 기력과 열성을 바탕으로 일생 동안 공부에만 매달린다 해도 어떤 분야를 완전히 습득하는 것은 불가능하다. 어떤 직업을 택하든 개인적인 흥미의 90퍼센트를 희생해야 한다는 사실을 알고는 있었지만, 아직도 마음을 정하지 못하고 주저하고 있었다.

월요일에 피터섐 역에서 내린 나는 걸어서 다시 그 서점으로 갔다. 나는 일시적으로 자신감을 강화해 놓은 상태였지만, 아직 다른 응모자가 없다는 얘기를 듣자 절로 자신감이 솟구쳤다. 60대인 서점 주인은 얼마 전 허리를 다쳤다고 했다. 책 상자를 여기저기로 움직이거나 자기가 없을 때 계산대를 맡아 줄 점원이 필요하다는 얘기였다. 나는 그에게 솔직하게 사실대로 털어놓았다. 어렸을 적에 걸린 병 때문에 신경에 손상을 입고, 최근이 되어서야 회복했다는 식으로.

그는 그 자리에서 한 달 동안 시험 삼아 나를 고용하겠다고 했다. 최초의 급료는 〈글로벌 보험〉사가 내게 지불하는 액수와 정확히 일치했지만, 정식으로 고용되면 조금 더 올려주겠다는 약속이었다.

일은 힘들지 않았고, 달리 할 일이 없을 때는 뒷방에서 책을 읽어도 서점 주인은 개의치 않았다. 어떤 의미에서는 천국에 와 있는 것이나 마찬가지였다. 1만 권의 장서를 액세스 요금도 내지 않고 마음대로 읽을 수 있으니까 말이다. 그러나 이따금 내가 다시 분해될지도 모른다는 공포를 느끼곤 했다. 나는 탐욕스럽게 책을 읽었고, 어떤 레벨에서는 명확한 판단을 내릴 수가 있었다. 능숙한 작가와 서투른 작가, 정직한 저자와 사기꾼, 진부한 글과 영감에 가득 찬 글을 구별하는 식으로 말이다. 그러나 의뇌는 여전히 내가 모든 것을 즐기고, 모든 것을 받아들이기를 원했다. 내가 먼지가 쌓인 책장 너머까지 확산해서, 그 누구도 아닌 존재, 바벨의 도서관의 유령이 되어 버릴 때까지.

그녀가 서점 안으로 걸어 들어온 것은 봄이 시작되던 날, 가게 문을 연 지 2분 뒤의 일이었다. 그녀가 책을 훑어보는 광경을 바라보며 나는 지금부터 내가 하려는 일의 결과를 뚜렷하게 상상해 보려고 노력했다. 몇 주 동안 나는 매일 다섯 시간씩 계산대를 지키면서 많은 사람들과 접촉했고, 그 결과 무엇인가를……기대하게 되었다. 서로를 첫눈에 보고 반해서 열렬한 사랑에 빠진다든가 하는 일이 아니라, 희미하게나마 상대방에 대해 관심을 느낀다든지, 나도 다른 사람들보다 어떤 특정한 사람을 정말 더 원할 수 있다는 어렴풋한 징후를 찾고 있었던 것이다.

지금까지 그런 일은 일어나지 않았다. 친숙한 태도로 시시덕거리는 손님도 있었지만 그런 행동에 무슨 특별한 뜻이 있는 것이 아니라 그 사람 특유의 예의에 불과하다는 사실을 알고 있었다. 그들이 유별나게 정중하고 친절한 태도를 보였을 때도 나는 아무 느낌을 받지 못했다. 일반적인 기준에 비추어 볼 때 어떤 손님의 용모가 매우 뛰어나다거나, 활력에 차 있다거나, 신비적이라거나, 기지에 차 있고 매력적이라거나, 젊음으로 반짝이고 있다거나, 세속적인 분위기를 풍기고 있다거나 하는 식의 판단은 내릴 수가 있었지만……나는 그런 일에는 아무 관심도 느끼지 못했다. 4천 명의 샘플 제공자들이 각기 사랑했던 각양각색의 사람들의 광범위한 특징을 한 자리에 모아 놓았다면, 결국 인류 전체를 망라하는 것이나 마찬가지였다. 내가 스스로 그런 균형을 깨는 행동에 나서지 않는 이상 그런 상태는 결코 변화하지 않는다.

그래서 지난 주에 나는 그런 일에 관련된 의뇌의 모든 시스템의 수치를 3이나 4까지 낮춰 놓았다. 그 결과 나는 내가 만나는 사람들에 대해 목석 이상의 관심을 느끼지 못했다. 그러나 서점 안에서 낯선 여성과 홀로 있게 되자, 나는 천천히 제어 패널의 수치를 올렸다. 포지티브 피드백, 즉 수치가 높아지면 높아질수록 그것을 더 올리고 싶다는 욕구가 강해지는 현상에는 저항할 필요가 있었으므로, 나는 미리 정해 둔 한계치를 고수했다.

그녀가 책 두 권을 골라 계산대로 다가올 무렵에는 반쯤은 도전적인 승리감을 맛보고, 반쯤은 수치심으로 몸 둘 바를 모르고 있었다. 네트워크를 통해서 마침내 나만의 순수한 기분이라고 할 만한 것을 손에 넣었던 것이다. 이 여성을 볼 때 느끼는 감정은 진짜처럼 느껴졌다. 그런 상태에 도달하기 위해 내가 취한 모든 수단은 계획적이고 인공적이며 기괴하고 혐오스러운 것이었지만⋯⋯이것밖에는 달리 방법이 없었다.

책값을 계산하면서 내가 미소 짓자 그녀도 내게 따뜻한 미소를 보냈다. 그녀는 결혼 반지나 약혼 반지를 끼고 있지는 않았지만——나는 어떤 상황에서도 행동에 나서지 않으리라고 굳게 결심하고 있었다. 이것은 단지 첫번째 걸음마에 불과하기 때문이다. 어떤 특정한 개인을 인식하고, 다른 군중으로부터 명확하게 구분하기 위한. 데이트 신청은 그녀의 용모를 조금이라도 닮은 열번째, 혹은 백번째 여성과 조우했을 때 하면 된다.

나는 말했다.

"나중에 커피라도 한잔 하지 않겠습니까?"

그녀는 놀란 표정이었지만 곤혹스러워하지는 않았다. 마음을 정하지 못했지만, 그래도 그런 소리를 들어서 조금은 기쁜 듯했다. 예기치 않게 입 밖에 나온 이 말이 허탕으로 끝나더라도 받아들일 마음의 준비가 되어 있다고 생각했지만, 뭐라고 대답할까 생각하고 있는 그녀의 모습을 보자 나의 내부에 존재하는 잔해 어딘가에서 흘러나온 날카로운 아픔이 가슴을 꿰뚫었다. 만약 이 아픔이 조금이라도 내 얼굴에 나타났다면, 그녀는 아마 가까운 동물병원으로 부리나케 나를 데려가서 안락사시켰을 것이다.

그녀가 말했다.

"괜찮을 것 같네요. 나는 줄리아라고 해요."

"마크라고 합니다."

우리는 악수했다.

"일은 언제 끝나죠?"

"오늘 밤 말입니까? 아홉 시입니다."

"아."

나는 말했다. "그럼 점심은 어떻습니까? 그쪽 점심 시간은 언제인가요?"

"한 시예요." 그녀는 주저했다. "저기, 거리 끝쪽에 가면 있는 가게를 알아요? 철물점 옆에 있는?"

"물론 좋죠."

줄리아는 미소 지었다. "그럼 거기서 만나요. 1시 10분쯤에. 괜찮죠?"

나는 고개를 끄덕였다. 그녀는 몸을 돌려 밖으로 나갔다. 나는 멍하고, 두려움에 차고, 고양된 기분으로 그녀의 뒷모습을 바라보았다.

나는 생각했다. 쉽잖아. 누구든 할 수 있는 일이야. 숨 쉬는 것처럼.

나는 호흡 항진 증세에 빠졌다. 나는 십대 정서지체아나 마찬가지였고, 그녀는 단 5분만에 그 사실을 알아차릴 것이다. 운이 나쁘다면 내 머릿속에서 4천 명의 성인 남성이 조언을 하고 있다는 사실을 알아차릴지도 모른다.

나는 토하기 위해 화장실로 갔다.

줄리아는 몇 블록 떨어진 곳에 있는 옷가게의 매니저라고 했다.

"그 서점에서 일한 지는 얼마 안 됐죠?"

"예."

"그럼 그 전에는 뭘 했었는데요?"

"무직이었습니다. 오랫동안."

"얼마나 오랫동안?"

"학교를 나온 뒤부터."

그녀는 얼굴을 찡그렸다. "취직난이라고는 하지만 이건 정말 너무하다고 생각하지 않아요? 뭐 나도 그렇게 열심히 일하는 건 아니지만. 일자리 나누기 운동에 동참해서 반나절만 일하고 있어요."

"정말로? 그래 보니까 어떻습니까?"

"아주 괜찮아요. 그러니까, 운이 좋다고나 할까. 원래 임금이 높은 편이라서 월급을 반만 받아도 그럭저럭 먹고 살 수 있어요." 그녀는 웃음을 터뜨렸다. "그런 식으로 일하고 있다는 얘기를 들으면 대다수 사람들은 내가 아이를 갖고 있다고 생각하더군요. 그것 말고는 달리 이유가 없기라도 한 것처럼."

"여가 시간이 있으니까 좋습니까?"

"그래요. 시간은 중요하죠. 서둘러야만 하는 걸 좋아하지 않아요."

이틀 뒤에 우리는 점심을 함께 먹었고, 그 다음 주에는 두 번 더 같은 일을 했다. 그녀는 자기 가게에 관해 얘기했고, 남미 여행과 유방암에서 회복 중인 언니에 관해 얘기했다. 나는 오래 전에 사라진 나의 암 얘기를 할 뻔했지만, 그런 행위가 몰고 올 결과에 대한 두려움은 차치하더라도 너무 노골적으로 동정을 구걸하는 것처럼 보일까봐 그만두었다. 집에서는 언제나 영상전화 앞에 죽치고 앉아 있었다. 전화가 오기를 기다리는 것이 아니라, 뉴스 프로그램을 시청함으로써 나말고도 화제로 삼을 만한 이야깃거리를 얻기 위해서였다. 당신이 제일 좋아하는 가수/작가/예술가/배우가 누구죠? 글쎄요.

내 머릿속은 줄리아의 모습으로 가득 차 있었다. 그녀가 매시 매초마다 무엇을 하고 있는지를 알고 싶었다. 나는 그녀가 행복해지고, 안전해지기를 원했다. 왜? 내가 그녀를 선택했기 때문이다. 하지만⋯⋯. 나는 왜 누군가를 선택해야 한다는 강박 관념을 갖게 된 것일까? 궁극적으로는 샘플 제공자들 대다수가 모든 사람이 아닌 어떤 특정한 인물을 원했으며, 사랑했다는 공통점을 가지고 있었기 때문이다. 왜? 결국은 진화의 문제로 볼 수 있다. 눈에 보이는 사람들과 닥치는 대로 성교하는 것이 불가능한 것과 마찬가지로, 그들 모두를 돕고 보호하는 것은 불가능하다. 한편 이 두 가지의 적절한 조합이 자기 유전자를 물려주는 데 유리하다는 점은 명백하다. 따라서 내가 느끼는 감정은 다른 사람들과 똑같은 이유에 기인하고 있다. 그렇다면 더 이상 무엇을 원하겠는가?

그러나 언제든 머릿속의 버튼 몇 개의 위치를 움직이기만 하면 그런 감정들을 사라져버릴 수 있게 할 수 있는 상황에서, 줄리아에 대한 내 감정이 진짜라고 어떻게 주장할 수 있단 말인가? 설령 문제의 버튼에 손을 댈 생각이 나지 않을 정도로 강한 감정을 느끼고 있다고는 해도⋯⋯.

인간이라면 누구나 경험하는 일이라고 생각할 때도 있다. 사람들이 누군가를 더 잘 알려고 결심하는 계기는 반쯤은 우연에 지나지 않는다. 그리고 모든 것은 그런 결정으로부터 시작되는 것이다. 몇 시간이나 밤잠을 설치면서 내가 나를 비참한 감정의 노예 내지는 강박관념에 사로잡힌 위험 인물로 만들고 있는 것이 아닌가 고민할 때도 있었다. 앞으로 줄리아에 관해 어떤 사실을 알게 되더라도, 일단 그녀를 선택해 버린 지금 그녀를 떠나보내는 일이 가능하기나 한 일일까? 그녀에 대해 어렴풋한 불만을 느끼는 일조차도 불가능해진 것은 아닐까? 만약에, 언젠가, 줄리아가 나와의 관계를 끊겠다고 결심할 경우 나는 그것을 어떻게 받아들여야 할까?

우리는 저녁을 먹으러 나갔고, 택시를 타고 함께 그녀의 집으로 왔다. 현관문 앞에서 그녀에게 잘 자라는 키스를 했다. 내 아파트로 돌아온 다음에는 네트에서 건져낸 섹스 매뉴얼을 들춰보면서, 내가 전혀 경험이 없다는 사실을 도대체 어떻게 감출 수 있을지 곰곰이 생각해 보았다. 무엇을 보아도 해부학적으로 불가능하다는 생각밖에는 들지 않았다. 6년쯤 체조 훈련을 받지 않는다면 정상 체위조차도 힘들 거라는 생각이 든다. 줄리아를 만난 이래 나는 자위 행위를 거부하고 있었다. 줄리아에 관한 성적인 몽상에 잠기고, 그녀의 허가 없이 그녀의 모습을 상상하는 일조차도 천만부당하고 용서할 수 없는 일처럼 느껴졌다. 더 이상의 고민을 포기하고 침대에 누운 나는 새벽까지 뜬 눈으로 밤을 지새우며, 내가 스스로 판 함정을 이해하고, 왜 거기서 도망치고 싶지 않은지를 이해하려고 노력했다.

땀투성이가 된 줄리아는 허리를 굽히고 내게 입을 맞췄다. "지금 아주 좋았어." 그녀는 내 몸 위에서 내려와서 침대에 털썩 누웠다.

그때까지 10분 동안 나는 파란 제어 패널을 조작해서 발기한 채로 사정하지 않았다. 바로 이런 과정이 포함된 컴퓨터 게임이 있다는 얘기를 들은 적이 있다. 나는 파란 패널의 수치를 올리고 애정을 더 강화했고——줄리아와 눈을 마주치자 그 효과를 그녀가 감지했다는 사실을 알 수 있었다. 그녀는 한 손으로 내 뺨을 쓰다듬으며 말했다.

"정말 멋져. 그걸 알고 있어?"

나는 말했다.

"실은 얘기할 일이 하나 있어." 멋지다고? 나는 꼭두각시야. 로보트야. 괴물이야.

"뭐?"

말이 나오지 않았다. 줄리아는 재미있어 하는 표정을 짓고 내게 입을 맞췄다.

"당신이 게이라는 건 알아. 괜찮아. 난 그런 데는 신경 쓰지 않아."

"난 게이가 아냐." 더 이상은? "예전에는 그랬을지도 모르지만 말야."

줄리아는 미간을 찌푸렸다.

"게이든, 양성애자든……. 난 상관 안 해. 정말로."

얼마 지나면 더 이상 나의 반응을 의식적으로 조작할 필요가 없어질지도 모른다. 의뇌는 이런 경험 전체를 통해 새롭게 조정되고 있으므로, 몇 주 지난 뒤에는 그냥 내버려 둬도 괜찮을 것이다. 그때가 되면, 지금은 선택할 필요가 있는 모든 일들에 대해 다른 사람들과 마찬가지로 자연스럽게 느낄 수 있을 것이다.

나는 말했다.

"열두 살 때 나는 암에 걸렸어."

나는 그녀에게 모든 일을 털어놓았다. 그러면서 그녀의 얼굴을 보았고, 공포와 점점 커지는 의구심을 보았다.

"내 말을 못 믿겠어?"

그녀는 더듬거리며 대답했다.

"말하는 투가 너무나도 사무적이라서. 18년이라고? 어떻게 그냥 '나는 18년을 잃었어'라고 말할 수 있는 거야?"

"그럼 어떻게 얘기했으면 좋겠어? 나는 당신의 동정심을 얻으려고 이러는 게 아냐. 단지 당신이 이해해 주기를 바랄 뿐이야."

그녀를 만난 날에 관해 얘기할 차례가 되자 나는 두려움으로 위가 딱딱해지는 것을 자각했지만, 계속 얘기했다. 몇 초 뒤에 그녀의 눈에 눈물이 맺히는 것을 보았을 때는 칼로 심장을 찔린 듯한 기분을 맛보았다.

"미안해. 상처를 줄 생각은 없었어."

여기서 그녀를 껴안아야 할지, 그냥 내버려 두고 자리를 떠야 할지 알 수가 없었다. 나는 그녀의 눈에서 시선을 떼지 않았지만, 방 전체가 흔들거리는 느낌을 받았다.

그녀는 미소 지었다.

"뭐가 그렇게 미안하다는 거야? 당신은 나를 선택했고, 나는 당신을 선택했어. 두 사람 모두 다른 선택을 할 수 있었지만, 그렇게 되지는 않았잖아." 그녀는 시트 아래로 손을 집어넣어 내 손을 쥐었다. "그렇게 되지 않았어."

줄리아는 토요일에 쉬었지만 나는 아침 여덟 시까지 출근해야 했다. 여섯 시에 집을 나서려는 나에게 그녀는 졸린 얼굴로 키스를 했다. 나는 집까지 구름 위를 걷는 기분으로 걸어갔다.

그날은 서점에 온 손님들 모두에게 멍청하게 웃어 보인 것이 틀림없지만 나는 그들을 제대로 쳐다보지도 않았다. 미래를 머릿속에 그려 보느라고 바빴기 때문이다. 9년 동안 아버지나 어머니에게는 아예 연락을 하지도 않았기 때문에, 그들은 내가 두라니의 치료를 받았다는 사실을 전혀 모른다. 그러나 지금은 모든 것을 다시 복구할 수 있을 것처럼 느껴졌다. 당장이라도 그들을 만나러 가서 이렇게 말할 수도 있다. 어머니, 아버지, 아들이 죽음으로부터 살아 돌아왔습니다. 오래 전에 두 분이 제 목숨을 구해 주신 덕택입니다.

집에 도착하자 영상전화에 줄리아가 보낸 메시지가 와 있었다. 렌지를 켜고 요리를 시작하기 전까지 나는 그것을 보고 싶다는 욕구를 참았다. 이런 식으로 나 자신의 욕구를 억누르면서 그녀의 얼굴과 목소리를 상상하는 행위에서 도착적인 즐거움을 느꼈다.

재생 버튼을 눌렀다. 줄리아의 얼굴 표정은 내가 상상했던 것과는 좀 달랐다.

자꾸 그녀의 애기를 헛듣는 통에 되돌리기 버튼을 여러 번 눌러야 했다. 단편적인 말들이 내마음 속에서 반향했다. 너무 괴상해. 너무 끔찍해. 그 누구의 책임도 아냐. 어젯밤에는 내가 했던 설명을 제대로 이해하지 못했던 것이다. 그러나 시간을 들여 충분히 생각을 해 보니, 4천 명의 죽은 사내들과는 도저히 사귈 수 없다는 결론이 나왔다.

나는 바닥에 주저앉은 채로 이럴 때는 어떤 감정을 느껴야 하는지 정해 보려고 했다. 고뇌의 파도가 엄습해 오거나, 그보다 약간 나은 정도여야 할까. 의뇌의 제어 패널들을 불러내면 나를 행복하게 할 수 있다는 사실을 알고 있었다──또다시 '자유로운' 몸이 되었다든지, 내게는 줄리아가 없는 쪽이 차라리 낫다거나 하는 이유를 대고……. 혹은 줄리아에게는 내가 없는 쪽이 차라리 낫다거나. 행복이란 어차피 무의미하니까 그냥 행복해도 상관없다는 태도를 취할 수도 있다. 그러기 위해서는 나의 뇌를 루엔케팔린에 푹 잠기게만 하면 된다.

바닥에 주저앉은 채로 눈물과 콧물을 닦고 있던 중에 채소가 타기 시작했다. 환부를 소작(燒灼)해서 상처를 봉인하는 듯한 냄새이다.

모든 것이 끝날 때까지 그냥 놓아두기로 했다. 제어 패널에는 손을 대지 않았지만—원한다면 얼마든지 그럴 수 있다는 사실이 모든 것을 바꿨다. 그러자 이런 생각이 떠올랐다. 설령 내가 루크 드 브리스에게 가서 "이제 완벽하게 나았으니까 소프트웨어를 제거해 줘. 더이상 선택하는 능력 따위는 필요없어……"라고 말하더라도, 내가 느끼는 모든 것이 어디서 왔는지는 결코 잊을 수 없을 것이다.

아버지가 어제 아파트로 찾아왔다. 별다른 대화를 나누지는 않았지만, 아버지는 아직 재혼하지 않았다고 내게 말했고, 독신자끼리 나이트 클럽을 누비고 돌아다니면 어떻겠느냐는 농담을 했다.

적어도 농담이라고 믿고 싶다.

아버지를 바라보며 이런 생각을 했다. 아버지도, 어머니도, 모두 내 머릿속에 있다. 그들뿐만이 아니라, 상상을 초월한 먼 과거부터 존재하던, 인간과 원인(原人) 모두를 포함한 몇천 만 명의 조상들 또한 내 머릿속에 있다. 거기에 4천 명을 덧붙였다고 해서 뭣이 대수인가? 인간은 모두 나와 같은 유산으로부터 스스로의 인생을 만들어 가기 마련이다. 반쯤 보편적인 동시에 반쯤 특수하며, 가차 없는 자연도태에 의해 반쯤 예리해지고, 우연이라는 자유에 의해 반쯤 누그러진 유산을 물려받은 것이다. 내 경우는 그런 과정의 세부를 조금 더 적나라하게 의식해야 한다는 점만 다를 뿐이다.

그리고 앞으로도 그렇게 살아갈 수 있다. 무의미한 행복감과 무의미한 절망감이 복잡하게 뒤얽힌 경계선상을 걸어가면서. 혹시 나는 행운아일지도 모른다. 경계선 양쪽에 펼쳐진 것들을 뚜렷하게 보는 일이야말로 그 좁다란 길에서 벗어나지 않을 수 있는 최상의 방법일 수도 있으므로.

아버지는 내 아파트를 떠나면서 발코니 너머로 복잡하고 너저분한 교외를 내다보았고, 패러매타 강을 내려다보았다. 강둑의 빗물 배수관이 기름과 길가의 쓰레기가 섞인 더러운 흙탕물을 뱉어내고 있다.

아버지는 미덥지 않은 듯이 내게 물었다.

"이런 데서 사니까 행복해?"

나는 대답했다.

"여기가 마음에 듭니다."

그렉 이건은 1990년대에 등장한 가장 독창적이며 논쟁적인 하드 SF 작가 중 한 사람이다. 그는 인터뷰에서 이렇게 말한 적이 있다. "내가 쓴 소설에서는 과학과 형이상학의 전이(轉移)가 일어난다고 생각한다. 과거에는 완전히 형이상학적이었던 문제, 과학적 탐구의 영역을 완전히 벗어난 것으로 간주되었던 문제들이 실제로 물리학의 일부가 되는 식으로 말이다. 나는 과거에는 형이상학이라고 간주되던 영역으로 과학이 손을 뻗치는 이야기를 쓰고 싶지, 과학을 포기한다거나 '초월'하는 일 따위에는 전혀 관심이 없다."

그리고 1998년 7월에 〈길가메시〉에 실린 인터뷰에서는 그의 가장 중요한 작품이자 문제작 중 하나인 「내가 행복한 이유」에 관해서 이렇게 말하고 있다.

"1996년에는 중단편을 전혀 발표하지 않았고, 금년에도 단지 중편 두 편을 발표했을 뿐이다. 장편을 쓰느라고 시간이 없기도 했지만, 최근 들어서는 중단편을 쓰는 데 시간이 더 걸리기 때문이다. 〈인터존〉지 금년 4월 호에 실렸던 「내가 행복한 이유」를 쓰는 데는 석 달이 걸렸다. 그러나 이 석 달은 매우 유익한 시간이었다고 생각한다. 나는 이 중편에 완전히 만족하고 있다. 물론 '이걸 나보다 더 잘 쓸 수 있는 작가는 없어'라고 주장하는 것은 불가능하지만, 단 한 단어도 바꿀 생각이 없다고 솔직하게 말할 수 있는 지금 같은 경우에는 만족감을 느낀다."

데이빗 스윙거는 〈뉴욕 SF 리뷰〉지에 「하드 캐릭터 SF」라는 제목으로 실린 기사에서, 인격이 어느 수준까지 생리학적, 생화학적, 유전적으로 결정되는지에 대한 새로운 과학적 관점의 의의에 관한 토의를 전개하고 있다.

[역사적으로] 장르 SF의 이른바 '인문 과학(human sciences)'에 대한 태도는 크게 나누어 두 가지가 있다. 문학적으로 존경받고 싶어 하는 진영은 인문과학을 자체적으로 평가하고 수입했다……. 『파괴된 사나이』나 『인간을 넘어서』 같은 소설은 프로이트를 크게 환영하며 장르 내부로 받아들였다. 1960년대의 뉴 웨이브 운동은 주류 문학의 인물조형에 관한 아이디어를—SF가 인물조형 따위에는 관심이 없다는 주류 문학측의 비난까지 포함해서—고스란히 받아들였으며, 1970년대에 대거 등장한 여성 SF 작가들의 경우도 같은 태도를 취했다…….

그러나 하드 SF의 모태가 된 캠벨 진영의 일파는 언제나 다른 태도를 견지했다. 이 일파는 줄곧 (그리고 정당하게) 프로이트를 의심했으며, '인문 과학'을 단순히 외경하고 우러러보기보다는 그것을 개선해서 엄밀하고 진정한 과학으로 만들려고 시도했다……. SF 작가였던 L. 론 허버드의 악명 높은 다이어네틱스(Dianetics)조차도 과학적으로 해석한 프로이트 이론이라는 깃발을 내걸었을 정도이다. 1940년대와 50년대에는 '소프트'한 과학을 조금 더 하드하게 만들려는 많은 시도가 있었다. 그러나 당시의 과학기술은 그런 환상과 기대를 충족할 만한 수준에 도달해 있지 않았고, SF 장르 전체에 영향을 끼친 변화와 지적 흥분은 위에서 언급했듯이 다른 진영에 의해 주도되었다. 그러나 사이버펑크 운동이 발흥한 1980년대에는 사정이 바뀐다. 사이버펑크 진영은 브루스 스털링(빈센트 옴니베리타스)의 유명한 사이버펑크 선언을 통해 SF의 영혼을 걸고 결투를 하자며 '휴머니스트'들을 노골적으로 자극했고, 막후에서는 사이버펑크보다는 좀 더 전통적이면서도 전임자들보다는 훨씬 더 많은 지식을 갖춘 캠벨 진영의 하드 SF가 조용하고 완만한 르네상스를 맞이하고 있었다. 1990년대가 되자 이 두 경향은 함께 진화했다……. 정력적이며 마찰을 두려워하지 않고, "아무 쓸모도 없는 구닥다리 구호를 불태워 버리며,"(스털링) 주저 없이 휴머니스트적 경건함을 조롱하는 그렉 이건의 태도는 사이버펑크의 그것과 일맥상통한다. 그러나 휴머니스트들의 본진으로 쳐들어가서 마침내 승리할 수 있다고 장담하게 된 캠벨파 하드 SF의 진정한 원동력이 되어 준 것은 50년 동안 눈부시게 발전한 과학기술이며, 나는 이런 소설들을 '하드 캐릭터 SF'라고 부른다.

그리고 마침내 캠벨파의 꿈이 완전히 부활할 때가 왔다. 그렉 베어나 그레고리 벤포드의 소설처럼 새롭고 진정하게 과학적인 인간의 모습을 보여줄 뿐만 아니라, 전통 문학과 모더니스트 문학 양쪽에 도전할 수 있는 역량을 갖춘 소설이 등장한 것이다……. 하드 캐릭터 SF의 잠재력이란 바로 이런 것이다.

〈뉴욕 SF 리뷰〉에 실린 에세이에서 이건의 이 중편에 관해 논한 웨인 대니얼즈는 다음과 같이 말했다.

……이 소설을 읽어 보면, 어떤 인물의 본질을 알려면 과학적이거나 철학적인 묘사는 필수라는 인상을 받게 된다. 주인공인 마크는…… 자신이 어떤 단계에서도 망상에 빠져 있지 않았다는 사실을 독자에게 명확하게 알리려고 무던히 애를 쓴다. 그는—여기서 이런 표현을 써도 된다면—언제나 '제정신'인 것이다. 문제는 마크의 마음에서 감정을 담당하는 기본적인 부분이 파괴되었다는 점이다. 처음이든 나중이든, 마크는 그가 외부 세계에 대해 감정을 느끼는 방식에 합리적인 부분이라고는 전혀 없다는 사실을 숨기지 않는다. 외부 세계에 대처하려면 아직 멀쩡한 인지적 기능만으로도 충분하다. 그러나 우리가 그가 놓인 심리적, 생리적 상황을 어떻게 해석하든 간에, 그것이 의미하는 현실은

가치 판단과 자기가치와 느낌을 나타내는 언어로 (혹은 그런 언어를 통해서만) 전달된다. 행복의 메커니즘을 가장 힘든 방법으로 습득했기 때문에, 그는 그 현상이 정신적인 것이라고 단지 암시하기만 하는 언어에 신뢰를 두지 않는다. 물론 그는 그런 방식으로 행복을 경험했고, 계속 경험하지만 말이다. 그러나 그런 사실을 언술하기 위해서는, 마크는 그가 더 이상 적절하지 않다고 간주하는 언어를 써야 한다. 실증적으로는 만족스러울지 몰라도 그의 실제 경험은 전혀 전달하지 못하는 단어만을 쓰는 방식은 대안이 되지 못한다. 마크의 인간적 부분의 자기 이해는 두 가지의 전혀 달라 보이는—같은 기준으로 재단하기는 힘든—자기 묘사 방식에 의존하고 있기 때문이다.

「내가 행복한 이유」에 등장하는 의학적 치료법의 성과는 테드 창의 「이해」의 그것에 비하면 조촐해 보인다. 주인공의 행복과 즐거움을 느끼는 능력을 복구했을 뿐이니까 말이다. 그러나 무차별적인 행복밖에는 느낄 수 없었던 탓에 그는 자기가 원하는 쾌락의 대상을 선택할 수 있는 능력을 부여받는다. 바꿔 말하자면, 세계를 제어하는 능력을 선사받은 것이 아니라 세계에 대해 그가 느끼는 감정을 제어할 수 있는 능력을 선사받은 것이다. 세계가 그를 바라보는 방식을 제어할 수 없다는 점을 제외하면, 이 두 가지 능력을 같은 것으로 간주하는 시점도 있을 것이다. 자기와 세계와의 관계, 마음과 물질 사이의 관계에서 찾아볼 수 있는 대립과 대칭성이라는 주제는 이런 종류의 소설의 중심을 이루는 주제이다.

붉어지기만 하는 빛

An Ever-Reddening Glow

| 데이비드 브린 |

우주선이 헤르쿨레스 자리 은하단을 향해 광속의 99.99%의 속도로 순항하고 있었을 때, 선장이 선내 방송을 통해 누가 우리 뒤를 따라온 다는 소식을 전했다.

그 탓에 오후의 기본 폭축(爆縮) 기하역학* 수업이 중단되었다. 나는 젊은이들—주관적 출발 시간인 8년 전에는 어린애들이었다—에게 우리 〈풀턴〉 호의 항성 간 항행 엔진의 구동 원리를 설명하던 중이었다.

"고대의 SF 소설에서는," 나는 이렇게 강의했다. "빛의 속도를 넘기 위한 온갖 신기한 방법이 제시되곤 했지. 개중에는 이론상 가능해 보이는 것들까지 있었어. 특히 차용한 시공간을 꼬아서 극미(極微) 특이점을 만드는 방법을 우리가 터득한 뒤에는 말야. 유감스럽게도 웜

---

* Geometrodynamics, 일반 상대성이론을 바탕으로 중력이나 전자기 따위의 물리현상을 시공연속체의 기하학적 특성으로 기술하려고 시도했던 물리학의 한 분야.

홀은 그 안으로 들어가는 모든 물체를 플랑크 단위로까지 짜부라뜨리는 무시무시한 경향을 갖고 있었고, 또 항성 간 공간을 '휘게warp'만 들려면 은하계에 맞먹는 질량이 필요하기 때문에 초광속 비행은 결국 불가능하다는 사실이 판명되었어. 결국은 지금처럼 통상 공간에서 뉴튼의 작용과 반작용 원리에 따라 우주선을 추진시키는 옛 방법을 답습하는 수밖에 없었지……. 단지 조상님들은 상상도 못했던 방식을 쓰고 있다는 점이 다르지만 말야."

일단 이렇게 운을 뗀 다음 간격 서핑에 관해 묘사하려던 참에, 선장의 목소리가 선내에 울려퍼졌던 것이다.

"아무래도 누군가가 우리 뒤를 따라오고 있는 듯하군. 게다가 우리더러 엔진을 끄고 옆으로 다가가게 해 달라고 요구하고 있어."

섬광 신호를 번득이며 중간에서 우리를 따라잡은 배는 질량이 1마이크로그램에도 못 미치는 극미 우주선이었다. 근처에 있던 항성에서 발사된 강렬한 광선으로 추진력을 얻고 있었다. 우리의 후방 감시 미러에 반사된 것은 바로 그 광선(완전히 적색 편이된)이었다. 그런 연유로, 우리는 BHG 엔진을 멈추고 타성 비행 상태에서 랑데부를 기다렸다.

두 개의 나선 팔 사이에서 무한하게 아가리를 벌린 듯한 허공에서 행해진 이 기묘한 접촉을 머리에 떠올려 보라. 관측 가능한 별들은 모두 도플러 효과에 의해 휘황 찬란하게 빛나는 비좁고 둥근 테 안에 빼곡히 들어차 있다. 테 앞쪽은 파랗지만 뒤로 갈수록 빨갛게 보인다. 극미 우주선과 속도를 맞추는 〈풀턴〉 호는 마치 눈에도 안 보이는 플랑크톤 옆에서 헤엄치는 거대한 고래처럼 보였다. 인간들과 지성을 갖도록 개량된 지구산 동물들로 잔뜩 찬 우리의 식민 우주선은 훤히

비칠 정도로 얇은 천을 둘둘 말아놓은 우산처럼 생긴 초소형 물체 옆에서 부유(浮遊)했다. 말하는 우산이다.

"우리 요청에 응해 줘서 고맙습니다." 쌍방의 컴퓨터가 언어 링크를 확립하자 우산이 말했다. "우리는 범우주적인 〈의무적 실용주의 단체〉를 대표해서 이 자리에 왔습니다."

그런 단체가 있다니 금시초문이었지만, 우리 선장은 태연자약하게 대답했다.

"아 그렇습니까! 그런데 뭘 도와드리면 될까요?"

"당신들의 항성 간 엔진에 관한 토론에 참가해 주시면 고맙겠습니다."

"예? 우리 항성 간 엔진이 어쨌는데요?"

"당신의 우주선 엔진은 양자적 불확실성 원리를 통해 시공간 거리를 차용하는 방법으로 만들어낸 초소형 웜홀들을 급수(級數) 폭축시키는 방법으로 작동합니다. 차용한 시공간을 되돌려줄 시점이 오기 전에 웜홀들이 뒤쪽에서 다시 붕괴하도록 놓아 두면 시공간의 파문이 생겨나고, 당신의 우주선은 아무런 물질이나 에너지를 소모하지 않고도 그 궤적(軌跡)에 실려 앞으로 나아가게 됩니다."

나라도 이 이상 간결하게 요약하지는 못했을 것이다.

"예?" 선장은 짤막하게 대답했다. "그래서요?"

"그 엔진을 쓰면 한 항성계에서 다른 항성계로 상대론적인 속도로 신속하게 이동할 수가 있습니다."

"매우 쓸모가 있는 건 사실입니다. 우리 인류는 상당히 광범위하게 사용하고 있죠."

"문제는 바로 그것입니다. 우리가 이렇게 엄청난 거리를 여행해서 당신들을 따라잡은 것은 그걸 멈춰 달라고 부탁하기 위해서입니다."

조그만 항성 간 탐사기가 대답했다.

우리를 따라잡기 위해 그런 괴상한 방법을 쓴 것도 하등 이상할 것이 없었다! 〈의무적 실용주의 단체〉의 우주선은 BHG 구동장치가 부도덕하고, 비윤리적이며, 위험천만하다고 주장했던 것이다!

"대안은 있습니다." 〈단체〉 우주선은 강조했다. "우선 우리들처럼 출발 지점에서 발사된 강력한 광선을 타고 여행하는 방법이 있습니다. 그럴 경우에는 물론 육체를 벗어던지고 소프트웨어 존재가 되어야 하지만 말입니다. 우리 우주선에는 그런 승객들이 백만 명쯤 타고 있습니다. 함께 가고 싶으시다면 공짜로 기꺼이 자리를 만들어 드릴 용의가 있습니다."

"아니, 됐습니다." 선장은 사양했다. "우리 종족은 육체가 있는 쪽을 선호하고, 당신들의 그런 수송 방식은 우리 입장에서는 바람직하지도, 편리하지도 않습니다."

"하지만 그것이야말로 생태학적으로 우주론적으로도 건전한 방법입니다! 그에 반해 당신들의 추진 방식은 환경을 오염시키는 해로운 방식입니다."

이 말은 우리의 주의를 끌었다. 정착한 행성을 아예 못 쓰게 만들어버리는 일을 방지하기 위해, 식민 우주선의 탑승원은 환경 문제에 민감한 사람들만이 선발된다. 훗날 우리가 개척한 세계를 물려받는 사람들은 다름아닌 우리의 후손이므로, 이것은 단순한 윤리상의 문제가 아니라 자기 자신의 이익이 걸린 문제이다.

그러나 〈단체〉 우주선의 주장은 우리를 혼란에 빠뜨렸다. 그래서 이번에는 내가 탑승원들을 대표해서 대답했다.

"환경에 해롭다고요? 우리는 단지 우주선 뒤로 일시적으로만 존재하는 초소형 블랙홀들을 만들어 내서 폭축시킴으로써 차용한 시공간을 타고 전진할 뿐인데요. 어차피 비어 있는 공간에 약간의 공간을 덧붙일 뿐인데, 뭐가 오염된다는 겁니까?"

〈단체〉 우주선이 말했다. "정말로 모르겠습니까. 그런 일을 할 때마다 당신들은 출발지와 목적지 사이의 전체 거리를 늘리고 있지 않습니까!"

"아주 조금 느는 것은 사실입니다." 나는 시인했다. "하지만 그런 작용을 통해 우리는 강력한 의사(擬似) 가속을 경험하고, 그 결과 빛의 속도에 거의 근접하는 속도로 나아가게 됩니다."

"당신들에게는 매우 편리한 방법이겠죠. 하지만 뒤에 남는 우리는 어떻게 됩니까?"

"뒤에…… 남는…… 우리들이라니, 누구를 말씀하시는 건지?"

"그 뒤에 남은 우주에 사는 생물들 말입니다!" 우주선은 끈덕지게 말했다. 좀 화가 난 말투였다. "당신들이 그런 식으로 신나게 전진한 결과 A 지점과 B 지점 사이의 거리는 더 멀어지고, 다음번에 그 공간을 가로질러야 하는 사람의 여행을 조금씩 더 힘들게 만든다는 뜻입니다."

나는 웃음을 터뜨렸다.

"'조금씩'이라는 표현이 맞습니다! 항성 간 공간에 눈에 보일 정도의 효과가 나타나려면 몇백만 척, 아니 몇조 척은 되는 우주선이 거길 지나가야 할 걸요. 게다가 그런 공간은 전 우주가 팽창하고 있는 탓에 어차피 확장될 운명에 있고——"

〈단체〉 우주선이 내 말을 가로막았다.

"그럼 말이 나온 김에 한번 물어 봅시다. 당신은 그런 팽창의 원인이 도대체 뭐라고 생각하는 겁니까?"

내가 한순간 할 말을 잃고 멍하게 그쪽을 바라보았다는 사실을 부인할 생각은 없다. 잠시 뒤에야 가까스로 쉰 목소리가 나왔다.

"도대체……," 나는 마른 침을 삼켰다. "도대체 그게 무슨 뜻이죠?"

〈의무적 실용주의 단체〉는 뚜렷한 사명을 가지고 활동 중이었다. 은하계——지구가 포함된 것뿐만 아니라, 밤하늘에 보이는 은하계들 대다수——를 열심히 돌아다니며 다른 사람들에게 자제를 요청한다는 사명을 말이다. 근시안적인 종족에게 미래에 관해 생각해 보라고 역설하고, 장래에도 그들의 후손이 살아 가야 하는 곳을 오염시키지 말아달라고 간청하는 식으로.

정말로, 정말로 오랫동안 그래 왔다고 한다.

"별로 성공적이지는 못했던 것 같군요. 안 그렇습니까?"

나는 충격에서 어느 정도 벗어난 뒤에 물었다.

우주선은 시무룩한 어조로 말했다. "예. 별로 성공적이지 않습니다. 몇십억 년이라는 시간이 흐르며 우주는 점점 더 커지기만 합니다. 별들 사이의 간격이 점점 더 넓어지면서 구닥다리 우주여행 방식에 대한 만족도는 더 떨어지고, 소모적인 시공간 파도타기 방식에 매력을 느끼는 사람들이 늘어나는 식이죠. 우리 임무는 쉽지 않습니다. 우리의 권고에 응하는 것은 대부분 오래되고 현명한 종족들입니다. 젊은 종족들은 거의 귀를 기울이려고 하지 않죠."

나는 우리의 멋진 우주선의 통신 돔 안을 둘러보았다. 호기심을 느끼고 몰려온 우리의 자식, 배우자, 연인들로 가득 차 있다. 은하계 모퉁이를 가로질러 과감하게 전진하는, 인류와 그 친구 종족들로 이루어진 생물들의 활기찬 조합. 〈의무적 실용주의 단체〉의 말에 따르면 이동하고, 탐험하고, 신속하게 여행해서 여기저기를 구경하고 싶다는 열망에 불타는 젊고 활기찬 종족은 우리들만이 아니라고 했다. 무역을 하고, 공유하고, 식민지를 개척하기 위해서, 앞으로 나아가고 싶어 하는 종족은!

사실은 우리는 전형적인 예라고 할 수 있단다.

"그렇군요." 나는 이번에는 조금 동정적으로 말했다. "이해할 수 있습니다."

　윤리적 우주선들은 간청과 논쟁과 협박을 통해 우리 우주선을 멈추려고 했다. 그러나 간청은 우리 마음을 움직이지 못했다. 논쟁은 우리를 설득하지 못했다. 그리고 협박은 은하계들 사이의 빈 공간만큼이나 공허했다.

　훗날 몇 번이나 이런 여행을 경험한 뒤에, 나는 이 힘 없는 모기 같은 〈단체〉 구성원들이 어디에나 널려 있으며, 끈질기고 헛된 노력을 되풀이하고 있다는 사실을 알게 되었다. 대다수의 우주선은 후방 미러에서 번득이는 빛들을 상대론적 공간 특유의 현상 중 하나라고 생각하고 무시해 버린다. 붕괴한 블랙홀들의 궤적을 따라 우주선이 힘차게 나아갈 때마다 확장되면서 잔물결을 일으키는 시공간으로 인해 발생하는 '우주 무지개' 따위와 동일시하는 것이다.

　그러나 이제는 조금 보는 눈이 바뀌었다는 점을 시인해야겠다. 우리가 예의 '빅뱅'에 의한 것이라고 생각했던 우주 팽창의 적어도 50퍼센트는 우리와 같은 우주선에 의해 생겨난 것이었다. 오염의 파도를 타고, 공간을 더 많은 공간으로 채움으로써 미래의 후손들에게 나쁜 환경을 떠맡기는 우주선들에 의해.

　그런 광경을 머리에 떠올리기란 쉽지 않다——그토록 우주선이 많았다니. 자기들 생각만 하고 눈앞에 보이는 이익만을 추구하며 무작정 앞으로 내달리기만 하는 이런 우주선들 탓에 전 우주는 매일, 매년, 매이온* 단위로 변화하고 있다. 모든 천체들이 지금보다는 가까웠던 옛날 옛적에는 다른 종류의 이동수단으로도 그럭저럭 만족할 수

* eon, 천문학에서 쓰는 시간 단위. 10억 년

있었는지도 모른다. 그런 시절에 살던 존재들은 절제할 수도 있었다. 그들이 절제했다면 오늘날 우리는 BHG 구동기관을 필요로 하지 않았을는지도 모른다. 초기의 낭비자들이 어느 정도 자제력을 보였다면 말이다.

그런 반면, 미래의 존재들도 아마 우리들에 대해 똑같은 소리를 할 것이라는 예감이 있었다. 별들과 은하계들이, 바로 이 시대에 사는 우리에 의해 근시안적으로 창조된 엄청난 심연에 의해 서로를 거의 볼 수도 없을 정도로 멀리 떨어진 먼 미래에는 말이다.

오호 통재라. 가능한 한 빨리 많은 것들을 보고 많은 일들을 하고 싶어 하는 젊은이가 극기심을 발휘하기란 쉽지 않다. 게다가 나 말고 다른 사람들도 모두 똑같은 일을 하고 있지 않은가? 전 우주의 팽창이라는 상상을 초월한 규모의 사건에 우리가 티끌만큼 기여한들 그게 뭐 대수겠는가? 우리가 여기서 멈춘다고 해도 사태가 더 나아지는 것도 아니지 않은가.

하여튼 간에, 우리의 우주선 엔진은 기쁜 듯이 웅웅거린다. 안전 한계에 아슬아슬하게 근접한 속도로 달리며 우주 무지개를 꿰뚫고, 광속의 벽에 도전하는 것은 기분 좋은 일이다.

요즘 우리는 후방 미러를 보는 일이 거의 없으며……잠깐 멈춰 서서 마냥 붉어지기만 하는 빛을 바라보지도 않는다.

데이비드 브린은 (1950년 생) 물리학자이며, 그가 첫번째 장편소설인 『선다이버』를 발표한 것은 박사논문을 완성하기 1년 전인 1980년의 일이다. 장편 『스타타이드 라이징 *Startide Rising*』(1983)은 휴고와 네뷸러 상 최우수 장편상을 수상했고, 장편 『업리프트 전쟁』(1987)도 휴고 상을 탔다. 그의 최근작인 『킬른 피플』(2002)은 일상적인 잡무를 처리하기 위해 자기 자신의 일회용 카피를 찍어내는 일이 가능한 세계를 무대로 한 SF 추리소설이다. 브린이 쓴 중단편들은 『시간의 강』(1986)과 『타성(他性)』(1994)를 통해 읽을 수 있다. 최근 들어 그는 젊은 세대가 SF에 흥미를 가지도록 하는 운동의 선두에 섰으며, 그와 〈아날로그〉지가 합동으로 주최한 〈Webs of Wonder〉 컨테스트는 인터넷상에서 교육과 좋은 과학소설을 결합하는 일을 목표로 한다.

낙천주의자이자 미래의 신봉자인 브린은 과학기술의 정치적, 사회적 영향에 대한 의견을 활발히 개진하는 것으로 잘 알려져 있으며, 1998년에는 「투명한 사회: 테크놀러지는 프라이버시와 자유 사이의 양자택일을 우리에게 강요할 것인가?」라는 제목의 논픽션을 발표했다.

브린은 하드 SF 작가이지만, 그런 사실이 재미있는 이야기에 악영향을 끼쳐서는 안 된다는 입장이다. 평론가 존 클루트가 언급했듯이, 브린은 "탐색 가능한 우주의 물리적 제한 요소들을 오만하고 당당한 태도로 조롱하는 이야기"를 즐겨 쓴다. 그의 낙천주의와 쇼맨십과 장식을 배제한 간결한 문체는 존 W. 캠벨과 로버트 A. 하인라인의 전통에 입각했다고 해도 무방하다. 이 앤솔러지에 실린 많은 작가들과는 대조적으로, 브린은 자기 소설에서 보통 사람들을 즐겨 등장시킨다. 1997년의 〈로커스〉지 인터뷰에서, 그는 이렇게 언급하고 있다.

내가 소설을 쓸 때 따르려는 규칙 중 하나는 영웅적인 사건에도 영웅이 아닌 보통 사람들이 관여한다는 것이다. 설령 지극히 우수한 주인공들을 등장시킨 다고 해도, 그들을 슬랜*으로 만들고 싶은 생각은 추호도 없다. 나는 SF계 전체 에 침투한 위버멘쉬Ubermensch, 즉 초인의 개념을 혐오한다. 너무 유능해서 외경심을 불러일으키는 주인공 따위는 필요없다. 근면하고 머리가 좋은 사람 들 스무 명이 힘을 합치면 그만 아닌가.

하드 SF는 창의적인 과학적 퍼즐과 게임의 요소를 언제나 함유하고 있었다. 이것은 아마 루이스 캐럴의 유산인지도 모르고, 수학 시간에 풀었던 응용문제 의 영향일지도 모른다. 1930년대 말과 1940년대 초에 L. 스프레이그 디캠프, 앤 서니 바우처, 헨리 커트너, 프레드릭 브라운 등에 의해 발명된 하드 SF 유머는 1950년대에 활짝 꽃을 피웠다. 어떤 종류의 논리 문제도 하드 SF에게는 절호의 소재가 된다. 실로 멋지고 놀라운 플롯상의 반전을 가져올 수 있기 때문이다.

1996년에 〈아날로그〉지에 실린 이 엽편에서는 항성 간 비행과 우주 팽창 사 이와의 관계가 논의된다. 환경 문제에 민감한 외계인들이 인류더러 더 책임감 있게 행동하라고 요청하는 얘기이지만, 물론 미묘한 정치적 풍자도 빠지지 않 는다.

---

* 밴 보트의 장편소설 『Slan』(1946)에 등장하는 초능력 인종.

공룡처럼 생각하라 | 제임스 패트릭 켈리
그리핀의 알 | 마이클 스완윅
다른 종류의 어둠 | 데이비드 랭포드

이수현 옮김

옮긴이 이수현

작가, 번역가. 서울대 인류학과에서 석사 논문을 썼고, 『패러노말 마스터』로 제4회 한국판타지문학상 우수상을 수상했다. 현재 환상문학 웹진 거울(http://mirror.pe.kr)의 필진으로 활동 중이다. 옮긴 책으로는 『마라코트 심해』 『빼앗긴 자들』 『로캐넌의 세계』 『멋진 징조들』 『디스크월드』 『크립토노미콘』 『겨울의 죽음』 『거울 속 소녀』 『사자와 결혼한 소녀』 『이리저리 움직이는 비비원숭이』 『꿈꾸는 앵거스』 『환영의 도시』 등이 있다.

공룡처럼
생각하라

Think Like A Dinosaur

| 제임스 패트릭 켈리 |

카말라 샤스트리는 떠났을 때 모습 그대로, 그러니까 벌거벗은 채로 이 세상에 돌아왔다. 그녀는 툴렌 기지의 미소(微少) 중력에서 균형을 잡으려 애쓰며 비틀비틀 조립기에서 걸어 나왔다. 나는 그녀를 붙잡아서 한 번에 로브 안으로 밀어 넣은 다음 부유대(浮游臺) 위에 올렸다. 다른 행성에서의 3년은 카말라를 바꿔 놓았다. 더 말랐고, 더 근육질이었다. 손톱은 이제 몇 센티미터 길이였고 왼쪽 뺨에는 나란히 네 줄의 상처가 있었다. 아마 겐드인들의 치장법이겠지. 그러나 가장 인상적인 것은 그녀의 눈에서 쏘아져 나오는 낯선 느낌이었다. 나에게는 너무도 익숙한 이 장소가 그녀에게는 충격으로 다가오는 것 같았다. 마치 벽을 믿지 못하고 공기를 의심하는 듯한 눈빛. 그녀는 외계인처럼 생각하는 방법을 익힌 것이다.

　"귀환을 환영합니다."

　내가 복도로 내려서며 말하자 부유대의 속삭임이 쉭 소리까지 커졌다.

그녀는 침을 꿀꺽 삼켰고, 나는 그녀가 울지도 모른다고 생각했다. 3년 전이라면 그랬을 것이다. 많은 이주자들이 조립기에서 나와서 망연자실해 했다. 과도기가 없기 때문이다. 카말라는 몇 초 전만 해도 우리가 사자자리 입실론 별이라고 부르는 항성의 네번째 행성인 겐드에 있었는데, 지금은 이곳 달 궤도에 있다. 그녀는 집에 거의 돌아온 것이었다. 인생의 큰 모험은 끝났다.

"매튜였나요?"

그녀가 말했다.

"마이클이에요."

그녀가 나를 기억하고 있다는 사실은 기쁠 수밖에 없었다. 그녀는 결국 내 인생을 바꾼 사람이었으니 말이다.

공룡들을 연구하러 툴렌에 온 후로 300건의 이주(오고 가고)를 안내했다. 카말라 샤스트리는 내가 양자 스캔을 해적질한 유일한 경우다. 공룡들이 신경 쓸 것 같지는 않다. 이건 그들도 이따금씩 저지르는 위법 행위일 것이다. 나는 그녀에 대해 나 자신보다 더 잘 안다. 최소한 3년 전의 그녀에 대해서는 말이다. 공룡들이 겐드로 보냈을 때 그녀의 질량은 50,391.72 그램이었고 적혈구 수는 세제곱밀리미터당 사백팔십일만이었다. 그녀는 대나무로 만든 피리인 나가슈바람을 연주할 수 있었다. 그녀의 아버지는 뭄바이 근처에 있는 타나 출신이었고, 그녀가 제일 좋아하는 과일은 수박이었으며, 이제까지 연인이 다섯 명이었고 열한 살 때는 체조 선수가 되고 싶어 했다가 그 대신 생체적응재료 기술자가 되었으며 스물아홉 살에 인공 안구를 키우는 방법을 배우고자 별들을 향해 가겠노라 자원했다. 이주 훈련을 통과하는 데 2년이 걸렸다. 그녀는 실로인이 그녀를 초광속 신호로 전송하는 바로 그 순간까지는 언제든지 돌려보내질 수 있음을 알고 있었다. 그녀는 방정식의 평형을 바로잡는다는 것이 무슨 의미인지 이해하고 있었다.

그녀를 처음 만난 것은 2069년 6월 22일이었다. 그녀는 루넥스의 L1 포트에서 수송되었고, 10:15시 경에 우리 에어록을 통과했다. 검은 머리를 가운데 가르마로 팽팽하게 당겨 붙인 작고 동그스름한 얼굴의 여자였다. 그들은 사자자리 입실론의 자외선에 대비해 그녀의 피부를 검게 만들어 놓았다. 해거름의 검푸른 빛깔이었다. 몸에 달라붙는 줄무늬 옷을 입었고, 우리의 0.2 마이크로 중력 안에 있어야 할 짧은 시간 동안 이동을 도와줄 벨크로 슬리퍼를 신었다.

"툴렌 기지에 오신 것을 환영합니다."

나는 미소 지으며 손을 내밀었다.

"마이클이라고 합니다. 원래는 지성체학자sapientologist지만 부업으로 지역 안내인 일도 하고 있죠."

우리는 악수를 나누었다.

"안내인? 알겠어요."

그녀는 마음은 딴 데 두고 고개를 끄덕이고는 다른 누군가를 기대하듯 내 뒤를 응시했다.

"아, 걱정 마세요. 공룡들은 자기네 우리 안에 있으니."

그녀는 내게 잡힌 손을 빼며 눈을 크게 떴다.

"하넨을 공룡이라고 불러요?"

나는 웃었다.

"안될 것 있나요? 그들은 우릴 아기들이라고 부르는데요. 다른 것보다도 징징거리는 게 그렇다나요."

그녀는 놀라움에 고개를 저었다. 만나 본 경험이 없는 사람들은 공룡들을 미화하는 경향이 있었다. 초광속 물리학에 통달하고 지구를 경이로운 은하계 문명에 소개해 준 현명하고 고귀한 파충류라는 식이었다. 카말라가 꽥꽥거리는 토끼를 잡아먹거나 포커를 치는 공룡을 본 적이 있을 것 같지는 않았다. 그리고 아직까지도 인류가 정신적으로 별들을 향해 나갈 준비가 되었다고 생각하지 않는 린나와 논쟁을 해본 적도 없겠지.

"식사는 했어요?"

나는 복도 저편에 있는 대기실 쪽을 가리켰다.

"네…… 아니, 아니에요. 배고프지 않아요."

그녀는 움직이지 않았다.

"맞춰 볼까요. 너무 불안해서 먹을 수가 없는 거군요. 너무 불안해서 대화할 수도 없고요. 내가 아무 말 없이 당신을 구슬 속에 던져 넣고 쏘아 보냈으면 싶죠? 이런 부분은 다 통과하고요. 아닌가요?"

"대화는 상관없어요, 사실."

"그것 봐요. 자, 카말라, 젠드에는 땅콩버터와 젤리 샌드위치가 없다는 사실을 알려 주는 게 내 엄숙한 의무랍니다. 그리고 치킨 빈달루도 없죠. 내 이름이 뭐라고요?"

"마이클?"

"봐요, 그렇게까지 불안한 상태는 아니죠. 젠드엔 타코 하나, 가지 피자 한 쪽도 없어요. 이게 인간답게 식사할 마지막 기회예요."

"알았어요. 사실은 차를 한 잔 마시고 싶네요."

용기를 끌어내느라 바쁜 나머지 정말로 웃지는 못했어도, 입가는 꿈틀거렸다.

"흠, 차라면 젠드에도 있어요."

나는 그녀를 대기실 D로 안내했다. 그녀의 슬리퍼가 벨크로 카펫에 홈을 냈다.

"물론 깎아 낸 잔디로 우려 내지만요."

"젠드 인들은 잔디를 키우지 않아요. 지하에 사는걸요."

"기억하게 좀 도와줘요. 겐드 인이 족제비인가요, 오렌지색 혹이 달린 작자들인가요?"

나는 계속 그녀의 어깨에 손을 올리고 있었다. 옷 아래 근육이 단단했다.

"족제비와는 전혀 닮지 않았는데요."

우리는 거품문을 통과하여 대기실 D로 들어갔다. 위협적인 느낌이 없는 낮은 가구들이 여기저기 놓여 있는 작고 네모난 공간이었다. 한쪽 끝에는 부엌이, 반대쪽에는 진공 변기가 든 벽장이 있었다. 천장은 푸른 하늘이었다. 긴 벽에는 늦은 6월의 태양이 내리쬐는 찰스 강과 보스턴 전경이 생생하게 펼쳐졌다. 카말라는 MIT에서 갓 박사 학위를 취득한 참이었다.

나는 문을 불투명 모드로 전환했다. 그녀는 날아갈 준비를 하는 굴뚝새처럼 소파 가장자리에 걸터앉았다.

차를 준비하는데 손톱 스크린이 반짝였다. 응답하자 매너 모드로 자그마한 실로인이 나타났다. 나를 바라보지는 않았다. 통제실에서 배열 장치들을 지켜보느라 바빴다.

──문제가 있어. ──이어스톤으로 목소리가 웅웅거렸다. ──하찮은 문제긴 하지만, 마지막 둘은 오늘 일정에서 빼야겠어. 그 둘은 내일 첫번째 이동까지 루넥스에 남겨 둬. 지금 차례는 한 시간 동안 잡고 있을 수 있나?──

"물론이죠. 카말라, 하넨을 만나보겠어요?"

나는 벽에 공룡만 한 창을 내어 실로인의 모습을 그리로 옮겼다.

"실로인, 이쪽은 카말라 샤스트리예요. 실로인이 실제로 일을 진행하죠. 난 그냥 문지기고."

실로인은 가까운 쪽 눈으로 창 너머를 보더니, 몸을 빙글 돌려 반대쪽 눈으로 카말라를 응시했다. 공룡치고는 작아서 1미터를 겨우 넘는 키였지만, 거대한 머리통은 자몽에 얹은 수박처럼 목 위에서 흔들거렸다. 은색 비늘이 반짝이는 것을 보니 금방 기름칠을 한 게 분명했다.

──카말라, 내가 당신에게 최선의 의도를 품고 있음을 받아들이나요?──

실로인은 왼손을 들고 앙상한 손가락을 펴서 퇴화한 물갈퀴가 남긴 검은 초승달을 드러냈다.

"물론이에요. 전……"

──그리고 우리가 당신을 이런 식으로 전송하도록 허락하나요?──

카말라는 몸을 폈다.

"네."

──질문은?──

나는 질문이야 수백 개 있겠지만 이 시점에서는 너무 겁에 질려서 묻지 못할 거라고 확신했다. 그녀가 망설이는 사이 내가 끼어들었다.

"도마뱀이 먼저예요, 알이 먼저예요?"

실로인은 나를 무시했다.

──언제 시작하면 좋겠어요?──

"지금 막 차를 마시는 중이랍니다."

나는 카말라에게 잔을 건네며 말했다.

"다 마시면 데려가죠. 한 시간쯤?"

카말라는 소파에서 몸을 옴죽거렸다.

"아니에요. 그렇게 걸리지는……."

실로인은 이를 드러냈다. 몇 개는 피아노 건반만한 길이였다.

──그러면 딱 적당하겠어, 마이클. ──

실로인은 교신을 닫았다. 실로인을 비춘 창이 있던 자리에서 갈매기가 날았다.

"왜 그랬어요?"

카말라의 목소리는 날카로웠다.

"당신이 차례를 기다려야 한다고 해서죠. 오늘 오전에 보낼 이주자가 당신 하나는 아니거든요."

이건 물론 거짓말이었다. 우리는 일정을 줄여야 했다. 틀렌에 배속된 다른 지성체학자 조디 랫초가 하넨의 정체성 개념에 대한 우리의 공동 논문을 발표하러 히파르쿠스 대학에 내려갔기 때문이다.

"걱정 말아요, 시간이 순식간에 가게 해 줄게요."

우리는 잠시 동안 서로를 마주 보았다. 한 시간 동안 나 혼자 지껄일 수도 있었다. 자주 해 본 일이었다. 혹은 그녀에게서 왜 이런 일을 하는지 끌어낼 수도 있었다. 보나마나 그 인공 안구를 가져오길 기다리는 눈먼 할머니나 육촌 형제가 있을 테고 결핵, 기아, 조산 등등을 끝낼 수 있는 잠재적인 부산물은 말할 것도 없겠지. 아니면 벽이나 읽게 방에 혼자 두고 갈 수도 있었다. 그녀가 실제로 얼마나 겁을 먹었는지가 문제였다.

"비밀을 하나 말해 봐요."

내가 말했다.

"뭐라고요?"

"비밀요. 다른 사람은 아무도 모르는 것."

그녀는 화성에서 떨어진 사람 보듯 물끄러미 나를 응시했다.

"봐요, 잠시 후면 당신은 그…… 삼백하고도 십 광년 떨어진 곳으로 가잖아요? 그곳에 3년 머물 예정이죠. 당신이 돌아올 무렵이면 난 돈 많고 유명해져서 다른 곳에 가 있을 거예요. 다시는 서로를 보지 못할 가능성이 높단 얘기죠. 그러니 잃을 게 뭐 있겠어요? 말하지 않는다고 약속할게요."

그녀는 소파에 등을 기대고 찻잔을 무릎에 놓았다.

"이건 또 다른 시험이군요. 그렇죠? 온갖 일을 다 시켜 놓고도 아직 날 보낼지 말지 결정 못한 거예요."

"아니, 아니에요. 당신은 몇 시간 후면 어느 어두운 젠드 굴에서 족제비들과 호두를 깨고 있을 거예요. 이건 그냥, 나와 이야기하는 것뿐이에요."

"미쳤군요."

"기술적인 용어로는 로고마니악Logomaniac*이라고 하죠. 그리스어에서 온 말이랍니다. 로고스logos는 단어를, 마니아mania는 6비트**를 의미하죠. 난 그냥 수다 떠는 걸 좋아할 뿐이에요. 내가 먼저 말해 볼까요. 만약 내 비밀이 별로 매력적이지 않다면, 당신 비밀은 말하지 않아도 돼요."

그녀는 눈을 가늘게 뜨고 차를 홀짝였다. 그 순간에 그녀가 걱정하고 있는 게 무엇이건 간에, 커다란 파란색 구슬에 삼켜지는 게 아닌 것만은 확실했다.

"난 가톨릭 신자로 자랐어요."

나는 그녀 앞에 놓인 의자에 앉으며 말했다.

"지금은 아니지만, 그건 비밀이 아니고. 부모님은 날 '성모 마리아 고등학교'에 보냈어요. 우린 이 학교를 무구라고 불렀어요. 나이 많은 사제 부부가 꾸렸는데, 토마스 신부와 제니퍼 신모였죠. 톰 신부는 물리학을 가르쳤는데 이 과목에서는 D를 받았어요. 가르칠 때 입에 호두라도 문 것처럼 웅얼거리는 바람에요. 제니퍼 신모는 신학을 가르쳤고, 딱 대리석으로 만든 신도석(信徒席)만큼 따뜻한 사람이었어요. 별명이 마마 무구였죠.

---

* 다변증자.
** 긴장을 풀기 위해 농담을 하고 있는 것이다.

졸업을 딱 2주 앞둔 어느 날 밤, 톰 신부와 마마 무구가 쉐비 미니 무스를 타고 아이스크림을 사러 나갔어요. 그리고 집에 오는 길에 마마 무구가 노란 불을 지나치다가 앰뷸런스에 들이받혔어요. 말했다시피 마마 무구는 나이가 정말 많았거든요. 백이십 살은 됐을 거예요. 운전면허를 50년대에 땄을걸요. 마마 무구는 즉사했고, 톰 신부는 병원에서 죽었죠.

물론 우린 그분들을 위해 슬퍼해야 마땅했고 나도 조금은 슬펐던 것 같지만, 사실 둘 중 어느 쪽도 정말로 좋아해 본 적은 없었어요. 그분들의 죽음이 우리 학급을 망쳐놓은 데 원망이 들기는 했지요. 그러니까 슬프기보다는 짜증이 났는데, 그렇게 자비심이 없다는 데 대해 일말의 죄책감도 느꼈어요. 이건 가톨릭으로 자라야 이해할지도 몰라요. 어쨌거나, 사고가 일어난 다음 날 학교는 체육관에서 조회를 열었고, 다들 관람석에서 좀이 쑤셔 꿈지럭거리는데 추기경이 직접 원거리 참석으로 설교를 했어요. 추기경은 계속 우릴 안심시키려고 애썼죠. 마치 진짜 우리 부모가 죽기라도 한 것처럼요. 나는 옆자리에 앉은 아이를 보고 그런 농담을 하다가 걸리는 바람에 3학년 마지막 1주일을 교내 정학으로 보냈어요."

카말라는 차를 다 마셨다. 그녀는 빈 잔을 탁자 안 홀더에 밀어 넣었다.

"더 마실래요?"

내가 물었다.

그녀는 침착하지 못하게 몸을 움직였다.

"왜 이런 이야기를 하는 거죠?"

"이게 다 비밀의 일부예요."

나는 앉은 의자에서 몸을 내밀었다.

"우리 가족은 성령 공동묘지에서 길만 건너면 있는 곳에 살았고,

맥킨리 가로에서 수송차 노선까지 가려면 묘지를 가로질러야 했어요. 자, 조회에서 말썽을 일으키고 며칠 후에 사건이 일어났어요. 자정이 가까웠고 난 졸업 파티에서 집에 돌아가는 길이었죠. 통찰력을 선사하는 풀을 몇 대 피웠기 때문에 철학자 왕처럼 익살맞은 기분이었어요. 묘지를 가로지르다가 나란히 놓인 두 개의 흙더미에 발부리가 걸렸죠. 처음에는 화단인 줄 알았는데, 나무 십자가가 보이는 거예요. 갓 만든 무덤이었던 거죠. 여기 톰 신부와 마마 무구가 누웠도다. 십자가는 별 게 없었어요. 그냥 십자로 엇갈리게 묶은 막대기를 하얗게 칠한 다음 땅속에 박아 넣은 거였죠. 이름은 십자가 위에 손으로 칠했고요. 생각해 보니 그건 돌 비석이 올 때까지 무덤을 표시해 놓은 거였나 봐요. 일생에 한 번 있을까 말까한 기회를 알아보는 데엔 다른 통찰이 필요하지 않았어요. 이걸 바꿔 놓으면 누군가 알아차릴 가능성이 있을까? 십자가를 구멍에서 뽑아내는 데엔 아무 문제도 없었어요. 난 손으로 흙을 매만지고 쏜살같이 달아났죠."

이 순간까지 그녀는 내 이야기를 재미있어 했고 조금은 내게 상냥해진 듯했다. 그러나 이제 그녀의 눈에 경고등이 켜졌다.

"그런 끔찍한 짓을." 그녀가 말했다.

"그렇죠. 공룡들은 시체를 무덤에 심고 조각한 돌로 표시를 남긴다는 생각 자체가 징징이 같다고 생각하겠지만요. 그들은 죽은 고기에는 정체성이 없는데, 왜 그걸 감상적으로 보냐고 말해요. 린나는 왜 변을 본 위에는 표식을 안 붙이냐고 물어 보고요. 하지만 비밀은 이게 아니에요. 자, 6월 중순의 따뜻한 밤이었는데, 달려가면서 공기가 차가워졌어요. 입김이 보일 정도로 추웠죠. 그리고 신발이 돌로 바뀐 것처럼 무거워졌어요. 뒷문에 다 왔을 때는 거센 바람과 맞서며 나아가는 것 같은 느낌이었어요. 옷자락은 펄럭이지도 않았는데요. 난 속도를 늦춰서 걷기 시작했죠. 그걸 뚫고 나갈 수 있다는 건 알았지만, 심

장이 쿵쾅거렸고, 그러다가 희미한 공명이 들리자 공포에 질리고 말
았어요. 그러니까 비밀은 내가 겁쟁이라는 거예요. 난 십자가를 다시
바꿔 놓았고, 두 번 다시 그 묘지 근처에 가지 않았어요. 사실을 말하
자면."

나는 고갯짓으로 툴렌 기지 대기실 D의 사방벽을 가리켰다.

"어른이 되자 그 묘지에서 최대한 멀리 도망쳤죠."

그녀는 다시 의자에 주저앉는 나를 빤히 바라보았다.

"실제 있었던 일이에요."

나는 말하면서 오른손을 들어올렸다. 그녀가 너무 놀란 얼굴이어
서 나는 웃음을 터뜨리고 말았다. 그녀의 검은 얼굴에 미소가 피어올
랐고, 갑자기 그녀도 깔깔거리기 시작했다. 매끈한 돌 위로 보글거리
는 시냇물처럼 부드럽고 투명한 소리였다. 덕분에 나도 더 크게 웃었
다. 그녀의 입술은 도톰했고 이는 새하얬다.

"당신 차례예요."

내가 마침내 말했다.

"아, 아니에요. 난 못 해요."

그녀는 손사래를 쳤다.

"그렇게 좋은 얘기도 없고……."

그녀는 잠깐 말을 멈추고 얼굴을 찌푸렸다.

"그 얘길 전에도 했나요?"

"한 번. 이 자리를 얻기 위한 심리 심사 때 하넨에게 했죠. 다만 마
지막 부분은 말하지 않았어요. 공룡들이 어떻게 생각하는지 아니까,
십자가를 바꿔놓은 부분에서 끝냈죠. 나머지는 아기 같은 얘기라."

나는 그녀에게 한 손가락을 흔들었다.

"내 비밀을 지키겠다고 약속한 것 잊지 말아요."

"내가 그랬나요?"

"어렸을 때 얘길 해봐요. 어디에서 자랐죠?"

"토론토. 한 가지 일이 있긴 한데, 재미는 없어요. 슬프죠."

그녀는 나에게 평가하는 듯한 눈길을 던졌다.

나는 격려의 뜻으로 고개를 끄덕이고 벽에 비친 경관을 씨엔타워와 토론토 도미니언 센터, 커머스 코트, 왕의 바늘이 지배하는 토론토 전경으로 바꿨다.

그녀는 몸을 틀어 풍경을 보느라 어깨 너머로 말했다.

"열 살 때 우린 어머니의 직장에서 가깝게 시내 블루어 거리에 있는 아파트로 이사했어요."

그녀는 벽을 가리켜 보이고 다시 몸을 돌려 나를 마주 보았다.

"어머니는 회계원이었고, 아버지는 이미지니어링 사를 위해 월페이퍼를 기록했죠. 아파트는 큰 건물이었어요. 엘리베이터에 탈 때마다 있는 줄도 몰랐던 이웃 사람이 열 명은 같이 탔던 것 같아요. 어느 날 학교에서 집으로 돌아가는데 로비에서 어떤 할머니가 날 멈춰 세웠어요. '아가야, 10달러 벌어 볼 생각 없니?' 부모님은 낯선 사람과 말하지 말라고 주의를 줬지만, 그 할머니는 분명히 아파트 주민이었어요. 게다가 낡은 외장 다리를 잡아매고 있어서, 내가 필요하다면 쉽게 달아날 수 있을 것 같았어요. 할머니는 나에게 자기 대신 가게에 좀 갔다 오라며 식료품 목록과 현금 카드를 주고, 다 사서 10W 아파트로 갖다 줘야 한다고 했어요. 시내 식품점은 다 배달을 해줬으니 의심스러워해야 마땅했지만, 곧 할머니가 원한 건 이야기를 나눌 사람이었다는 걸 알게 됐어요. 그리고 그걸 위해 기꺼이 5달러나 10달러를 지불한다는 것도요. 내가 얼마나 오래 있냐에 따라서 값이 달랐죠. 난 거의 매일 방과후에 그 집에 들렀어요. 부모님이 알았다면 그만두게 했을 거예요. 무척 엄한 분들이었거든요. 내가 그런 노인의 돈을 받는 걸 좋아하지 않았을 거예요. 하지만 두 분 다 6시까지는 집에 오지 않았고, 그래서 난 비밀을 지킬 수 있었어요."

"그 노인이 누구였어요? 무슨 얘길 했어요?"

"이름은 마가렛 애스였어요. 97세였고, 상담원 일 같은 걸 했던 것 같아요. 남편과 딸 둘 다 죽고 혼자였어요. 그분에 대해 많이 알아내 진 못했어요. 주로 내가 말하게 했거든요. 내 친구들에 대해 물어보 고, 학교에서 뭘 배우는지, 가족은 어떤지 물었죠. 그런 것들을⋯⋯"

내 손톱이 반짝이기 시작하자 그녀의 목소리가 길게 끌렸다. 나는 응답했다.

──마이클, 이리로 좀 와 주면 좋겠어.──

실로인이 내 귓속에서 웅웅거렸다. 일정에서 20분이나 앞선 시간 이었다.

"봐요, 시간이 순식간에 갈 거라고 했죠. 당신이 준비됐다면 나도 됐어요."

나는 일어섰다. 카말라의 눈이 커졌다.

나는 손을 내밀었다. 그녀는 내 손을 잡고 몸을 일으켰다. 그녀는 잠시 비틀거렸고, 나는 그녀의 결의가 얼마나 부서지기 쉬운 것인지 감지했다. 나는 그녀의 허리를 감싸고 복도로 이끌었다. 툴렌 기지 의 미소 중력 안에서 그녀는 이미 기억만큼이나 실체가 없는 존재 같았다.

"그래서 말해 봐요, 무슨 슬픈 일이 일어났죠?"

처음에는 그녀가 듣지 못한 줄 알았다. 그녀는 발을 끌고 걸으며 아무 말도 하지 않았다.

"내가 여기에서 계속 궁금해 하게 하지 말아요, 카말라. 이야기를 끝내야죠."

"아니에요. 그래야 할 것 같지 않네요."

개인적인 감정으로 받아들이지는 않았다. 그 대화에 대한 내 관심사는 오직 그녀의 주의를 다른 데로 돌리는 것이었다. 그녀가 주의를 돌리고 싶어하지 않는다면, 그건 그녀의 선택이었다. 어떤 이주자들은 커다란 푸른 구슬 속으로 들어가는 순간까지 계속 이야기를 하지만, 대다수는 출발 직전이면 조용해졌다. 내면으로 침잠해 들어갔다. 아마 마음속의 그녀는 이미 겐드에 도착해 강렬한 흰빛 속에서 눈을 깜박이고 있을 것이다.

우리는 스캔 센터에 도착했다. 툴렌 기지에서 제일 큰 공간이었다. 우리 코앞에 구슬이 있었다. 양자 비파괴센서 배열, 약칭 QNSA의 폐쇄로다. 빙하 같은 연푸른 빛깔에 크기는 코끼리 두 마리만 했다. 위쪽 반구가 올라가고 반짝이는 회색 헛바닥처럼 스캔대가 튀어나왔다. 카말라는 구슬에 다가가더니, 반짝이는 표면에 일그러져 비친 자신의 반영을 건드렸다. 오른쪽에는 푹신한 벤치와 분사기와 변기가 있었다. 나는 왼쪽, 통제실 창 안을 보았다. 실로인이 현실적으로 존재할 수 없어 보이는 머리를 한쪽으로 기울이고 서서 우리를 지켜보고 있었다.

──유순한가?──

실로인이 내 귓속에서 말했다.

나는 손가락을 꼬아 들어올렸다.

──환영해요, 카말라 샤스트리.──

──전송을 시작할 준비는 됐나요?──

마음을 달래기 위한 침묵 없이 스피커로 실로인의 음성이 날아왔다.

카말라는 창을 향해 절했다.

"여기에 옷을 벗으면 될까요?"

──그게 편하다면.──

그녀는 나를 스쳐 지나 벤치로 갔다. 아무래도 나는 존재감이 없어진 모양이었다. 이젠 그녀와 공룡 사이의 일이었다. 카말라는 잽싸게 옷을 벗어 깔끔하게 개어 놓고, 슬리퍼를 벤치 아래에 밀어 넣었다. 시야 한쪽으로 자그마한 발과 중량감 있는 허벅지, 아름답고 매끄럽고 까만 등이 보였다. 그녀는 분사기 안에 들어가서 문을 닫았다.

"준비됐어요."

카말라가 외쳤다.

통제실에서 실로인이 회로를 닫자 분사기 안이 촘촘한 나노렌즈의 구름으로 가득 찼다. 나노렌즈는 카말라의 몸에 붙어서 표면을 덮어 나갔다. 카말라가 숨을 들이마시자 나노렌즈가 폐를 지나 혈관으로 들어갔다. 그녀는 두 번밖에 기침을 하지 않았다. 훈련을 잘 받은 모양이었다. 8분 정도가 지나자 실로인은 분사기 안의 공기를 깨끗하게 만들었고 카말라는 걸어 나왔다. 그녀는 여전히 나를 무시한 채 통제실을 마주했다.

── 이제 스캔대에 올라가서 마이클이 고정을 시키도록 해야 해요. ── 실로인이 말했다.

카말라는 주저 없이 구슬로 다가가서 옆에 놓인 이동틀을 오르더니 스캔대에 올라가 누웠다.

나는 그녀를 따라갔다.

"비밀의 나머지 부분은 정말 얘기 안 해줄 거예요?"

그녀는 눈도 깜박이지 않고 천장만 보았다.

"좋아요, 그럼."

나는 뒷주머니에서 깡통 하나와 점화기를 꺼냈다.

"연습한 그대로일 거예요."

나는 깡통을 이용해서 그녀의 발바닥에 나노 입자를 다시 뿌렸다. 그녀의 배가 올라갔다 내려오고, 올라갔다 내려왔다. 그녀는 호흡에 깊이 빠져 있었다.

"기억해요. 스캐너 안에 있는 동안은 줄넘기도 휘파람도 안 돼요."

그녀는 대답하지 않았다.

"이제 심호흡을 해요."

나는 그녀의 엄지발가락에 점화기를 댔다. 짧게 타닥 소리가 나면서 그녀의 피부에 붙은 나노 입자가 그물을 짜서 딱딱해지며 그녀의 몸을 고정시켰다.

"나 대신 족제비들한테 안부 전해 줘요."

나는 장비를 집어들고 이동틀을 내려간 후, 바퀴 달린 틀을 벽에 밀어 놓았다.

낮게 윙 소리가 나더니 커다란 푸른 구슬이 혀를 집어넣었다. 나는 위쪽 반구가 닫히면서 카말라 샤스트리를 삼키는 것을 지켜본 후, 통제실에 가서 실로인과 합류했다.

나는 공룡들의 체취를 악취로 여기는 학파가 아니다. 이것이 내가 근접 관찰에 선정된 또 다른 이유다. 예를 들어 파리칼에게서는 아무 냄새도 나지 않는다. 보통 실로인은 희미하지만 불쾌하지는 않은 쉰 포도주 냄새를 풍겼다. 그러나 스트레스를 받으면 그 냄새는 시고 날카로워졌다. 지금 냄새를 맡으니 힘든 아침이었던 모양이다. 나는 입으로 숨을 쉬면서 내 위치에 걸터앉았다.

실로인은 빠른 속도로 작업했고, 이제 구슬은 밀봉되었다. 온갖 훈련을 다 받았어도 이주자들은 순식간에 밀실 공포를 겪는다. 뭐라 해도 어둠 속에서 나노 입자에 묶여서 전송을 기다리는 입장이니 말이다. 싱가폴 훈련 센터의 시뮬레이터는 스캔 중에 소리를 낸다. 보슬비가 구슬에 떨어지는 것 같은 소리, 음량이 낮은 단파다. 이주자들은 이 소리가 들리는 한 안전하다고 생각한다. 우리는 이주자들이 구슬 안에 있는 동안 그 소리를 재현한다. 실제 스캔은 3초밖에 걸리지 않고 아무 소리도 나지 않지만 말이다. 내 위치에서는 뇌 시상부, 축부, 두정부의 창이 모두 깜박임을 멈추는 것을 볼 수 있었다. 데이터가 모두 들어왔다는 뜻이다. 실로인은 혼자 바쁘게 움직였다. 통신기로 굳이 통역을 해 주지는 않았다. 마이클 아기가 알아야 할 일은 없다는 얘기다. 실로인의 머리가 위아래로 빠르게 움직이면서 엄청난 양의 정보를 모니터했다. 발톱으로는 오렌지색과 노란색으로 반짝이는 터치 스크린들을 켜고 껐다.

내 위치에는 이주 상태를 나타내는 스크린과 하얀색 버튼 하나밖에 없었다.

문지기에 불과하다는 말은 거짓이 아니었다. 내 전공 분야는 양자물리학이 아니라 지성체 연구다. 그날 아침 카말라의 이주에서 잘못된 부분이 무엇이든, 내가 할 수 있는 일은 없었다. 공룡들은 양자 비파괴센서 배열이 파장과 입자의 이원성을 무너뜨리지 않으면서 시공간에서 가장 작은 질량을 측정함으로써 하이젠베르크의 불확정성 원리를 회피할 수 있다고 말한다. 얼마나 작냐고? 그들은 어느 누구도 1.62×10^{-33} 센티미터 길이의 물체를 '볼' 수는 없다고 말한다. 이 크기면 시간과 공간이 무너지기 때문이다. 시간은 존재하기를 멈추고 공간은 무작위적인 가망성의 거품이 된다. 일종의 양자 거품이다. 우리 인간들은 이것을 플랑크-휠러 길이라고 부른다. 플랑크-휠러 시간도 있다. 10^{-45}초다. 만약 서로 다른 두 사건이 일어나는데 이 두 사건이 10^{-45}초 사이로 갈라져 있다면, 어느 쪽이 먼저인지 알아보기란 불가능하다. 나에게는 전부 공룡 소리로밖에 들리지 않는다. 스캔 과정뿐인데도 그렇다. 하넨 성인은 다른 기술을 써서 인공 웜홀을 만들고, 전자기 진공파로 웜홀을 열어 두고, 그 안으로 초광속 신호를 보내어 목적지에서 이주자를 분자 단위부터 재조립한다.

내 앞에 있는 상태 화면으로 카말라 샤스트리를 측량한 신호가 벌써 압축되어 웜홀로 들어갔음을 알 수 있었다. 이젠 겐드 쪽에서 포착을 확인해 줄 때까지 기다리기만 하면 된다. 그들이 공식적으로 카말라를 받았음을 확인하고 나면, 방정식의 평형을 바로잡는 것이 내 일이다.

후두둑. 후둑.

하넨의 기술 중 어떤 것은 너무 강력해서, 현실 자체를 바꿔 놓을 수 있다. 웜홀은 역사를 망가뜨리려는 시간여행광에게 이용될 수도 있다. 스캐너와 조립기는 일억 명의 실로인이나 마이클을 창조하는 데 이용될 수도 있다. 공룡들은 그런 이례적인 사태에 오염되지 않은 본래 현실을 '조화'라고 부른다. 어떤 지적 생명체든 은하계 클럽에 합류하려면 조화를 유지하는 데 전력을 다할 것을 증명해야 한다.

공룡들을 연구하러 툴렌에 온 이래 그 하얀 버튼을 삼백 번은 눌렀을 것이다. 그것이 내 위치를 유지하기 위해 해야 할 일이었다. 버튼을 누르면 이주자의 복제된, 따라서 불필요해진 육체의 대뇌피질을 따라 치명적인 이온화 방사선이 흘러간다. 뇌가 없으면 고통도 없다. 죽음은 몇 초 후에 뒤따른다. 그렇다, 평형을 바로잡았던 처음 몇 번의 경험은 정신적인 외상을 남겼다. 지금도…… 유쾌하지는 않았다. 그러나 이것이 별들로 가는 티켓의 대가였다. 카말라 샤스트리 같은 범상치 않은 사람들이 그 대가가 합리적이라고 생각했다면, 그건 그들의 선택이었다. 내가 판단할 문제가 아니다.

——좋지 않은 결과야, 마이클.——

실로인이 말했다. 내가 통제실에 들어간 후 처음 하는 말이었다.

——불일치점이 펼쳐지고 있어.——

상태 화면으로 오류 확인 절차가 돌아가기 시작한 것을 볼 수 있었다.

"이쪽 문제인가요?"

갑자기 뱃속이 뒤틀리는 느낌이었다.

"아니면 저쪽?"

우리 쪽의 스캔 결과가 제대로라면 실로인이 겐드에 다시 보내기만 하면 될 터였다.

길고 분통 터지는 정적이 이어졌다. 실로인은 알에서 갓 깨어난 첫 번째 유생이라도 보는 것처럼 집중해서 계기판을 보고 있었다. 어깨 사이에 자리한 호흡기가 평상시의 두 배까지 부풀어 있었다. 내 앞 화면은 카말라가 구슬 속에 4분이 넘게 있었음을 보여 주었다.

——스캐너를 재조정하고 다시 시작하는 편이 좋을지도. ——

"젠장."

나는 벽을 후려쳤다. 팔꿈치까지 얼얼하게 아파 왔다.

"고친 줄 알았더니."

오류 확인 절차에서 문제점이 발견되면 해결책은 거의 언제나 재전송이었다.

"확실해요, 실로인? 이 여자는 내가 밀어 넣었을 때 바짝 긴장해 있었다구요."

실로인은 재채기를 하더니, 때려서 정상으로 돌려보내겠다는 듯이 뼈만 있는 작은 손으로 오류 정보를 후려쳤다. 린나나 다른 공룡들과 마찬가지로 실로인도 우리의 '눈물 짜는 이주 공포'를 잘 참지 못했다. 그러나 린나와 달리 실로인은 언젠가는, 하넨 기술에 충분히 익숙해지면, 우리도 공룡처럼 생각하는 법을 익힐 거라 믿고 있었다. 실로인이 옳은지도 몰랐다. 우리도 수백 년간 웜홀을 통과해 다니다 보면 기분 좋게 잉여 육체를 처분할 수 있을지도 모른다. 공룡과 다른 지적 생명체들이 이주할 때는 잉여 육체가 직접 자기 몸을 죽인다. 정말이지 조화로운 이들이다. 그들은 인간에게도 그런 과정을 시도해 보았지만, 잘 되지 않았다. 그래서 내가 여기 있는 것이다.

——필요는 지극히 분명해. 30분 정도 연기될 거야. ——

실로인이 말했다.

카말라는 어둠 속에 6분 가까이 혼자 있었다. 내가 안내한 어느 이주자보다 긴 시간이다.

"구슬 속은 어떤지 듣게 해 줘요."

통제실에 카말라의 비명소리가 가득 찼다. 사람 소리 같지가 않았다. 그보다는 충돌을 향해 미끄러지는 타이어 소리 같았다.

"저기서 꺼내야 해요."

내가 말했다.

──아기 같은 생각이야, 마이클. ──

"아기라고 쳐요, 젠장."

구슬에서 이주자를 꺼 내는 것이 큰 문제라는 건 알고 있었다. 실로인에게 스피커를 꺼 달라고 하고 카말라가 고통스러워하는 동안 가만히 앉아 있을 수도 있었다. 내 결정이었다.

"이동틀을 제자리에 놓을 때까진 열지 말아요. 그리고 음향은 계속 켜 놔요."

나는 문으로 뛰어갔다.

빛이 새어 들자 그녀는 울부짖었다. 반구가 올라가는 모습이 마치 슬로 모션 같았다. 구슬 안에서 그녀는 나노 입자에서 벗어나려 몸부림치고 있었다. 내가 이보다 더 크게 비명을 지르기는 불가능하다고 확신한 순간, 더 큰 비명이 터져 나왔다. 실로인과 나는 비상한 일을 해낸 셈이었다. 용감한 생체재료 기술자의 껍질을 완전히 벗겨 내고 겁에 질린 짐승으로 바꿔 놓은 것이다.

"카말라, 나예요. 마이클이에요."

광란의 비명이 언어로 조직되어갔다.

"그만…… 그만둬…… 오 신이시여. 살려 줘요!'

할 수만 있다면 구슬 속에 뛰어들어서 그녀를 풀어 줬겠지만, 센서 배열은 부서지기 쉽고, 여기에서 문제를 더 일으킬 수는 없었다. 우리

둘 다 위쪽 반구가 완전히 올라가고 스캔대가 불쌍한 카말라를 내 앞으로 내밀 때까지 기다려야 했다.

"괜찮아. 아무 일도 없을 거예요. 괜찮아요? 꺼내 줄게요. 이제 끝났어요. 다 괜찮아요."

점화기를 써서 풀어 주자 그녀는 나에게 날아들었다. 뒤로 넘어지다가 계단 밑으로 굴러떨어질 뻔했다. 카말라가 너무 꽉 쥐고 있어서 숨을 쉴 수가 없었다.

"날 죽이지 말아요. 제발, 제발. 죽이지 마."

나는 몸을 굴려 그녀 위에 올라탔다.

"카말라!"

나는 한쪽 팔을 빼내고 그걸 지레 삼아 몸을 떼어 냈다. 옆을 더듬어 맨 위 계단을 찾았다. 그녀는 미소 중력 속에서 엉망으로 비틀거리며 내게 매달렸다. 카말라의 손톱이 내 손등을 긁으며 핏자국을 냈다.

"카말라! 그만둬!"

내가 할 수 있는 일이라곤 반격하지 않는 것뿐이었다. 나는 계단 아래로 후퇴했다.

"개새끼. 나한테 무슨 짓을 하려는 거야?"

그녀는 몇 번인가 깊은 숨을 들이마시며 몸서리를 치더니 흐느끼기 시작했다.

"스캔이 오염됐어요. 실로인이 고치고 있고."

──난점은 분명치 않아. ──

실로인이 통제실에서 말했다.

"하지만 당신 잘못은 아니에요."

나는 벤치까지 물러났다.

"거짓말을 했어. 아무것도 느끼지 못할 거라고 했어…… 당신 그게 어떤 건지 알…… 알……."

그녀는 웅얼거렸고, 몸에 살도 뼈도 없이 피부만 있다는 듯이 자기 몸을 접으려는 것 같았다.

나는 그녀의 옷을 더듬어 찾았다.

"자, 여기 당신 옷이에요. 입지 그래요? 여기에서 꺼내 줄게요."

"망할 자식."

말은 그렇게 해도 목소리가 공허했다.

카말라를 달래어 내려오게 했다. 그녀가 주섬주섬 옷을 챙겨 입는 동안 나는 벽에 있는 혹을 세고 있었다. 혹의 크기는 우리 할아버지가 모으던 옛날 10센트짜리만 했고, 부드러운 금빛 생체발광을 했다. 내가 47개까지 셀 즈음 카말라는 옷을 입고 대기실 D로 돌아갈 준비를 갖췄다.

그녀는 아까 기대감에 차서 걸터앉았던 소파에 무너져 내렸다.

"그래서 이젠 어쩌죠?"

"모르겠어요."

나는 부엌으로 가서 증류기에서 물병을 꺼냈다.

"이젠 어쩌죠, 실로인?"

나는 손등에 물을 부어 피를 씻었다. 따끔거렸다. 이어스톤은 조용했다.

"기다려야 할 것 같네요."

나는 한참 만에 말했다.

"뭘 기다려요?"

"실로인이 고치기를……"

"난 다시 가지 않을 거예요."

나는 넘어가기로 했다. 실로인이 스캐너를 조정하고 나면 마음을 바꿀 시간이 별로 없겠지만, 그래도 아직 그 문제로 논쟁을 벌이기엔 일렀다.

"부엌에서 뭐 좀 가져다 줄까요? 차 한잔 하겠어요?"

"진토닉 돼요? 토닉 넣고?"

그녀는 눈밑을 문질렀다.

"아니면 세렌톨 몇백 밀리미터나?"

나는 농담으로 간주하는 척했다.

"공룡들이 이주자를 위해 바를 여는 걸 허용하지 않을 거란 거 알잖아요. 스캐너가 뇌 화학작용을 잘못 읽으면 겐드에서 3년 내내 취한 상태로 보낼 수도 있어요."

"이해 못하겠어요?" 그녀는 다시 광란 직전이었다.

"난 안 가요!"

그런 식으로 행동하는 걸 책망하지는 않았지만, 그 순간에는 오직 카말라 샤스트리를 치워 버리고 싶을 뿐이었다. 그녀가 겐드에 가든, 루넥스로 돌아가든, 무지개 너머 오즈로 가든 상관 없었다. 그저 나와 아무 상관 없는 사고를 두고 나에게 죄책감을 느끼게 하려 하는 이 비참한 생물과 같은 방에 있을 필요만 없다면 좋았다.

"할 수 있을 줄 알았어요."

그녀는 자기 자신의 절망을 듣지 않으려는 듯 손으로 귀를 막았다.

"그냥 거기 누워서 아무 생각도 하지 않으면 갑자기 먼 곳에 가 있을 거라고 믿으려고 2년을 허비했어요. 어딘가 낯설고 멋진 곳에 갈 거라고. 사람들이 시력을 되찾게 도와주려고 했다고요."

그녀는 목이 졸리는 소리를 내며 두 손을 무릎 위로 떨어뜨렸다.

"당신은 잘 했어요, 카말라. 우리가 요구한 일은 다 했어."

그녀는 고개를 저었다.

"생각을 안 할 수가 없었어요. 그게 문제야. 그리고 그 여자가 나타나서 날 건드리려고 했어요. 어둠 속에서. 그동안 한 번도 생각하지 않았는데……."

그녀는 몸을 떨었다.

"기억을 되살린 당신 잘못이에요."

"당신의 비밀 친구 말이군요."

"친구?"

카말라는 그 말에 어리둥절한 표정을 지었다.

"아니, 그 노파는 친구가 아니었어요. 언제나 조금은 무서웠어. 나에게 뭘 원하는지 분명치 않았으니까."

그녀는 잠시 말을 멈췄다.

"어느 날 방과후에 10W로 올라갔어요. 그녀는 의자에 앉아서 블루어 거리를 내려다보고 있었어요. 나에게 등을 보이고. 내가 말했죠. '안녕하세요, 애스 부인.' 요정에 관해 쓴 내 글을 보여 주려고 했는데, 아무 말이 없었어요. 난 빙 돌아서 앞으로 갔죠. 피부가 잿빛이었어. 손을 잡아 봤는데. 플라스틱으로 된 손을 잡는 것 같았어. 딱딱하게 굳어 있었죠……. 이젠 사람이 아니었어요. 깃털이나 뼈 같은, 물건이 되어 있었어. 난 도망쳤어요. 거기서 빠져나와야만 했죠. 우리 아파트로 올라가서 그녀로부터 숨었어요."

그녀는 마치 시간의 렌즈를 통해 어린 자신을 관찰하는 것처럼, 비난하는 것처럼 눈을 가늘게 떴다.

"이젠 그녀가 뭘 원했는지 알 것 같아. 자기가 죽어 간다는 걸 안 거야. 끝이 왔을 때 내가 그 자리에 있길 원했겠죠. 아니면 최소한 죽은 시신이라도 발견해서 사람들에게 알려 주길 원했을 거야. 그런데 난 못 했어요. 누군가에게 애스 부인이 죽었다고 말했다면, 부모님이 우리 관계를 알았겠죠. 사람들은 내가 무슨 짓을 했을 거라고 의심했을지도 몰라. 모르겠어요. 경비원에게 전화를 할 수도 있었겠지만 난 겨우 열 살이었어요. 그들이 날 추적할지도 몰라 무서웠어요.

몇 주가 지나도 그녀를 발견한 사람은 없었어요. 그 무렵에 무슨 말을 하기엔 너무 늦어 버렸죠. 다들 그렇게 오랫동안 입을 다물고 있었던 날 비난했을 거야. 밤이면 그녀가 의자에 앉은 채 까맣게 변하고 썩어 가는 모습을 보았어요. 상한 바나나처럼. 그 생각을 하면 속이 메스꺼워서 잘 수도, 먹을 수도 없었어요. 부모님은 날 병원에 넣어야 했어요. 그녀를 만졌으니까. 죽음을 만졌으니까."

——마이클.——

실로인이 경고등 없이 속삭였다.

——불가능이 형성됐어.——

"그 건물에서 나오자마자 몸이 나아지기 시작했어요. 그러다가 사람들이 그 여자를 발견했죠. 집에 돌아간 난 애스 부인을 잊으려고 애썼어요. 그리고 잊었죠. 거의."

카말라는 자기 몸을 끌어안았다.

"하지만 지금, 구슬 안에 그녀가 같이 있었어…… 볼 수는 없었지만 그녀가 내게 손을 뻗는 걸 알 수 있었어요."

——마이클, 여기 파리칼이 린나와 같이 있어.——

"모르겠어요?"

그녀는 조금 웃었다.

"내가 어떻게 겐드에 갈 수 있겠어요? 환각을 보는데."

——조화가 깨졌어. 혼자 이쪽으로 와.——

귓속의 짜증스러운 소리를 때려 부수고 싶었다.

"전에는 아무에게도 그녀에 대해 이야기하지 않았어요. 당신도 알겠지만……."

"음, 어쩌면 결과적으로는 좋은 일이 될지도 몰라요. 잠시 실례할게요."

나는 카말라의 무릎을 토닥였다. 그녀는 내가 나간다는 사실에 놀라는 것 같았다. 나는 복도로 나가서 문의 거품을 딱딱하게 만들어 그녀를 가뒀다.

"무슨 불가능성요?"

나는 통제실로 향하면서 물었다.

──그녀가 스캐너를 다시 여는 걸 좋아하나?──

"전혀요. 맛이 가게 겁먹었어요."

──파리칼이다.──

이어스톤이 그의 베이컨이라도 튀기는 것같이 지글거리는 목소리를 통역해 주었다.

──혼란이 일어난 건 다른 쪽이다. 우리 기지 측의 사고는 없다.──

나는 거품문을 통과하여 스캔 센터로 들어갔다. 통제실 창을 통해 세 공룡을 볼 수 있었다. 그들은 미친 듯이 머리를 끄덕거리고 있었다.

"말해 봐요."

내가 말했다.

──겐드와의 통신기관에 일시적인 결함이 발생했어.──

──카말라 샤스트리는 겐드에 도착하여 재조립되었어.──

실로인이 말했다.

"이주했다고요?"

발 아래 갑판이 흔들리는 느낌이었다.

"이쪽에 있는 카말라는 어쩌죠?"

──단순하게 하자면 잉여물을 스캐너 안에 넣고 끝내야……──

"알려드릴 게 있는데요, 카말라는 구슬 근처에도 안 갈 겁니다."

──그녀의 방정식은 평형을 잃었어.──

이건 처음 입을 연 린나의 말이었다. 린나가 툴렌 기지의 책임자는 아니었다. 그보다는 수석 직원에 가까웠다. 파리칼과 실로인은 전에 린나의 명령을 거스른 적이 있었다. 어쨌든 나는 그렇게 생각했다.

"내가 어쩌길 바라는 거죠? 목이라도 부러뜨려요?"

잠시 침묵이 흘렀다. 그들이 머리를 움직이지 않고 창 너머로 나를 주시하는 모습만큼 용기를 꺾는 일은 아니었다.

"안 돼요."

내가 말했다.

공룡들은 자기들끼리 삐걱이는 소리를 냈다. 고개를 좌우상하로 흔들었다. 처음에는 나를 배제하여 수신기가 조용했지만, 갑자기 그들의 논쟁이 내 이어스톤을 통해 흘러 들어오기 시작했다.

──딱 내가 말하던 대로야. 이들에겐 조화에 대한 깨달음이 없어. 그들을 이 이상 많은 세계로 풀어 주는 건 잘못이야. ──

린나가 말했다.

──그럴 수도 있겠지만, 토론은 나중이야. 당장은 평형을 바로잡는 게 중요해. ──

파리칼이 말했다.

──우리가 직접 잉여물을 처리할 시간은 없어. ──

실로인은 긴 갈색 이빨을 드러냈다. 그녀가 카말라의 목줄기를 물어뜯는 데 5초면 될 것이다. 그리고 실로인이 우리에게 제일 동정적인 공룡이라 해도, 살육을 즐기리라는 데에는 의심의 여지가 없었다.

──이 행성에 대해 재고할 때까지 인류 이주는 연기하자고 주장하겠어.

린나가 말했다.

전형적인 공룡식 생색내기였다. 겉보기에는 서로 언쟁을 벌이는 것 같지만, 사실은 셋 다 나에게 말하고 있었다. 아기 지성체라도 이해할 수 있게 상황을 알려 주는 것이다. 그들은 나에게 지금 내가 우주에서 인류가 누릴 미래를 위험에 빠뜨리고 있다고 알려 주고 있었다. 내가 그만두든 말든 대기실 D에 있는 카말라는 죽은 목숨이라는 것. 평형은 바로잡혀야 하며, 바로 지금 해야 한다는 것.

"기다려요. 잘 구슬러서 스캐너로 데려갈 수 있을지도 몰라요."

그들에게서 벗어나야 했다. 나는 이어스톤을 뽑아서 주머니에 넣었다. 도망치고 싶어서 너무 서두른 나머지 스캔 센터를 나서면서 발이 걸렸고, 복도에서 중심을 잡아야 했다. 나는 1초 동안 복도에 서서 칸막이벽을 누르고 있는 내 손을 응시했다. 마치 망원경을 거꾸로 잡고 펼쳐진 손가락을 보는 것 같았다. 내가 나로부터 멀리 떨어진 기분이었다.

그녀는 소파 위에 웅크리고 있었다. 아무도 자기를 보지 못하게 줄어들고 싶다는 듯이 무릎을 감싸 안고 있었다.

나는 활기차게 말했다.

"다 됐어요. 구슬에 들어가서 1분도 안 있을 거예요. 장담해요."

"싫어요, 마이클."

나는 정말로 내가 틀렌 기지에서 멀어지는 것을 느꼈다.

"카말라, 당신은 인생에서 커다란 부분을 던져 버리고 있어요."

"그건 내 권리예요."

카말라의 눈이 번쩍였다.

아니, 그렇지 않다. 그녀는 잉여물이었다. 아무 권리도 없었다. 죽은 노파에 대해 뭐라고 했더라? 사람이 아니라 물건이 되었다고 했지. 뼈처럼.

"좋아요, 그럼. 가죠."

난 뻣뻣한 집게손가락으로 그녀의 어깨를 찔렀다.

그녀는 움찔했다.

"어딜 가요?"

"루넥스로 돌아가요. 당신이 탈 왕복선을 잡아 놨어요. 지금 막 오후 대기자들을 내려놨죠. 사실 난 당신을 상대하는 대신 그 사람들을 도와야 해요."

그녀는 서서히 몸을 폈다.

"자, 공룡들은 당신이 최대한 빨리 틀렌에서 사라지길 원하고, 나도 그래요."

나는 그녀를 일으켜 세웠다. 나는 너무나 멀리 가 있었다. 이젠 카말라 샤스트리를 볼 수가 없었다.

그녀는 고개를 끄덕이고 나를 따라 문으로 향했다.

"그리고 복도에서 누굴 만나더라도 입 다물고 있어요."

"정말 심술궂게 구는군요."

속삭이는 소리가 탁했다.

"당신은 정말 아기같이 굴고 말이죠."

안쪽 문이 미끄러져 열리자 그녀는 왕복선으로 이어지는 탯줄이 없음을 바로 알아차렸다. 그녀는 내 손아귀에서 벗어나려고 몸을 비틀었지만 나는 어깨를 대고 세게 밀어 넣었다. 그녀는 에어록 저편으로 날아가서 바깥 문에 등을 부딪고 되튀었다. 나는 안쪽 문을 폐쇄하는 스위치를 때리면서 나 자신으로 돌아왔다. 내가, 나, 마이클 버가 이런 끔찍한 짓을 하고 있었다. 어쩔 수가 없었다. 나는 키득거렸다. 마지막으로 보았을 때 카말라는 발버둥치듯 갑판을 가로지르고 있었지만, 너무 늦었다. 나는 그녀가 다시 비명을 지르지 않는다는 데 놀랐다. 들리는 것이라곤 거친 숨소리뿐이었다.

나는 안쪽 문이 꽉 닫히자마자 바깥 문을 열었다. 우주 기지에서 사람을 죽일 방법이 몇 가지나 되겠는가? 총도 없었다. 다른 사람이라면 칼로 찌르거나 목을 조를 수 있을지도 모르지만 나는 아니었다. 독살? 어떻게? 게다가 나는 아무 생각도 하고 있지 않았다. 필사적으로 내가 무슨 짓을 하고 있는지 생각하지 않으려 하고 있었다. 나는 의사가 아니라 지성체학자였다. 나는 언제나 우주 공간에 노출되면

즉사한다고 생각했다. 폭발적인 감압이라거나, 그런 것…… 나는 그녀가 힘들어 하지 않길 바랬다. 빨리 끝내고 싶었다. 고통 없이.

　나는 공기가 빠져나가는 소리를 듣고 끝났다고 생각했다. 우주로 날아갔을 거라고. 그리고 몸을 돌렸을 때, 질주하는 심장 고동처럼 미친 듯한 쿵쿵 소리가 들려왔다. 잡을 만한 물건을 찾아낸 모양이었다. 쿵, 쿵, 쿵! 이건 너무 심했다. 나는 안쪽 문에 기대어 주저앉았다. 쿵, 쿵! 주저앉으면서 웃음을 터뜨렸다. 알고보니 폐를 비우면 우주 공간에 노출되어도 1분, 어쩌면 2분까지도 살아남을 수 있었다. 나는 우습다고 생각했다. 쿵! 유쾌하기까지 했다. 나는 내 경력을 위험에 빠뜨리면서까지 최선을 다해 주려 했는데, 이렇게 갚는단 말인가? 내가 문에 뺨을 대고 있는 사이 쿵쿵 소리는 약해져 갔다. 우리 사이엔 몇 센티미터 거리밖에 없었다. 삶과 죽음의 거리. 이제 그녀는 평형을 유지한다는 것이 어떤 건지 다 알았겠지. 너무 웃어서 숨 쉬기가 힘들었다. 문 뒤에 있는 고깃덩이와 마찬가지로. 넌 이미 죽은 몸이야, 이 징징아!

　얼마나 오래 걸렸는지 모르겠다. 쿵쿵 소리가 느려졌다. 멈췄다. 그리고 나는 영웅이 되었다. 내가 조화를 지키고, 별들로 가는 길을 열어놓았다. 나는 자랑스러운 마음에 킬킬거렸다. 나는 공룡처럼 생각할 수 있었다.

　나는 거품문을 통과하여 대기실 D로 들어갔다.

　"왕복선에 탈 시간이군요."

　카말라는 딱 붙는 옷으로 갈아입고 벨크로 슬리퍼를 신고 있었다. 벽에는 열 개가 넘는 창이 열려 있었다. 이런저런 말을 웅얼거리는 사람들의 머리로 가득했다. 친구와 친척들은 통지를 받아야 했다. 그들의 영웅이 무사하고 안전하게 돌아왔으니. 카말라는 벽에 대고 말했다.

"가야 해요. 착륙하는 대로 모두에게 연락할게요."

그녀는 통 쓰지 않아서 뻣뻣해진 것 같은 미소를 지었다.

"다시 한 번 감사드리고 싶어요, 마이클."

나는 이주자가 인간이 되는 데 익숙해지려면 얼마나 오랜 시간이 걸릴까 생각했다.

"정말 큰 도움을 주셨는데 난…… 난 내 자신이 아니었어요."

그녀는 마지막으로 방 안을 둘러보고 몸서리를 쳤다.

"정말 겁에 질려 있었어요."

"그랬죠."

그녀는 고개를 저었다.

"그렇게 나빴나요?"

나는 어깨를 으쓱이고 그녀를 복도로 데리고 나갔다.

"지금 생각하면 정말 바보 같아요. 구슬 안에 1분도 안 있었는데……."

그녀는 손가락을 딱 울렸다.

"다음 순간엔 겐드에 있었죠. 당신 말대로요."

그녀는 걸으면서 나와 몸을 스쳤다. 옷 아래 몸은 단단했다.

"어쨌든, 이렇게 이야기를 나눌 기회가 생겨서 기뻐요. 돌아가면 당신을 찾아볼 생각이었어요. 여기에서 볼 줄은 몰랐어요."

"남기로 결정했죠."

에어록 안쪽 문이 미끄러져 열렸다.

"이 일이 몸에 배어서요."

툴렌 기지와 왕복선 사이의 압력이 평형을 맞추면서 탯줄이 흔들렸다.

"기다리는 이주자들이 있겠죠?"

그녀가 말했다.

"두 명."

"그들이 부럽네요."

그녀는 나를 돌아보았다.

"당신은 별들로 갈 생각이 없나요?"

"없어요."

카말라는 내 얼굴에 손을 올렸다.

"가 보면 모든 게 달라져요."

그녀의 긴 손톱이 따끔했다. 잠깐이지만 그녀가 자기 얼굴에 난 흉터처럼 내 뺨에도 흉터를 남기려나 싶었다.

"알아요."

나는 말했다.

제임스 패트릭 켈리(1955년 생)는 청년 작가 시절 클라리온 워크숍의 스승들에게서 과학 소설은 잘 생각하고 잘 연구해서 써야 한다는 말을 들었고, 그런 식으로 글을 쓰기 시작했다. 그는 나중에서야 이 분야에서도 그렇게 힘들게 작업하는 작가가 많지 않음을 알았다. 하지만 그 무렵에는 습관이 굳어져 있었다. 그는 하드 SF에 전념하는 맹신자라기보다는 하드 SF적인 상황이 내포하는 극적인 가능성에 흥미를 두는 작가다. 그에게는 우아한 스타일이 있고, 글 속에서 과학이 기꺼이 중요한 역할을 하게 만든다. 그의 글은 꽉 짜여진 완성품이며, 그의 서술자들이 가진 강한 목소리와 관점은 켈리가 선택한 상황의 극적 효과를 끝까지 펼쳐 보이게 해 준다.

1980년대에 그는 사이버펑크에 반대하는 휴머니스트의 온상이었던 시카모어 힐 워크숍과 동일시되는 작가였으나, 브루스 스털링은 『미러쉐이드Mirrorshade: 사이버펑크 앤솔러지』에서 그를(역시 놀라운 선정인 그렉 베어와 함께) 초기 사이버펑크 운동의 대표자로 선정하기도 했다. 켈리의 소설 상당수는 이 분야의 거의 모든 독자에게 호소력이 있는 진지한 하드 SF적 측면을 갖고 있다.

주로 단편 소설로 활동하기는 하지만 (주로 〈아시모프〉지에 게재) 그는 네 권의 장편소설을 출간했다. 『속삭임의 행성Planet of Wispers』(1984), 존 케슬과 공저한 『자유 해변Freedom Beach』(1985), 『태양을 들여다보며Look into the Sun』(1989), 그리고 『야생Wildlife』(1994)이다. 작품집은 『여걸들Heroines』(1990)과 『공룡처럼 생각하라Think like a dinosaur』(1997) 두 권이 출간되었으며, 세번째 작품집 『이상하지만 이방인은 아닌Strange but Not a Stranger』이 2002년에 나왔다. 그는 〈아시모프〉지에 달마다 웹에 대한 칼럼을 쓴다. 단편 「Undone」(2001)은 세 종의 연간 단편선에 모두 선정되었고 네뷸러 상 후보에 올랐다. 지금 켈리는, 존 클루트가 말한 대로 "중요 작가로 인식되기 직전"이다.

최근에 그는 새로운 방식으로 재능을 사용해 왔다.

"몇 년 전에 찾아온 중년의 위기를 기념하기 위해 완전히 새로운 분야를 시도해 보기로 했지요. 각본 일입니다. 꽤 운이 좋았다고들 하더군요. …… 〈보는 귀 극장Seeing Ear Theater〉을 위해 다섯 개의 라디오 각본을 썼습니다. 세 편은 「공룡처럼 생각하라」, 「일탈, 붕괴Breakaway, Breakdown」, 「진공 속에서의 빛의 전파The Propagation of Light in a Vacuum」에서 각색했고, 「썩은 죽음 Carrion Death」과 「재즈를 느껴라Feel the Zaz」는 새로운 이야기였어요. 마지막 글은 나중에 「재즈Zaz」라는 단편으로 다시 내놓았지만요."

「공룡처럼 생각하라」는 1996년 휴고 상 중편 부문을 수상했다. 이 글은 고전적인 하드 SF 형식을 취하며, 하드 SF 독서의 시금석이라 할 수 있는 톰 고드윈의 논쟁적인 글 '차가운 방정식The Cold Equations'과 문답을 이루고 있다. 이 글은 문학적인 정치 행동이며, 의문을 불러일으킴으로써 고전 작품의 서브텍스트로 존재하는 성 정치 아래를 파고드는 진짜 하드 SF다. 그러나 이 글은 오른쪽이나 왼쪽이 아니라 가운데에 자리 잡고 있다. 1990년대 미국 SF에 새로운 문학적 정치적 통합체가 있다면 필시 벤포드, 켈리, 그리고 스털링의 하드 SF 소설이 만나는 지점에 있을 것이다.

그리핀의
알

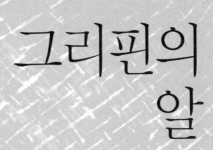

Griffin's Egg

| 마이클 스완윅 |

태양빛에 산맥 윤곽이 선명하게 드러났다. 군터 바일은 한 손을 들어 경례했다가, 헬멧을 편광으로 바꾼 순간 눈을 찌르는 섬광에 얼굴을 찡그렸다.

그는 차터지 분화구 산업 단지로 연료봉을 나르는 중이었다. 차터지 B 반응로는 해 뜨기 40시간 전에 임계점에 이르렀고, 그와 더불어 원격제어기 15개와 극초단파 중계기 하나를 끌고 가면서 파워 서지 power surge를 일으켜 단지 안에 있는 모든 공장에 부수적인 피해를 일으켰다. 레티쿠스 고원지대 위로 태양이 떠오를 무렵에는 새로운 반응로가 완성되어 연결할 태세가 갖춰져 있었다.

군터는 자동으로 운전하면서 '증기의 바다' 길에 서 있는 쓰레기의 양으로 부트스트랩과의 거리를 계산했다. 도시 가까운 곳에서는 버려진 건설 기기와 망가진 조립기들이 진공을 향해 열린 창고에 앉아서 구조를 기다리고 있었다. 10킬로미터를 넘어서면 폭발한 가압밴이 기계 부품과 거대한 단열 발포체들을 사방에 흩뿌려 놓았다. 25

킬로미터 지점에서는 형편없는 등급의 도로 탓에 여러 대의 화물 썰매가 멈춰 있었고, 지나는 차들로부터 떨어진 운전등도 많았다.

그러나 도시에서 40킬로미터까지 나가면 도로가 깨끗해졌다. 흙 위로 곧고 깔끔하게 뻗은 선이 되었다. 그는 머리 뒤에서 울리는 목소리들, 트럭이 관례적으로 송수신기 칩에 집어넣은 교통 정보와 자동화된 안전 메시지를 무시하고 계기반에 뜬 지형도를 움직였다.

딱 이쯤이다.

군터는 '증기의 바다' 길에서 벗어나서 처녀지로 경로를 바꾸기 시작했다. 트럭이 말했다.

"미리 예정된 길에서 벗어났습니다. 예정에서 벗어나려면 등록된 배차원의 허락을 받아야만 합니다."

"그래, 뭐."

목소리가 헬멧 안에서 크게 울리는 것 같았다. 유령들의 악다구니 속에서 유일하게 실체가 있는 소리다. 그는 조종실을 가압하지 않은 상태로 두었고, 층층이 절연된 작업복은 접촉면에서 울리는 전도마저 조용하게 만들었다.

"너나 나나, 베스 해밀턴은 내가 가다가 딴짓을 좀 하더라도 예정에서 한참 뒤처지지만 않으면 봐줄 거라는 거 알잖냐."

"이 장치의 언어 능력을 초과하는 발언입니다."

"괜찮아, 신경 쓰지 마."

그는 꼰 철사 가닥으로 솜씨 좋게 트럭의 송신 스위치를 묶었다. 머릿속에서 울리던 목소리들이 딱 멎었다. 그는 이제 완전히 고립되어 있었다.

"다시는 그러지 않겠다고 했을 텐데요."

트랜스 칩으로 직접 방송되는 말은 신의 목소리처럼 깊고 낭랑하게 울렸다.

"제너레이션 5의 정책상 모든 운전사는 라디오 방송을 지속——"

"우는 소리 하지 마. 매력 없어."

"이 장치의 언어 능력을 초과하는 발언입니다."

"아, 그만 닥쳐라."

군터는 손가락으로 지형도를 따라가며 전날 밤에 계획한 경로를 찾았다. 인간도 기계도 가로지른 적 없는 선홍색 흙 위로 30킬로미터를 간 후, 머치슨 길에서 북쪽으로 간다. 운이 따른다면 차터지 분화구에 일찍 도착할 수도 있었다.

그는 달 평원으로 들어갔다. 양쪽으로 바위들이 미끄러졌다. 눈앞에는 보일락 말락하게 산맥이 솟아 있었다. 뒤쪽으로 작아져가는 상표들을 빼면 지평선 끝에서 끝까지 어디에도 인류가 존재했음을 보여주는 증거가 없었다. 완벽한 정적이었다.

군터는 이런 순간을 위해 살았다. 그 깨끗하고 적막한 빈 곳에 들어서면 그는 광활한 존재의 확장을 경험했다. 마치 눈에 보이는 별들과 평원과 분화구와 모든 것이 자신 안에 포함된 것 같았다. 부트스트랩이란 도시는 사위어 가는 꿈, 완만하게 굽이치는 돌바다 표면 멀리 뜬 섬에 불과했다. 그는 아무도 여기에 다시 첫발을 디딜 순 없다고 생각했다. 오직 나뿐이다.

어린 시절의 기억이 떠올랐다. 크리스마스 이브였고 그는 부모님 차를 타고 밤 미사에 가는 길이었다. 눈이 내리고 있었다. 바람 없이 펑펑 쏟아지는 눈이 뒤셀도르프의 친숙한 길을 모두 하얀 시트로 덮어 깨끗하고 순수하게 바꿔 놓았다. 아버지가 운전을 했고, 그는 앞좌석 너머로 몸을 기울이고 넋이 나가서 이 평화롭게 변한 세상을 바라보고 있었다. 완벽한 정적이었다.

그는 고독에 닿아 성스러워진 기분이었다.

트럭은 부드러운 회색 무지개 속을 헤치고 전진했다. 색채라기보다는 색의 암시만 있는, 밝고 즐거운 무엇인가가 흙에 덮혀 감춰진 것처럼 잠긴 빛깔이었다. 태양이 그의 어깨를 때렸고, 바위를 피하려 앞축을 회전시키자 트럭 그림자가 선회하며 무한으로 뻗어 나갔다. 그는 스쳐 지나가는 땅의 꾸밈없는 아름다움에 매혹되어 반사적으로 운전을 해나갔다.

그는 생각으로 피시를 켜고 칩으로 음악을 틀었다. 'Stormy Weather' 가 우주를 채웠다.

길고 감지하기 힘들 만큼 완만한 경사면을 내려가던 중에 손 안에서 제어력이 사라졌다. 트럭은 동력을 끄고 멈춰 섰다. 그는 으르렁거렸다.

"이 망할 놈의 기계야! 이번엔 뭐야!"

"이 앞은 지나갈 수 없습니다."

군터는 계기반을 주먹으로 내리쳤다. 지도가 춤을 췄다. 앞쪽은 매끄럽고 경사진 땅이었다. 영겁의 시간 전에 '비의 바다' 에서 일어난 폭발로 길들여져 제멋대로인 성질을 잃은, 말랑한 땅이다. 그는 문을 걷어차서 열고 내려갔다.

트럭이 멈춰 선 것은 작은 계곡 때문이었다. 그가 가려던 길을 가로질러 뱀처럼 굽이치며 땅이 패여 있었다. 마른 강바닥과 꼭 닮은 모양이었다. 그는 그 가장자리로 뛰었다. 폭이 15미터였고, 제일 깊은 곳이 3미터였다. 지형도에 아슬아슬하게 나오지 않을 만큼 얕았다. 군터는 조종실로 돌아가서 소리 없이 문을 닫았다.

"이봐, 저거 별로 가파르지 않거든. 이보다 지독한 것도 백 번은 내려가 봤어. 천천히 여유롭게 내려가면 돼. 응?"

"이 앞은 지나갈 수 없습니다. 원래 예정된 길로 돌아가시기 바랍니다."

이젠 바그너로 넘어갔다. '탄호이저'. 그는 짜증을 내며 음악을 껐다.

"그렇게 자기발견적이라면 왜 이치에 귀를 기울이는 법이 없는 거야?"

그는 화가 나서 입술을 씹다가 짧게 고개를 내저었다.

"안 돼. 돌아갔다간 예정 시간에 못 가. 계곡은 몇백 미터만 가면 좁아지게 되어있어. 폭이 좁아질 때까지 따라가다가 머치슨 길로 돌아간다. 금방 단지에 도착할 거야."

그는 3시간 후에 겨우 머치슨 길에 들어섰다. 그 무렵에는 땀에 젖고 몸에서 냄새가 났으며 어깨는 오랜 긴장으로 아팠다.

"여기가 어디야?"

그는 못마땅하게 물었다가 트럭이 대답하기 전에 다시 말했다. "질문 취소."

흙이 갑자기 검게 변했다. 소니-라인팔츠 광산의 부채꼴 분출물일 것이다. 그들의 레일건은 고객 공장들을 피하기 위해 거의 남쪽으로 고정되어 있었고, 그래서 그 흔적이 제일 먼저 길과 만났다. 그러니 가까워지고 있다는 뜻이었다.

머치슨 길은 단순한 트럭 레일의 합류점 이상이었다. 투박하게 고르고 근처 바위마다 반짝이는 오렌지색 페인트로 표시해둔 흙길이었다. 군터는 순식간에 일련의 경계표들을 지나갔다. 하라다 산업 부채꼬리, '폭풍의 바다' 매크로팩처링 부채꼬리, 크럽 펀프지히* 부채꼬리. 그는 다 알고 있었다. G5는 그들 모두를 위해 로봇 공학 작업을 했다.

---

* funfzig, 독일어로 50을 뜻함.

수송된 불도저를 실은 가벼운 평상 트레일러가 옆으로 속도를 올려 지나가면서 자갈만큼 빠르게 떨어지는 흙을 뿌렸다. 트레일러를 조종하는 원격제어기체가 회전팔을 흔들어 인사했다. 군터는 반사적으로 마주 손을 흔들면서 아는 사람일까 생각했다.

이 부근 땅은 엉망으로 잘리고 패였다. 흙과 바윗돌이 자연스러운 언덕들 속까지 밀려들어 가고, 이따금씩 보이는 도구 기지나 산소탱크 비상보관대는 근처 벼랑 속으로 파고들어 갔다. 표지판이 하나 떠갔다. '수세식 용변 시설 1/2 킬로미터.' 그는 인상을 썼다. 그러다가 아직도 라디오를 꺼놓고 있다는 것을 기억하고 철사를 떼어냈다. 현실 세계로 돌아갈 시간이다. 그 즉시 배차원의 까칠한 목소리가 트랜스 칩으로 전해졌다.

"망할 새끼! 바일! 이 새끼 어디 있는 거야?"

"나 여기 있어, 베스. 조금 늦긴 했지만 오려던 데 정확히 왔다고."

"망할 새——"

녹음이 끊어지고, 베스 해밀턴의 생생하고 심술궂은 목소리가 나왔다.

"이번엔 진짜 괜찮은 설명이 있어야 할 거야, 자기."

"아, 어떤지 알잖아."

군터는 길에서 눈을 떼고 흙투성이 옥빛 고지대를 바라보았다. 그리로 올라가서 영영 돌아오지 않고 싶었다. 어쩌면 동굴을 찾을지도 모른다. 어쩌면 괴물이 있을지도 모른다. 신진대사가 워낙 느리고 느긋해서 몸길이를 움직이는 데 몇 세기가 걸리는 진공 트롤과 달 드래곤들. 물속처럼 돌 속을 헤엄칠 수 있는 고밀도 생물들. 그는 그런 생물이 돌 속으로 뛰어들어 자력선을 따라 깊이, 깊이 다이아몬드와 플루토늄 광맥을 헤엄치면서 머리를 뒤로 젖히고 노래하는 모습을 그려보았다.

"나는 히치하이커를 주웠네. 그리고 우린 얽히고 말았지."

"E. 이즈마일로바에게 그렇게 말해 봐. 너한테 미친 듯이 화가 나 있어."

"누구?"

"이즈마일로바. 새로 온 폭파 책임자야. 다중 법인 계약으로 왔지. 벌써 네 시간 전에 호퍼를 탔고 그 후 줄곧 너와 지그프리드를 기다리고 있었어. 만나 본 적 없단 말이지?"

"없어."

"흠, 난 만나 봤거든. 그 여자랑 있을 땐 발밑을 조심하는 게 좋을 거야. 딱 네 익살을 즐거워하지 않을 만한 드센 여자거든."

"오, 그만둬. 기껏해야 또 한 명의 계약 기술자 아냐? 내 지휘 체계도 아니고. 나한테 뭘 할 수 있을 것 같진 않은데."

"꿈꾸시네. 너 같은 얼간이를 지구에 내려보내는 게 뭐 힘든 일인 줄 알아?"

차터지 A가 시야에 들어왔을 무렵 태양은 고지대 위로 한 뼘밖에 올라가지 않은 상태였다. 군터는 이따금씩 걱정스럽게 그쪽을 흘긋거렸다. 바이저를 H-알파 파장에 맞춰 놓아, 태양이 서서히 소용돌이치는 검은 반점으로 뒤덮인 눈부시게 하얀 구체로 보였다. 평소보다 까칠까칠한 모양새였다. 태양 흑점 활동이 높은 모양이었다. 그는 방사선 예보기지에서 월면주의보를 내리지 않았을지 궁금했다. 천문대 친구들은 보통 상황을 장악하고 있었다.

차터지 A, B, C는 클라드니 바로 밑에 단순한 분화구들이었고, 상대적으로 작은 두 분화구가 최소한의 관심을 받는 반면 차터지 A는 임브리아기 현무암을 뚫고 고지대에 있는 어느 것보다 좋은 알루미늄 광맥을 드러낸 운석의 자식이었다. 부트스트랩이 쓰기에도 편해서 이 분화구는 경영진의 애정을 듬뿍 받았고, 군터는 커-맥기 사(社)가 반응로를 다시 연결하기 위해 전력을 다하는 것을 보아도 놀라지 않았다.

단지에는 보행기와 조립기들이 우글거렸다. 돔 지붕의 공장들, 제련소들, 하역소, 진공 차고 어디에나 있었다. 주요 산업 구조물을 해체하느라 푸른 불똥의 별자리가 깜박거렸다. 무겁게 짐을 실은 트럭 부대가 흙먼지를 끌며 달 평원으로 산개해 나갔다. 팻츠 월러가 'The joint is jumpin'을 부르기 시작했고 군터는 웃음을 터뜨렸다.

그는 서서히 속도를 줄이고, 적하기에 실려 올라가는 가스 도금기 gas-plater를 피하느라 차를 빙 돌려서 차터지 B 진입로에 들어섰다. 입구 바로 아래 바위를 폭파하여 새로운 착륙장을 만들어 놓았고, 그 착륙장에 내려앉은 호퍼 주위로 한 무리의 사람들이 서 있었다. 정확히는 사람 하나와 원격제어기 여덟이었다.

원격제어기 하나가 팔로 짧고 작은 몸짓을 취해 가며 말을 하고 있었다. 몇은 비활성 상태로 서 있었다. 골동품 전화기와 똑같았다. 지구 측의 경영진은 요구하지 않았지만, 더 많은 고문에게 연결할 필요가 있을 경우에 대비하여 이용 가능하게 해둔 것이다.

군터는 조종실 천장에 묶어 둔 지그프리드를 풀고, 조종간을 한 손에 쥐고 반대쪽 손에는 케이블 감개를 들고서 지그프리드를 호퍼 쪽으로 걷게 했다.

혼자 있던 사람이 성큼성큼 걸어와서 그를 맞이했다.

"당신! 왜 늦은 거지?" E. 이즈마일로바는 화려한 붉은색과 오렌지색의 스튜디오 볼가 고급 작업복을 입고 있어서, 가슴팍에 G5 로고가 찍힌 군터의 회사 지급품과 선명한 대조를 이루었다. 금색 바이저에 가려져서 얼굴을 알아볼 수 없었다. 그래도 목소리를 듣고 짐작할 수 있는 것이 있었다. 활활 타는 눈, 얇은 입술.

"타이어가 터져서요."

그는 적당히 매끈한 바위 덩어리를 찾아내어 케이블 감개를 고정시키고, 평평하게 놓였는지 확인하기 위해 선을 움직여 보았다.

"보호막을 씌운 케이블이 450미터쯤 있어요. 그 정도면 충분합니까?"

짧고 딱딱한 끄덕임.

"좋아요."

그는 볼트건을 뽑았다.

"물러서요."

그는 무릎을 꿇고 케이블 감개를 바위에 고정시켰다. 그리고 잽싸게 장치 기능을 확인했다.

"안은 어떤지 알아요?"

원격제어기 하나가 살아나더니 앞으로 나서서 자신을 G5 위기 관리팀의 돈 사카이라고 밝혔다. 군터는 전에도 그와 일해 본 경험이 있었다. 상당히 다부진 사내지만, 캐나다인이 대개 그렇듯 그도 핵 에너지에 지나친 두려움을 품고 있었다.

"여기 소니-라인팔즈의 랭 씨가 원거리 조작으로 들여보냈지만 방사능이 너무 강해서 예비 스캔 후에 통제력을 잃었어요."

두번째 원격제어기가 고개를 끄덕여 확인해 주었지만, 토론토까지의 중계 시간 때문에 사카이는 그 동작을 놓쳤다.

"원격제어기가 계속 걸어가 버렸죠."

그는 신경질적으로 기침을 하더니 필요없는 말을 덧붙였다.

"자율 회로가 너무 민감했어요."

"뭐, 지그프리드에겐 문제가 안될 겁니다. 이 녀석은 돌처럼 둔하니까요. 기계 지능 진화의 단계로 보자면 컴퓨터보다는 쇠지레에 가까울걸요."

2.5초가 지나고 사카이가 예의 바르게 웃었다. 군터는 이즈마일로바에게 고개를 끄덕였다.

"지시를 내려 주시죠. 뭘 원하는지 말해 줘요."

이즈마일로바가 한 걸음 다가서고, 그녀가 그의 조종간에 패치 코드를 꽂는 순간 두 사람의 작업복이 잠시 붙었다. 그녀의 바이저 밖으로 꿈 속의 그림자처럼 흐릿한 형체가 스쳤다. 그녀가 물었다.

"이 사람 자기가 하는 일이 뭔진 알아요?"

"이봐요, 난 —"

"닥쳐, 바일."

해밀턴이 개인 회로로 으르렁거렸다. 그리고 공개 회로로 말했다.

"회사에서 그의 기술에 자신감을 갖고 있지 않다면 여기 와 있지 않겠죠."

"확신하는데 이제까지 어떤 의문도 —"

사카이가 입을 열었다가, 해밀턴의 말이 뒤늦게 전달되면서 입을 다물었다.

"호퍼에 폭발물이 있어. 가서 가져와요."

이즈마일로바가 군터에게 말했다.

그는 명령에 복종하여, 고밀도의 소형 짐에 맞게 지그프리드의 형태를 바꿨다. 지그프리드는 호퍼 위로 낮게 몸을 수그리고, 크고 예민한 손으로 폭발물을 감쌌다. 군터는 약한 압력을 적용했다. 아무 일도 일어나지 않았다. 무겁기도 하군. 그는 천천히, 조심스럽게 출력을 올렸다. 지그프리드가 몸을 바로 세웠다.

"길 위로 가다가 안으로 내려가요."

반응로는 녹아내리고 안으로 접히고 뒤틀려서 알아볼 수가 없었다. 가장자리로 비틀린 파이프들이 튀어나온 화산암재 덩어리였다. 사고 초기에 냉각제 폭발이 일어났고, 분화구 한쪽 벽이 흩뿌려진 금속으로 빛났다.

"방사능 물질은 어디 있죠?"

사카이가 물었다. 30만 킬로미터나 떨어져 있는데도 긴장하고 걱정하는 목소리였다.

"다 방사능이에요."

이즈마일로바가 말했다.

그들은 다음 말을 기다렸다. "내 말은, 그러니까. 연료봉은요?"

"지금 이 순간, 당신네 연료봉은 300미터 밑에서 아직 돌아가고 있을 거예요. 우린 임계량에 도달한 핵분열 물질에 대해 이야기하고 있는 겁니다. 연료봉은 이 과정에서 상당히 초기에 엄청나게 뜨거운 웅덩이로 녹아내려서, 바위를 뚫고 내려갈 수 있을 거예요. 밀도 높고 무거운 밀랍 방울이 천천히 달 핵을 향해 내려가는 모습을 그려 봐요."

"맙소사, 난 정말 물리학이 좋더라."

군터가 말했다.

이즈마일로바의 헬멧이 그 쪽을 돌아보았다. 갑자기 멍해진 듯, 한참이나 그러고 있다가 헬멧에 다시 스위치가 들어가고 고개를 돌렸다.

"적어도 아래쪽 길은 깨끗해요. 당신 장비를 끝까지 보내요. 한쪽에 탐사 통로가 있을 거야. 오래된. 그게 아직 열려 있는지 보고 싶어요."

"장치 하나로 충분하겠습니까? 분화구를 비우는 데 말입니다."

사카이가 물었다.

이즈마일로바의 관심은 지그프리드의 전진에 고정되어 있었다. 그녀는 성가시다는 투로 말했다.

"사카이 씨, 이 현장을 비우려면 진입로에 사슬을 걸기만 해도 충분합니다. 분화구 벽이 근처에서 일하는 사람들을 감마 방사선으로부터 지켜 줄 것이고, 호퍼 비행로를 조정해 승객들이 노출되지 않게 만드는 건 힘든 일도 아니죠. 반응로 용융으로 일어나는 가장 큰 생물학적 위험은 공기나 물속에 있는 특정 방사성 동위원소가 내는 알파 방사선이에요. 알파 방사선은 신체에 집중되면 상당한 피해를 일으킬 수 있죠. 그렇지만 않으면 상관없어요. 알파 입자는 종이로도 막을 수 있어요. 반응로를 생태계에서 떼어놓기만 하면 여느 대형 기계보다 안전하다는 뜻이죠. 그저 방사능이라는 이유만으로 파괴된 반응로를 묻는 건 불필요한 일이고, 이렇게 말해도 괜찮다면, 미신이기도 해요. 하지만 정책을 만드는 건 내가 아니니까요. 나야 그저 폭파나 할 뿐이죠."

"이게 당신이 찾던 통로 맞아요?"

군터가 물었다.

"그래요. 통로 바닥까지 내려가요. 멀지 않아요."

군터는 지그프리드의 가슴등을 켜고, 케이블이 걸리지 않게 롤러 중계기를 가라앉혔다. 그들은 내려갔다. 마침내 이즈마일로바가 말했다.

"멈춰요. 이만하면 충분해."

그는 부드럽게 장치를 내려놓고, 활성화 장치arming toggle를 그녀 쪽으로 퉁겼다. 이즈마일로바가 말했다.

"됐어. 장비를 돌려보내요. 분화구와 거리를 두도록 한 시간을 주죠." 군터는 원격제어기들이 벌써 걸어가기 시작했음을 깨달았다.

"어…… 아직 연료봉을 장착해야 하는데요."

"오늘은 아니야. 새 반응로는 폭발 지역 밖으로 옮겨 놨어요."

군터는 그제야 모든 기계장치를 해체하여 산업단지 밖으로 옮기던 광경을 떠올리고 뒤늦게 이 작전의 지나친 규모에 놀랐다. 보통은 제일 민감한 장치들만 폭발 지역 밖으로 보내는 정도였다.

"잠깐만. 도대체 무슨 괴물 같은 폭발물을 쓰려고 하는 겁니까?"

이즈마일로바는 의식적으로 잘난체 하는 태도였다. "내가 다룰 줄 모르는 물건은 아니죠. 이건 외교관급 장비예요. 5년 전의 전투와 똑같은 설계에, 100번 가까이 쓰이면서 단 한 번의 고장도 없었지. 전쟁 역사상 제일 믿을 만한 무기라는 뜻이야. 그런 물건과 같이 일할 기회를 얻다니 특권인 줄 알라고요."

군터는 몸이 차가워지는 것을 느꼈다.

"하나님 어머니 맙소사. 나한테 서류가방 핵폭탄을 설치하게 한 거군."

"익숙해지는 게 좋을 거야. 웨스팅하우스 루나는 이 아기들을 대량 생산하고 있거든. 그걸로 산맥을 뜯어 열고, 고지대를 폭파해서 길을 내고, 계곡 벽을 부숴서 안에 뭐가 있는지 볼 거라고."

그녀의 목소리가 꿈을 좇는 투로 변했다.

"그것도 시작에 불과해. '아에스툼 만'에 집적 산지를 만들 계획도 있어요. 표토 위에서 폭탄을 몇 개 터트린 후에 흙에서 플루토늄을 추출하는 거지. 태양계 전체를 위한 연료 집적소가 될 거예요."

그의 태도에서 당황한 기색이 드러났는지, 이즈마일로바가 웃었다.

"평화를 위한 무기로 생각해요."

"너희도 직접 봤어야 해!"

군터가 말했다.

"좆나 믿을 수가 없더라고. 분화구 한쪽이 그냥 사라져 버렸어. 녹아서 없어진 거야. 먼지가 되어 버렸다고. 그리고 진짜 오랫동안 모든 게 빛났어! 분화구, 기계들, 전부 다. 내 바이저는 부하가 너무 걸려서 깜박거리기 시작했지. 타 버릴 줄 알았지 뭐야. 끝장이었어."

그는 카드를 집었다.

"누가 이렇게 구린 패를 돌렸어?"

크리슈나가 수줍게 이를 드러내며 고개를 숙였다.

"난 들어가."

히로는 찌푸린 얼굴로 카드를 보았다.

"난 막 죽어서 지옥에 떨어졌음."

"교환해."

아냐가 말했다.

"아니야. 난 고통받아 마땅해."

그들은 중앙 호수 가장자리에 있는 노구치 공원에서, 물에 침식된 듯한 모양으로 조각하여 예술적으로 흩어 놓은 바윗돌에 앉아 있었다. 한쪽에는 무릎 높이의 어린 자작나무 숲이 자랐고, 누군가의 장난감 배가 호수 중앙에 있는 충격 원뿔 근처를 떠다녔다. 꿀벌들이 정신없이 클로버를 먹고 있었다.

"그러더니 벽이 무너지는데 그 미친 러시아 년이 ――"

아냐가 카드 세 장을 버렸다.

"미친 러시아 년들에 대해 말할 땐 조심해."

"――호퍼를 타고 급상승을 ――"

"텔레비전으로 봤어. 다들 봤지. 뉴스였는걸. 닛싼에서 일하는 친구가 BBC에서 30초나 나왔다고 말해 주더라."

히로가 말했다. 그는 가라데 연습 중에 사범의 주먹에 움찔하다가 코를 부러뜨렸고, 희고 네모난 붕대와 텁수룩한 검은 눈썹의 대조 때문에 무뚝뚝한 해적처럼 보였다.

군터가 한 장을 버렸다.

"카드 받는다. 아, 너흰 아무것도 못 본 거야. 그 후에 땅이 흔들리는 것도 못 느꼈겠고."

"이즈마일로바와 서류가방 전쟁의 관계는 뭐야?"

히로가 물었다.

"밀사는 아니었을 게 분명하고. 보급 쪽이었을까, 전술 쪽이었을까?"

군터는 어깨를 으쓱였다.

"서류가방 전쟁 기억해? 지구상의 군사 엘리트 절반이 하루만에 제거된? 과감한 행동으로 세계가 전쟁 직전에서 후퇴했던? 테러리스트 혐의자들이 세계적인 영웅이 된?"

히로가 비아냥거리는 투로 말했다.

군터는 서류가방 전쟁을 아주 잘 기억했다. 그때 그는 열아홉 살이었고, 온 세상이 발작을 일으켜 스스로를 파괴하기 직전까지 갔을 때 핀란드 지열(地熱) 프로젝트에서 일하고 있었다. 그 사건은 지구를 떠나기로 한 결정에 중요한 영향을 미쳤다.

"정치 말고 다른 얘기 좀 할 수 없나? 아마겟돈 얘기는 신물이 나."

"어이, 너 해밀턴과 만나기로 하지 않았어?"

갑자기 아냐가 물었다.

군터는 지구를 올려다보았다. 남미 동부 해안이 막 명암 경계선을 지나고 있었다.

"뭐, 게임할 시간은 충분해."

크리슈나가 퀸 세 장으로 이겼다. 선은 히로에게로 넘어갔다. 그는 빠른 속도로 카드를 섞고, 험악한 주먹질을 섞어 가며 카드를 내리쳤다. 아냐가 말했다.

"좋아. 대체 무슨 일이야?"

히로는 험악하게 눈을 들었다가 내리고, 갑자기 크리슈나만큼 수줍음이 많아진 사람처럼 웅얼거렸다.

"난 집으로 가."

"집?"

"지구 말이야?"

"미쳤어? 모든 게 활활 타기 직전인데? 왜?"

"달에 진저리가 나니까. 여긴 우주에서 제일 보기 흉한 곳일 거야."

"흉해?"

아냐는 계단식 정원, 꼭대기층에서 시작되어 여덟 개의 안개 낀 폭포로 떨어지다가 중앙 연못에 닿아 다시 재순환 과정에 들어가는 시냇물, 우아하게 굽이치는 오솔길들을 찬찬히 둘러보았다. 사람들은 커다란 원을 그리는 장미 덤불 사이로 어슬렁거리고, 월면 보행을 물속에서 걷는 것처럼 보이게 만드는 미끄러지는 걸음걸이로 개나리 탑을 지나쳤다. 사무실 터널을 들락거리기도 하고, 걸음을 멈추고 되새가 원을 그리며 나는 모습을 보거나, 오이밭을 돌보기도 했다. 중간층의 밀짚시장에서는 비번인 취미 자본가들이 공장 시스템, 풀바구니, 오렌지색 유리 문진, 후기 해석파 춤과 엘리자베스 시대의 밈 분석 강좌 등을 파는 천막들이 터키색, 진홍색, 아쿠아마린 색깔로 화사한 실크의 범벅이 되어 있었다.

"난 괜찮은 것 같은데. 조금 북적이긴 하지만 개척의 풍취가 있잖아."

"쇼핑몰 같은 꼴이지만, 내가 말하는 건 그게 아니야. 아마—"

히로는 적절한 표현을 찾느라 애썼다.

"아마 날 괴롭히는 건 이 세계에 우리가 하고 있는 짓일 거야. 우린 파내고, 쓰레기를 뿌리고, 산맥을 찢어 열잖아. 뭘 위해서?"

"돈이지. 소비 상품, 원재료, 우리 아이들을 위한 미래. 그게 뭐 잘못됐나?"

아냐가 말했다.

"우린 미래를 만들고 있는 게 아니야. 무기를 만들고 있지."

"달엔 권총도 없어. 여긴 기업 협력 발전 구역이야. 여기에서 무기는 불법이야."

"내 말 뜻 알잖아. 온갖 폭탄 동체에 폭파 장치, 미사일 껍데기가 여기서 만들어져서 아래 지구 궤도로 내려가. 그게 뭘 위한 건지 모른 척하진 말자고."

"그래서? 우린 현실 세계에 살아. 무기 없는 정부를 세울 수 있다고 믿을 만큼 어리숙한 사람은 이 중에 없어. 왜 이런 것들을 여기에서 만드는 게 다른 곳에서 만드는 것보다 더 나쁘다는 거야?"

아냐는 상냥하게 말했다.

"날 먹어들어가는 건 우리가 하고 있는 짓이 눈앞만 보는 자기 중심적인 탐욕이라는 점이야! 최근에 월면을 내다보고 달이 어떻게 찢어지고 뜯기고 엉망이 됐는지 본 적 있어? 아직 우리 조상들이 나무를 타고 있던 시절부터 변하지 않은 황량한 아름다움을 볼 수 있는 장소들이 있어. 하지만 그걸 우리가 뭉개버리고 있다고. 한 세대, 기껏해야 두 세대만 지나면 달에서 쓰레기장보다 나은 아름다움을 볼 수 없을 거야."

"너도 지구에 묶인 제조업이 환경에 무슨 짓을 했는지 봤잖아. 그걸 지구 밖으로 옮긴 건 좋은 일 아니야?"

아냐가 말했다.

"그래, 하지만 달은——"

"달에는 생태권역도 없어. 여기엔 해가 될 게 없다고."

그들은 서로를 노려보았다. 마침내 히로가 말했다.

"그 얘긴 하고 싶지 않아."

그리고 뚱하니 카드를 집어 들었다.

다섯 판인가 여섯 판이 지났을 때 한 여자가 어정어정 걸어오더니 크리슈나의 발치 풀밭에 털썩 주저앉았다. 아이섀도는 선명한 자주색이었고, 얼굴에는 미친 듯한 미소가 타오르고 있었다. 크리슈나가 말했다.

"아, 안녕. 다들 샐리 챙 알지? 나와 마찬가지로 자가복제 기술 센터에서 일하는 연구원이야."

다들 고개를 끄덕였다. 군터가 말했다.

"군터 바일이야. 제너레이션 5에서 일하는 블루 칼라지."

샐리는 킬킬거렸다.

군터는 눈을 껌벅였다.

"기분이 엄청 좋은가보구만."

그는 손마디로 카드를 두드렸다.

"난 그만."

"난 실로에 취했어."

샐리가 말했다.

"한 장."

"실로시빈*?"

군터가 말했다.

"그건 내 관심사일지도 모르겠는데. 키운 거야, 제조한 거야? 내 방에 제조기가 몇 개 있는데, 소프트웨어 인가를 받고 싶다면 내가 대신 해줄 수도 있어."

샐리 챙은 고개를 흔들고 무력한 웃음을 터뜨렸다. 눈물이 뺨을 타고 흘렀다.

"뭐, 진정되면 말해 볼 수도 있겠지. 이 패면 체스에 딱 좋겠는걸."

군터는 자기 카드를 노려보았다.

"체스를 누가 하냐. 체스는 컴퓨터나 하는 게임이야."

히로가 조소하며 말했다.

---

* 마술 버섯의 주성분인 환각 물질.

군터는 투페어로 그 판을 땄다. 군터가 카드를 섞고, 크리슈나가 패를 떼지 않겠다고 하자 카드를 나누기 시작했다.

"어쨌거나 그래서 그 미친 러시아 여자가——"

느닷없이 챙이 울부짖었다. 그녀는 광기 어린 웃음에 뒤로 넘어갔다가 다시 앞으로 몸을 구부렸다. 그녀는 깨달음의 기쁨이 춤추는 눈으로 한 손가락을 들어 군터를 가리켰다.

"넌 로봇이야!"

그녀가 외쳤다.

"뭐라고?"

"넌 로봇에 불과해. 기계야. 자동 인형이야. 스스로를 봐! 자극과 응답밖에 없지. 자유 의지 같은 건 없어. 아무것도 없어. 넌 독자적인 행위를 해서 자기 인생을 구할 수 없어."

"아, 그래?"

군터는 영감을 찾아 주위를 둘러보았다. 어린 소년이——표트르 나피스일지도 모르지만, 이 거리에서는 분간하기 어려웠다——물가에서 잉어에게 새우 덩어리를 먹이고 있었다.

"내가 널 호수 속에 밀어넣는다면? 그건 독자적인 행위일 텐데."

그녀는 웃으면서 고개를 저었다.

"전형적인 영장류 행동이야. 위협을 감지하면 거짓된 공격성을 보여 대응하지."

군터는 웃고 말았다.

"그리고 그게 실패하면, 영장류는 유순한 태도를 보여 주지. 평가. 원숭이는 자기가 무해하다는 사실을 선전하고 있습니다. 알겠어?"

"이봐, 정말 재미없어. 사실은 모욕적이야."

군터는 경고조로 말했다.

"다시 공격성 표시로 돌아갔네."

군터는 한숨을 내쉬고 양손을 들어올렸다.

"내가 어떻게 반응해야 해? 네 말대로라면 내가 무슨 말을 하거나 무슨 짓을 해도 틀린 거 아냐."

"다시 유순한 태도. 왔다 갔다, 갔다 왔다, 공격적이었다가 유순했다가 다시 반복. 기계랑 똑같아. 알겠어? 전부 다 자동 행동이야."

샐리는 피스톤처럼 팔을 움직였다.

"이봐, 크리쉬. 넌 신경생물 어쩌고 학자잖아. 나 대신 좋은 말 좀 해봐. 이 대화에서 빼내 줘."

크리슈나는 얼굴을 붉혔다. 그는 군터와 눈을 마주치지 않았다. "챙 씨는 센터에서 무척 높은 평가를 받고 있어. 생각에 대한 그녀의 생각이라면 생각해 볼 가치가 있어."

샐리는 수축한 홍채로 눈을 번쩍이며 탐내듯 크리슈나를 지켜보고 있었다.

"그렇지만 아마 그녀의 말은, 우리 모두 근본적으로 삶을 통과해 갈 뿐이라는 뜻인 것 같아. 자동비행이라도 하는 것처럼 말이야. 너만 그런 게 아니라, 우리 모두 그렇다는 거지. 맞아요?"

그는 샐리에게 직접적으로 물었다.

"아니, 아니, 아니, 아니야. 특히 저 사람."

그녀는 고개를 저었다.

"난 포기."

군터는 카드를 내려놓고 화강암 판에 드러누워 지붕 유리 너머로 이지러지는 지구를 응시했다. 눈을 감자 이즈마일로바의 호퍼가 떠오르는 모습을 볼 수 있었다. 폐가스 추진체 네 병 묶음 위에 받침대와 의자만 얹고 한 쌍의 기민한 다리를 단, 빈약한 장비였다. 그는 폭발이 일어나는 가운데 높이 날아가는 호퍼를 보았다. 호퍼는 잠시 분화구 위를 높이 맴도는 것 같았다. 상승기류를 탄 매처럼. 붉은 작업복을 입은 형체는 양손을 옆으로 내린 채, 사람 같지 않은 차분한 태도로 지켜보고 있었다. 반사광 속에서 그녀는 별처럼 밝게 불타올랐다. 소름끼치게 아름다웠다.

샐리 챙이 무릎을 끌어안고 앞뒤로 몸을 흔들었다. 그녀는 웃고 또 웃었다.

베스 해밀턴은 원거리존재장치telepresence를 장착하고 있었다. 군터가 사무실에 들어오자 그녀는 렌즈 하나를 올렸지만, 팔다리는 계속 움직였다. 꿈꾸는 듯한 가상 동작은 장치에 잡혀서 지평선 너머 어딘가에 있는 공장에서 확대될 것이다.

"또 늦었어."

그녀는 특별한 강조 없이 말했다.

대부분의 사람들은 서로 다른 두 가지 환경을 동시에 다루면 아무리 가벼워도 현실 멀미 정도는 경험했다. 해밀턴은 어느 쪽의 효율도 떨어뜨리지 않으면서 이종 현실에 지각을 분리할 수 있는 희귀한 사람이었다.

"G5에서의 자네의 미래를 의논하려고 불렀어. 꼭 집어 말하자면 다른 공장으로 전임될 가능성에 대해서."

"지구 말이군."

"그것 봐. 넌 멍청해 보이고 싶어 하지만, 그렇지 않아."

그녀는 다시 렌즈를 아래로 떨구고 조용히 일어서더니 금속 장갑을 낀 손을 들어올리고 일련의 복잡한 손가락 동작을 연습했다.

"그러면?"

"그러면 뭐?"

"도쿄, 베를린, 부에노스 아이레스——이중에 마법을 발휘할 만한 곳이 있나? 토론토는 어때? 지금 잘만 움직이면 경력에 엄청난 상승

효과가 있을 텐데."

"내가 원하는 건 여기 남아서 내 할 일을 하고 봉급을 받는 것뿐이야. 승진이나 대단한 봉급 인상, 외부 경로 이동 같은 건 관심 없어. 지금 여기에서 행복하다고."

군터는 조심스럽게 말했다.

"재미있는 방식으로 그걸 보여 준 셈이군."

해밀턴은 장갑 출력을 내리고 손을 빼냈다. 그녀는 코를 긁었다. 그녀의 작업대 한쪽에는 반질반질한 검은색 화강암 입방체가 서 있었다. 그녀의 피시는 그 위에 놓여 있었다. 구리 결정 분무기 옆에. 해밀턴은 생각으로 피시를 켜서 군터의 칩으로 이즈마일로바의 목소리를 들려주었다.

"정말 유감이지만 귀 회사 직원의 비업무적인 행동에 대해 주의를 드려야겠군요."로 시작했다. 그 불평을 듣던 군터는 전혀 예상하지 못한 걱정과 더불어, 이즈마일로바가 그를 그토록 신랄하게 비판했다는 데 대한 분노를 느꼈다. 그는 감정을 드러내지 않으려고 조심했다.

"무책임하고, 반항적이고, 부주의하고, 태도가 나빠요."

그는 짐짓 히죽거렸다.

"날 별로 좋아하는 것 같진 않군."

해밀턴은 말이 없었다.

"하지만 설마하니 이 정도로……"

그는 말끝을 흐렸다.

"설마?"

"바일, 보통은 이 정도면 충분한 사유야. 폭파 책임자는 네가 기묘하게 표현한 '기껏해야 계약 기술자'가 아니야. 정부 자격증은 따기 쉬운 게 아니거든. 그리고 넌 알아차리지 못했을지도 모르지만, 애초에 넌 능률도가 높지도 않아. 잠재력은 많지만, 실행력은 없음. 솔직히 이제까진 실망스러웠지. 그렇지만 네겐 다행스럽게도 이즈마일로바는 감히 돈 사카이에게 창피를 줬고, 덕분에 그는 우리가 특별히 그 여자의 요구를 수용해야 하는 건 아니라고 알려 왔어."

"이즈마일로바가 사카이에게 창피를 줬다고?"

해밀턴은 그를 노려보았다.

"바일, 넌 아무것도 안중에 없지?"

그제야 이즈마일로바가 핵 에너지를 두고 뱉은 폭언이 기억났다.

"맞아, 그렇군. 이제 생각났어."

"그러니까 네 선택지는 이래. 내가 문책 글을 써서 이즈마일로바의 불평과 함께 네 영구 파일에 넣을 수도 있어. 아니면 네가 외부 이동으로 지구로 갈 수도 있고. 그러면 난 이런 사소한 일들은 조직 시스템에 기록될 이유가 없다고 보겠지."

그다지 선택의 여지가 없었다. 그러나 그는 좋은 표정을 지어 보였다.

"그러면 당신이 나한테 푹 빠진 걸로 보이겠는데."

"당장은 그렇지, 바일. 당장은."

그는 이후 이틀 동안 월면을 달리고 있었다. 첫날은 다시 한 번 차터지 C로 연료봉을 날랐다. 이번에는 길에서 벗어나지 않았고, 반응로는 정확히 예정대로 재점화했다. 둘째 날에는 커-맥기 사(社) 사람들이 재생할지 버릴지를 두고 싸우는, 6개월 동안 임시로 저장되어 있던 낡은 연료봉을 가지러 트리에스네커까지 가야 했다. 그에게는 나쁘지 않은 일이었다. 태양흑점 주기가 감소기에 들어가긴 했어도 월면주의보는 발동되어 있었고 그는 위험 수당을 받을 수 있었다.

트리에스네커에 도착하자, 프랑스 어디선가 원거리존재장치를 입은 기술자가 그만두라고 말했다. 회의가 한 번 더 있었고, 결정이 또

미뤄졌다는 것이다. 그는 머릿속에 '서푼짜리 오페라'의 새로운 아카펠라 버전을 틀고 부트스트랩으로 출발했다. 그의 취향에는 지나치게 달콤하고 새된 음악이었지만, 고향에서 요새 듣는 게 그런 음악이었다.

길을 따라 15킬로미터 갔을 때 UV계기가 껑충 뛰었다.

군터는 손을 뻗어서 계기반을 두드렸다. 반응이 없었다. 그는 등골이 서늘해지는 것을 느끼며 조종실 천장을 올려다보고 속삭였다.

"이런, 안 돼."

트럭이 차분하게 말했다.

"방사선 예보기지에서 막 월면 경보를 심각한 등급으로 강화했습니다. 예측하지 못한 플레어로 인한 것이며, 즉각 개시됩니다. 월면에 나가 있는 모든 사람은 최대한으로 서둘러 대피소로 가십시오. 반복합니다. 즉시 대피소로 가십시오."

"난 80킬로미터나 떨어——"

트럭이 느려지더니 멈춰섰다.

"이 장비는 보강되지 않았으므로, 우연한 과도 방사선은 기능 불량을 일으킬 수도 있습니다. 이 차량의 안전한 작동을 확보하기 위해 모든 제어를 수동으로 고정하고, 이 장비는 이제 멈춥니다."

트럭의 엄폐 기능이 풀리면서 군터의 머릿속은 중복되는 목소리들로 꽉 찼다. 전파 장애가 밀려들면서 하려는 말들을 헛소리로 바꿔놓았다.

심*등*반복:월면주*보   여*방금**최고심***보**령   제발, **머물****
심*등*모*장비*사*은   당장*면**망할듣고있*?대*   들*? 모*! 누구**
즉*대피*로최대노*20   소를*아. 부트스트랩*오려   지금**
분*대피*즉시이**녹음   하지말*. 망할튀겨버***.   그*서**목소**

방사*예보시*미예*태*　공장*들*있어,망할***
플레*월*주**최고심**!　바*　**프 어니*
이건*음.이　　　　　달*최고심*등급바일!거기있

"베스! 제일 가까운 대피소는 바이스코프로 돌아가야 있어——최고 속도로 가도 30분인데 20분 남았다는 경고가 떨어졌어. 어떻게 할지 좀 말해 줘!"

그러나 처음 불어온 경질 입자의 진눈깨비가 너무 세게 들이닥쳐서 더 이상 교신이 되지 않았다. 마치 어떤 손이 날아와서 무선 중계를 끊어 버린 것 같았다. 머릿속의 목소리들이 죽었다.

지직거리는 잡음이 계속 이어졌다. 트럭은 꼼짝 않고 서 있었다. 어디에서든 30분은 떨어져 있는 곳에서, 보이지 않는 죽음이 지글거리며 조종실 천장을 뚫고 내려오는 와중에. 그는 헬멧을 쓰고 장갑을 끼고 밀봉 상태를 두 번씩 확인한 후 문을 열었다.

쾅 소리를 내며 문이 열렸다. 조작 매뉴얼 책장이 뜯겨 날아가고, 장갑 한 짝이 경쾌하게 월면을 구르며 스웨덴에서의 마지막 밤에 유리디케에게 받은 분홍색 털 주사위를 쫓아갔다. 계기반 위의 열린 깡통에 담겨 있던 밀 비스킷 한 줌이 가루가 되어 사라지고, 깡통도 그 뒤를 따랐다. 폭발적 감압이었다. 압력 중화를 잊어버렸던 것이다. 군터는 이렇게 기본적인, 그리고 위험한 실수를 저질렀다는 사실에 망연해져 얼어붙었다.

그는 곧 월면에 내려서서 고개를 젖히고 태양을 올려다보았다. 예측하지 못한 거대한 태양 플레어로 흑점들이 부풀어 있었다.

죽겠구나. 그는 생각했다.

그는 마비되어 버린 긴 순간 동안 서늘한 확신의 맛을 느꼈다. 죽을 것이다. 그는 자신의 죽음을 사실로 이해했다. 이제까지 알았던 그

166

어떤 것보다 확실하게 알았다.

머릿속으로 죽음이 달 평원을 휩쓸며 다가오는 장면을 볼 수 있었다. 죽음은 형체 없이 사방으로 무한정 뻗어 나가는 검은 벽이었다. 그 벽은 우주를 반으로 갈랐다. 이쪽에는 삶, 온기, 분화구와 꽃들, 꿈, 채굴 로봇, 생각, 군터가 알거나 상상할 수 있는 모든 것들이 있었다. 반대쪽에는…… 무엇이? 아무것도? 그 벽은 아무 단서도 주지 않았다. 읽을 수 없는, 철저한 수수께끼였다. 그러나 벽은 그에게 다가들고 있었다. 이젠 너무 가까워서 손만 뻗으면 닿을 것 같았다. 곧 여기까지 올 것이다. 그 벽을 통과하면 그 너머에 무엇이 있는지 알게 되겠지.

그는 화들짝 생각에서 깨어나 차체로 뛰어올랐다. 옆으로 올라갔다. 트랜스 칩이 쉿쉿거리고 덜거덕거리고 딱딱거리는 가운데 지그프리드를 제 자리에 묶어 둔 자기장 끈을 홱 잡아당기고, 케이블 감개와 조종간을 움켜쥐고 가장자리를 뛰어넘었다.

그는 무리하게 무릎으로 내려앉아서 트레일러 밑으로 몸을 굴렸다. 연료봉을 둘러싼 차폐막이라면 아무리 강한 방사선이라도 막을 수 있었다. 어디에서 나오는 방사선이라도 말이다. 이 차폐막이면 화물에서만이 아니라 태양으로부터도 그를 지켜 줄 것이다. 트랜스 칩은 완전히 조용해졌고, 그는 턱에서 긴장이 빠져나가는 것을 느꼈다.

안전하다.

트레일러 밑은 깜깜했고, 생각할 시간이 있었다. 순환식 호흡기를 최대로 돌리고, 작업복의 주변 기능을 다 꺼 버리더라도 앉아서 폭풍이 끝나기를 기다리기엔 산소가 부족했다. 그러니 어쨌든 대피소까지 가야 했다. 제일 가까운 바이스코프가 15킬로미터 거리로, 그곳의 G5 조립 공장 안에 대피소가 있었다. 목표는 그곳이었다.

그는 감으로 더듬더듬 강철 버팀대를 찾아내고, 지그프리드의 자기장 끈으로 자기 몸을 트레일러 아래쪽에 붙였다. 꼴사납고 힘든 일이었지만 마침내 얼굴을 길 쪽으로 내리고 매달릴 수 있었다. 그는 보행기 조종으로 지그프리드를 일으켜 앉혔다.

끔찍한 12분이 지나고, 그는 마침내 지그프리드를 망가지지 않게 지붕에서 내릴 수 있었다. 조종실 내부는 그렇게 큰 물건은 고사하고 그 반도 못 들어가게 생겨먹었다. 보행기 지그프리드를 집어넣기 위해서는 우선 문을 잘라버리고, 조종실 의자를 뜯어내야 했다. 문과 의자를 길 옆에 버린 그는 지그프리드를 안에 집어넣었다. 보행기는 몸을 반으로 접고 형태를 바꾸고, 형태를 한 번 더 바꿔서 겨우 그 공간에 몸을 집어넣었다. 지그프리드는 부드럽고 섬세하게 조종간을 잡고 1단 기어를 넣었다.

트럭은 쿵쿵거리며 움직이기 시작했다.

지옥 같은 여행이었다. 애초부터 빠르게 만들어지지 않은 트럭은 주철로 만든 돼지처럼 흔들흔들 길을 따라갔다. 지그프리드의 눈은 조종간 위로 숙여져 있었고, 손을 떼어 내지 않는 한 올릴 수 없었다. 군터는 트럭을 멈추지 않는 한 앞을 볼 수 없었다.

그는 아래로 지나가는 길을 보면서 차를 움직였다. 그는 굴러가는 타이어 자국으로 조잡하게나마 트럭의 경로를 조정했다. 그는 길에서 벗어날 때마다 지그프리드의 수동 조종으로 트럭의 경로를 돌렸고, 트럭은 천천히 이쪽에서 저쪽으로 지그재그를 그리며 길을 따라갔다.

그림자들만이 뛰어오르고 부딪칠 뿐, 길은 위험할 만큼 단조롭게 군터를 향해 흘러들었다. 그는 임기응변으로 건 멜빵 속에서 흔들거렸다. 잠시 후에는 머리를 젖히고 압축 그림자 속으로 사라지는 길을 지켜보느라 목이 아팠고, 반복적으로 기어가는 광경만 보느라 눈이 아팠다.

트럭은 움직이면서 흙먼지를 차올렸고, 작은 입자들은 정전기로 그의 작업복에 달라붙었다. 그는 불규칙적으로 한 번씩 장갑을 올려 바이저에 붙은 가는 회색 막을 쓸어냈다. 바이저에 길고 가느다란 줄이 남았다.

환각이 보이기 시작했다. 부드러운 색채의 타원형들이 눈 안에서 움직이다가 고개를 흔들고 눈을 꽉 감아서 정신을 집중하면 사라졌다. 시야의 압력이 사라지는 순간마다 눈을 더 오래 감고 싶었지만, 그럴 수는 없었다.

어머니를 마지막으로 본 순간과 그때 들은 말이 떠올랐다. 과부로 살아서 제일 끔찍한 건, 매일 삶이 다시 시작되는데 그 전날보다 나을 것은 없고, 고통은 여전히 생생하고, 남편의 부재라는 물리적인 사실은 조금도 가까이 다가오지 않는다는 점이라고. 어머니는 아무것도 변하지 않는다는 점에서는 죽어 있는 것과 비슷하다고 말했다.

그는 생각했다. 신이시여, 이럴 가치가 있을까요. 그때 머리통만한 바위가 그의 헬멧을 향해 튀어올랐다. 미친 듯이 조종간을 잡아당기자 지그프리드가 거칠게 트럭의 방향을 틀었고, 바위는 멀리 튀면서 그를 지나쳤다. 덕분에 그 전까지 하던 생각은 끊어졌다.

그는 피시에 신호를 넣었다. 'Saint James Infirmary' 가 흘러나왔다. 도움이 되지 않았다.

이 자식아, 넌 할 수 있어. 생각을 하면 팔과 어깨가 아팠고, 등도 욱신거렸다. 심술궂게도 다리 한쪽은 잠들어 버렸다. 길을 내려다보기 위해 고개를 들고 있으려면 입이 벌어졌다. 잠시 후에 흔들리는 움직임이 그에게 얼굴판 곡면에 침이 고였음을 알려주었다. 침을 흘리고 있었던 것이다. 그는 침을 삼키며 입을 다물고 앞을 응시했다. 1분 후, 똑같은 일이 반복되었다.

그는 서서히, 비참한 기분으로 바이스코프를 향해 트럭을 몰았다.

G5 바이스코프 공장은 전형적인 형태였다. 달의 긴 낮에 회전하면서 기온을 완화시켜 줄 하얀색 기포형 돔, 원거리 감독을 위한 극초단파 중계탑, 그리고 작업을 위한 반자동 장비들이 백여 개.

군터는 진입로를 넘어갔다가 선회해 돌아가서 트럭을 공장 바로 옆으로 달렸다. 지그프리드를 움직여서 시동을 끄고, 조종간을 바닥에 떨구게 했다. 그는 족히 1분 넘게 그 자리에 매달려서 눈을 감고, 이동의 끝을 음미하고 있었다. 그런 후에 그는 끈을 걷어차서 풀고 트레일러 밑에서 기어 나갔다.

머릿속에서 잡음이 지직거리는 가운데 비틀거리며 공장 안으로 들어갔다.

돔 지붕을 통과해서 떨어지는 약한 빛 속에서 공장은 심해 동굴처럼 어두웠다. 헬멧 조명은 빛을 비추는 만큼 왜곡하기도 하는 것 같았다. 기계들이 조명 중앙에서는 더 가까워 보였고, 어안 렌즈를 통해서 보는 것처럼 부풀어 올랐다. 그는 조명을 끄고 눈이 어둠에 익숙해지기를 기다렸다.

잠시 후에 유령처럼 가늘고 이 세상의 것 같지 않은 우아한 움직임을 보이는 로봇 조립기들을 볼 수 있었다. 태양 플레어 때문에 활성화된 것이다. 조립기들은 조금씩 어긋나는 동작으로 해초처럼 흔들거렸다. 팔을 들어올리고 무작위적인 무선 수신에 맞춰 춤을 추었다.

조립 라인에는 반쯤 만들다 만 로봇들이 놓여 있었다. 껍질을 벗기고 창자를 빼낸 듯한 모양새였다. 구리와 은으로 만들어진 섬세한 신경 세공이 드러나서 아무렇게나 작동하고 있었다. 긴 팔 하나가 끄트머리에서 전기 불꽃을 튀기며 내려가서 금속 몸통에 경련을 일으켰다.

조립 논리 경로에서 바닥으로 뛰쳐나간 강력한 기계 대부분은 눈먼 부품들이었다. 그러나 움직일 수 있는 장비들도 있어서, 감독과 만

물박사 로봇들이 태양에 미쳐 버린 눈으로 술취한 듯 공장 안을 돌아다녔다.

갑작스러운 움직임에 돌아본 군터는 아슬아슬한 순간에 자신을 향해 날아오는 금속 펀치 회전대를 보았다. 거대한 팔을 내리치자 발치 바닥에 구멍이 뚫렸다. 발바닥을 통해 충격이 전해졌다.

그는 춤추듯 물러섰다. 기계는 끝에 다이아몬드가 달린 펀치기를 불안하게 넣었다 빼며 그를 따라갔다. 갓 태어난 망아지처럼 섬세하게 흔들리는 움직임이었다.

"착하지, 아가야."

군터는 속삭였다. 공장 저편으로 분화구 벽에 커다랗게 그려진 녹색 화살이 강철 문을 가리키고 있었다. 대피소였다. 군터는 펀치 앞에서 뒷걸음질을 치며 바람 부는 풀밭처럼 흔들거리는 두 줄의 기계 열 사이로 난 서비스 통로로 들어갔다.

펀치 기계는 바퀴를 굴려 전진했다. 그러더니 움직임 때문에 혼란스러워졌는지 멈춰 서서 머뭇거리며 줄지어 선 로봇들을 조사했다. 군터는 얼어붙었다.

마침내 금속 펀치 기계는 천천히, 굉음을 내며 몸을 돌렸다.

군터는 뛰었다. 머릿속에서 잡음이 쾅쾅거렸다. 회색 그림자들이 상어처럼 멀리 떨어진 기계들 사이를 헤엄쳤다. 때로는 다가오고, 때로는 멀어졌다. 잡음이 커졌다. 공장 위아래로 휘둘리는 호선들이 조립기 끄트머리에 점멸하는 것이 작은 별들 같았다. 그는 몸을 숙이고, 뛰고, 맴을 돌아가며 대피소에 도착하여 에어록 문을 잡았다. 장갑 너머로도 손잡이가 차갑게 느껴졌다.

손잡이를 돌렸다.

에어록은 작고 둥글었다. 그는 자기 몸을 최대한 줄여서 문을 통과, 에어록 안의 불충분한 공간에 밀어넣었다. 문을 잡아당겨 닫았다.

암흑.

헬멧 조명을 다시 켰다. 반사광이 그의 눈을 때렸다. 그런 밀폐 공간에서는 지나치게 강한 조명이었다. 둥근 에어록 안에서 무릎과 턱을 접은 그는 트럭에 있는 지그프리드에게 자조적인 동료애를 느꼈다.

록 안쪽의 제어는 단순 그 자체였다. 문은 공기압을 봉하도록 안 쪽에 경첩이 달렸다. 가로대가 달려서 당기면 에어록으로 산소를 흘렸다. 압력이 같아지면 안쪽 문이 쉽게 열렸다. 그는 가로대를 잡아 당겼다.

뭔가 무거운 것이 지나가면서 바닥이 진동했다.

대피소는 작았다. 딱 간이 침대 하나, 화학 변기 하나에 여분의 산소 탱크가 달린 순환호흡기 하나가 들어가는 크기였다. 머리 위에 있는 단일 장치가 빛과 온기를 공급했다. 위안을 위해서는 모포가 하나. 오락을 위해서는 불가능할 정도로 멀리 떨어진 선교사회에서 비치해 둔 포켓 사이즈 성경과 코란이 있었다. 비어 있다 해도 공간이 많지 않은 대피소였다.

그런데 비어 있지가 않았다.

여자 하나가 그의 헬멧 조명에 움찔하며 얼굴을 찌푸리고 손을 들어올렸다.

"그거 좀 꺼."

그는 그 말대로 했다. 뒤따른 옅은 빛 속에서 뻣뻣한 흰 머리와 옆으로 들여다보이는 분홍빛 두피가 보였다. 높이 솟은 광대뼈. 조심스럽게 그린 아이섀도 덕에 날개처럼 살며시 추켜올라간 눈꺼풀. 짙은 빛깔의 입술과 완벽한 입매. 헬멧 아래 감춰질 얼굴에 그토록 주의깊게 화장을 하다니 경탄스러웠다. 뒤늦게 붉은색과 오렌지색의 스튜디오 볼가 작업복이 눈에 들어왔다.

이즈마일로바였다.

그는 당혹감을 숨기기 위해 시간을 끌며 장갑과 헬멧을 벗었다. 이즈마일로바는 침대에 내려놓은 헬멧을 치워 공간을 마련해 주었고, 그는 그녀 옆에 앉았다. 그는 한 손을 내밀며 딱딱하게 말했다.

"전에 만난 적 있죠. 내 이름은-"

"알아요. 옷에 써 있으니까."

"아, 그렇지, 참."

불편하게 긴 시간 동안 둘 다 말이 없었다. 마침내 이즈마일로바가 헛기침을 하고 무뚝뚝하게 말했다.

"이건 우습군요. 우리가 이럴 이유가——"

철커덩.

두 사람의 머리가 하나처럼 문 쪽으로 돌아갔다. 크고 거친 금속성이었다. 군터는 헬멧을 뒤집어쓰고 장갑을 쥐었다. 역시 최대한 빨리 작업복을 갖춰 입던 이즈마일로바는 긴박하게 트랜스 칩으로 무성 음성을 보냈다.

"저건 뭐죠?"

군터는 차례대로 하나씩 손목 걸쇠를 채우면서 말했다.

"금속 펀치 기계 같은데요."

헬멧이 목소리를 죽였기 때문에 트랜스 칩으로 같은 말을 되풀이했다.

철커덩. 이번에는 둘 다 그 소리를 기다리고 있었다. 의심할 여지가 없었다. 무엇인가가 에어록 바깥 문을 부수려 하고 있었다.

"뭐라구요?"

"아니면 망치나 제철 장비일 수도 있어요. 레이저 지그만 아니면 고맙겠는데. 안전 확인 좀 해줘요."

그는 양손을 앞으로 들어올렸다.

그녀는 그의 손목을 한쪽으로 돌렸다가 반대쪽으로 돌려 보고, 헬 멧을 잡고 비틀어 보면서 밀봉을 확인했다.

"통과."

그녀는 자기 손을 들어올렸다.

"하지만 그게 뭘 하려는 거죠?"

그녀의 장갑은 완벽하게 밀봉되어 있었다. 헬멧 걸쇠 중 하나는 살짝 움직였지만, 틈이 날 정도는 아니었다. 그는 어깨를 으쓱해 보 였다.

"발광했으니 뭐든 원할 수 있죠. 약한 돌쩌귀를 수리하려는 걸 수 도 있고."

철커덩.

"이리로 들어오려고 하잖아요!"

"그럴 가능성도 있어요."

이즈마일로바의 목소리가 살짝 높아졌다.

"하지만 아무리 혼동을 일으켰다고 해도 메모리에 저런 짓을 할 만 한 프로그램이 있을 리가 없어요. 어떻게 무작위 신호에 이런 행동 을?"

"그렇게 돌아가는 게 아니에요. 어렸을 때 쓰던 로봇을 생각하고 있군요. 이 장비들은 예술 수준이라고요. 지시를 처리하는 게 아니라 개념을 처리한단 말입니다. 그러면 더 융통성이 생기거든요. 뭔가 새 로운 일을 시키고 싶을 때마다 자잘한 단계를 다 프로그램할 필요가 없어지는 거죠. 그냥──"

철커덩.

"'회전 드릴을 해체하라'는 목표 같은 걸 주면 돼요. 기계 안에는 '절단'과 '나사 풀기'와 '전체 조작' 같은 가능한 기술들의 저장소가 있고, 기계는 그런 기술을 다양한 구성으로 맞춰 보고 목표를 이루기에 적합한 경로를 찾죠."

그는 이제 말을 하기 위해 말하는 상태였다. 공황 상태에 빠지지 않기 위해서였다.

"보통은 좋은 결과가 나오죠. 하지만 이런 기계들이 이상을 일으키면, 고장이 개념 수준까지 이어져요. 알겠죠? 그러니까——"

"그러니까 우리가 해체해야 할 회전 드릴이라고 판단하는 거군요."

"어…… 그렇죠."

철커덩.

"그래서 저게 들어오면 어떻게 하죠?"

둘 다 내키지는 않지만 일어서서 문을 마주하고 섰다. 공간이 별로 없었고, 그나마 있는 공간은 그들 둘로 꽉 찼다. 군터는 싸우기에도, 도망치기에도 충분한 공간이 없다는 사실을 날카롭게 인지했다.

"당신은 모르겠지만 난 변기로 그놈의 머리를 때릴 거예요."

그녀는 그를 돌아보았다.

철커——소리가 휙 하는 폭음에 반 토막 났다. 갑작스럽고 완전한 정적이 내려앉았다.

"바깥 문을 뚫었군요."

군터가 활기 없이 말했다.

그들은 기다렸다.

한참 후에 이즈마일로바가 말했다.

"가버렸을 수도 있을까요?"

"모르겠어요."

군터는 헬멧을 풀고, 무릎을 꿇고 바닥에 귀를 댔다. 돌은 고통스러울 정도로 차가웠다.

"방금 폭발로 손상을 입었을지도."

그는 조립기들의 희미한 진동, 공장 바닥을 굴러다니는 기계들의 무거운 덜컹거림을 들을 수 있었다. 어느 것도 가깝게 들리지는 않았다. 그는 말없이 백까지 셌다. 아무 일도 일어나지 않았다. 다시 백까지 셌다.

그는 마침내 몸을 폈다.

"갔군요."

둘 다 침대에 앉았다. 이즈마일로바는 헬멧을 벗었고, 군터는 서툴게 장갑을 벗기 시작했다. 그는 걸쇠를 더듬다가 떨리는 소리로 웃었다.

"나 좀 봐요. 손이 잘 안 움직여요. 기운이 쭉 빠져서 이것도 못 풀겠어요."

"도와줄게요."

이즈마일로바가 걸쇠를 풀고, 장갑을 당겼다. 장갑이 빠졌다.

"반대쪽 손은 어디 있어요?"

그러다 보니 두 사람은 걸쇠를 당기고 밀봉을 풀어 가며 상대방의 작업복을 벗기고 있었다. 처음에는 천천히 걸쇠를 풀었지만 점점 빨라졌고, 마침내는 미친 듯이 급하게 당기고 잡아당겼다. 군터는 이즈마일로바의 작업복 앞을 열고 붉은색 실크 캐미솔을 드러냈다. 그는 캐미솔 아래로 손을 미끄러뜨리고, 천을 밀면서 가슴까지 손을 올렸다. 젖꼭지가 단단했다. 그는 그녀의 가슴을 손에 꽉 차게 움켜쥐었다.

이즈마일로바는 목구멍 안쪽으로 낮은 신음 소리를 냈다. 그녀는 군터의 작업복을 열었다. 이제는 그의 정강이받이를 끌어내리고 손을 넣어 그의 성기를 쥐었다. 그는 이미 발기해 있었다. 그녀는 그를 잡아당기면서 초조하게 침대 위로 밀어뜨렸다. 그의 몸 위에 무릎을 꿇고 앉아서 자기 안으로 인도했다.

두 사람의 입이 만났다. 따뜻하고 축축했다.

그들은 작업복을 반쯤 벗은 채로 사랑을 나눴다. 군터는 겨우 한쪽 팔을 빼낼 수 있었고, 그 팔을 이즈마일로바의 작업복 안으로 넣어서 긴 등과 뒤통수를 쓸어올렸다. 짧게 자른 머리카락이 손바닥을 찌르고 간질였다.

그녀는 거칠게 그를 밀어붙였다. 땀에 젖은 살이 미끄러웠다. 그녀가 중얼거렸다.

"느낄 것 같아? 아직 못 느낄 것 같아? 느낄 것 같으면 말해."

그녀는 그의 어깨를, 목 옆을, 턱을, 아랫입술을 깨물었다. 그녀의 손톱이 그의 살을 파고들었다.

"지금."

그가 속삭였다. 어쩌면 무성으로 보냈는데 그녀가 트랜스 칩으로 신호를 받았는지도 모른다. 그 순간 그녀는 전보다 더 강하게 그를 조였다. 갈비뼈를 부수기라도 할 듯한 태세였다. 그녀는 오르가슴으로 온몸을 떨었다. 다음 순간 그도 절정에 달했고, 그녀의 열정이 나선을 그리며 내려앉는 가운데 황홀감을 느끼며 사정했다.

이전의 어떤 경험보다 더 좋았다.

그 후에 그들은 겨우 작업복을 완전히 떨쳐냈다. 그들은 침대의 물건들을 밀어냈다. 군터는 밑에 있던 모포를 당겨 끌어내고, 이즈마일로바의 도움을 받아 두 사람의 몸을 감았다. 그들은 긴장을 풀고 말없이 함께 누웠다.

그는 한동안 그녀의 숨소리에 귀를 기울였다. 부드러운 소리였다. 그녀가 그 쪽으로 얼굴을 돌리자 따뜻한 숨이 목을 간질이는 것을 느낄 수 있었다. 그녀의 체취가 방을 가득 채웠다. 옆에 있는 이 낯선 여자가.

군터는 편안하고 피곤하고 나른했다.

"여기 온 지 얼마나 됐어? 대피소 말고…….."

"5일."

"그렇게 짧다니. 달에 오신 걸 환영합니다, 이즈마일로바 씨."

그는 미소 지었다.

"예카트리나야. 예카트리나라고 불러."

그녀는 졸린 목소리로 말했다.

그들은 굉음을 내며 허셜 분화구 위 남쪽으로 높이 날아올랐다. 아래로 프톨레마이오스 길이 반으로 접히며 시야 밖으로 구부러졌다가 돌아오기를 반복했다.

"끝내준다! 이건——1년 전에 데리고 나와 달라고 할 걸 그랬어!"

히로가 외쳤다.

군터는 방위를 확인하고 감속하여 동쪽으로 내려갔다. 그의 호퍼에 종속된 다른 두 대는 꽉 짜인 편대 형태로 따라왔다. 태양 플레어로부터 이틀이 지났고, 아직 회복 명령에 매인 군터는 월면주의보 등급이 떨어지는 대로 친구들을 고지대에 안내해 주기로 약속했었다.

"이제 접근한다. 안전복을 세 번씩 확인해. 거기 괜찮아, 크리쉬?"

"난 편안해. 응."

그리고 그들은 '끓는 만' 회사의 착륙장으로 내려갔다.

히로가 두번째로 착륙했고, 월면에는 제일 먼저 발을 디뎠다. 그는 줄 풀린 콜리처럼 뛰어다니며 오르막과 내리막 비탈을 쫓아다니고, 새로 유리한 지점을 찾아다녔다.

"여기 오다니 믿기지 않아! 그거 알아? 매일 여기 나와서 일했는데 진짜 나와 보긴 처음이야. 물리적으로 말이야."

"발밑 조심해. 이건 원거리 조작이 아니야. 다리가 부러지면 크리슈나와 내가 들고 가야 한다고."

군터가 경고했다.

"난 널 믿어. 야, 누구든 태양 플레어에 마주치고서 여자——"

"어이, 입 조심해. 엉?"

"다들 그 얘길 들었다고. 우리 모두 네가 죽은 줄 알았는데, 둘이 자고 있는 걸 발견했잖아. 앞으로 백 년은 그 이야길 떠들어댈 거야."

히로는 말 그대로 숨넘어가게 웃었다.

군터는 화제를 바꾸기 위해 말했다.

"넌 전설이야! 그건 관두고."

"이런 난장판을 사진으로 남기고 싶어 하다니 믿을 수가 없다."

'끓는 만' 사업부는 노천 채굴장이었다. 로봇 불도저들이 표토를 퍼올려 거대한 굴림대 위에 놓인 처리 공장에 집어넣었다. 그들은 토륨을 쫓아서 여기에 왔고, 채광물은 호퍼로 증식로(增殖爐)에 수송할 수 있을 만큼 작았다. 레일건은 필요 없었고, 공장이 지나간 자리에는 걸러내고 남은 부스러기가 인공 산맥을 이루었다.

"터무니없는 소리 마."

히로는 한쪽 팔을 남쪽, 프톨레마이오스 쪽으로 쓸었다.

"저기!"

주위 땅에서 제일 낮은 부분은 아직 그림자에 잠겨 있는데, 분화구 벽은 태양빛을 잡았다. 완만한 경사가 솟아오르는 것 같았다. 분화구 자체가 하얗게 빛나는 대성당이 되었다.

"사진기는 어디 있어?"

크리슈나가 물었다.

"필요 없어. 헬멧에 자료를 받을 거야."

"네가 한다는 모자이크 프로젝트는 아직도 잘 모르겠어. 그게 어떻게 작동한다는 건지 한 번만 더 설명해 봐."

군터가 말했다.

"아냐가 들고 나온 제안이야. 아냐는 조립기를 하나 빌려서 검은색, 흰색, 그리고 열네 가지 단계의 회색으로 6각형 바닥 타일을 자르고 있어. 그림은 내가 제공하지. 우리가 제일 좋아하는 그림을 골라서, 그걸 흑백으로 스캔하고, 명암도를 높여서 영사한 다음, 조립기가 바닥을 깔게 하는 거야. 한 픽셀에 타일 하나씩. 끝내줄 거야. 내일 와서 봐."

"그래, 그러지."

히로는 다람쥐처럼 지저귀며 앞장서서 광산 가장자리에서 벗어났다. 그들은 경사면을 가로질러 서쪽으로 향했다.

크리슈나의 목소리가 군터의 트랜스 칩으로 날아왔다. 오래된 땅쥐 술수였다. 트랜스 칩에는 반경 15미터 안에서만 유효한 전송 기능이 있었다. 거리만 가까우면 무선을 끄고 칩 대 칩으로 이야기할 수 있었다.

"근심이 있는 목소리야, 친구."

그는 두번째 목소리가 날아오기를 기다렸지만, 아무 소리도 들리지 않았다. 히로는 반경 밖에 있었다.

"이즈마일로바 때문에 그래. 아무래도 나——"

"사랑에 빠졌다고?"

"어떻게 알았어?"

그들은 히로를 선두로 비탈길에 일정한 거리를 두고 서 있었다. 잠시 동안 둘 다 말이 없었다. 함께 나누는 침묵에는 고해실의 얼굴 없는 정적처럼 차분하고 믿음이 가는 면이 있었다. 크리슈나가 말했다.

"오해는 하지 마."

"뭘 오해해?"

"군터, 성적으로 융화할 수 있는 두 사람을 근거리에 놓고, 그 둘만 고립시킨 다음 죽어라 겁을 주면, 그 둘은 반드시 사랑에 빠져. 당연한 일이야. 생존 메커니즘이지. 태어나기도 훨씬 전부터 기본 구성에 박혀 있는 거란 말이야. 수십억 년의 진화가 끈끈해질 시간이라고 말하면 뇌에게는 복종하는 것 외에 다른 선택지가 별로 없어."

"어이, 이리 좀 와 봐! 너희도 이걸 봐야 해."

히로가 무선으로 외쳤다.

"가고 있어."

군터가 말했다. 그리고 트랜스 칩으로.

"나를 샐리 챙이 말하던 기계로 취급하는군."

"어떤 의미에서 우린 기계가 맞아. 그렇게 나쁜 일도 아니야. 우린 물이 필요할 땐 갈증을 느끼고, 적극적인 에너지가 더 필요하면 혈관에 아드레날린을 뿜어. 자기 본성과 싸울 순 없어. 그래서 어쩌게?"

"그래, 그렇지만……."

"멋지지 않아? 끝없이 이어져. 저 위를 봐!'

히로가 돌밭 위로 기어 올라가고 있었다. 비탈 오르막에서 그들은 바윗돌로 꽉 찬 좁은 열구의 곁가지 위로 올라가고 있었음을 볼 수 있었다. 바윗돌은 호퍼만큼이나 컸고, 조립식 산소창고만큼 큰 돌도 있었다.

"어이, 크리슈나, 너한테 물어보고 싶었는데 말이야. 센터에서 하는 일이 대체 뭐야?"

"그건 말할 수 없어."

"에이, 그러지 말고."

히로는 머리통만한 돌을 어깨까지 들어올리더니 투포환 선수처럼 집어던졌다. 바윗돌은 느릿느릿 날아가서 한참 아래에 내려앉으며 하얀 흙먼지 폭발을 일으켰다.

"친구들 사이잖아. 우린 믿어도 돼."

크리슈나는 고개를 저었다. 바이저로 햇빛이 번득였다.

"넌 지금 네가 뭘 묻는 건지도 몰라."

히로는 두번째 돌을 들어올렸다. 처음보다 더 컸다. 이런 분위기의 히로를 아는 군터는 심술궂게 히죽 웃었다.

"내가 하고 싶은 말도 그거야. 우리 둘은 신경생물학에 대해 조금도 몰라. 10시간을 들여서 강의를 하더라도 우린 보안에 위협이 될 만큼 내용을 이해하지 못할 거야."

또 한 번 흙먼지가 폭발했다.

"이해를 못하는군. 자가복제 기술센터가 여기에 있는 데엔 이유가 있어. 실험실 일을 지구에서 하면 달 기지에서 드는 비용의 몇 분의 1만으로도 가능해. 우리 후원자들이 실험실을 이리로 옮긴 건, 이걸 정말로 무서워하기 때문이야."

"그럼 우리한테 말할 수 있는 게 뭐야? 비밀스러운 것 말고 공개된 것, 영상 잡지용 내용만 말해 봐."

"음…… 알았어."

이번엔 크리슈나 차례였다. 그는 작은 바위를 집어서 야구 선수처럼 와인드업을 하고 던졌다. 돌은 점점 멀어지다가 사라졌다. 월면 저편에서 하얀 먼지가 터졌다.

"샐리 챙 알지? 그녀는 얼마 전에 신경전달물질 기능 지도를 완성했어."

그들은 다음 말을 기다렸다. 크리슈나가 더 말하지 않자 히로가 건조하게 말했다.

"와."

"자세히 좀 말해, 크리쉬. 우린 너만큼 빨리 모래알에 깃든 우주를 보지 못한다고."

"알기 쉬워야 하는데. 뇌의 유전지도를 완성한 건 벌써 10년 전이야. 여기에 샐리 챙의 화학 지도를 더하면, 도서관에 들어갈 열쇠가 주어진 셈이야. 아니, 그보다 더 좋지. 너희가 읽지도 말하지도 못하는 언어로 적힌 책이 가득한 거대한 도서관 안에서 평생을 보냈는데, 지금 막 사전과 그림 판독기를 찾아냈다고 생각해 봐."

"그래서 뭐야? 우리 뇌가 어떻게 작동하는지 완전히 이해하게 된다고?"

"뇌가 어떻게 작동하는지 완전히 제어할 수 있다는 거야. 화학 요법으로 누구든 우리가 원하는 대로 생각하거나 느끼게 만들 수 있을 거야. 모든 비 외상성 정신질환을 즉각적으로 치료할 수 있을 거고. 공격성, 열정, 창조성을 미세 조정할 수 있게 돼. 불러일으키기도 하고, 낮추기도 하고, 다 마찬가지야. 우리 후원자들이 우리 연구가 뭘 내놓을지 그렇게 두려워하는 이유를 알겠어?"

"전혀 모르겠는데. 세상에 제정신인 사람이 더 늘어날 거 아냐." 군터가 말했다.

"동의해. 하지만 제정신이라는 걸 누가 정의하지? 많은 정부가 정치적인 견해 차이를 정신병동에 처넣을 이유로 간주해. 이건 두뇌의 문을 열어서 밖에서 검열하게 해 줄 거야. 표현되지 않은 저항을 처음으로 밝혀내는 게 가능해지는 거야. 생각의 방식을 금지할 수 있어. 악용될 여지는 무한해."

"군사적인 응용도 생각해 봐. 이 지식이 새로운 나노 무기와 결합되면 광전사 가스를 만들어서 적군이 자기네 주민을 치게 만들 수도 있어. 더 쉽게는 적군을 광란으로 몰아넣어서 자기들끼리 싸우게 할 수도 있지. 시민들에게 긴장병을 풀어서 도시를 진압할 수도 있어. 그런 후에 부차적인 내부 현실을 창조해서 정복자가 대중을 노예 노동자로 이용하게 할 수도 있어. 가능성은 무궁무진해."

그들은 말 없이 이 내용을 곱씹었다. 마침내 히로가 말했다.

"맙소사, 크리슈나. 그게 공개된 내용이라면 숨겨야 할 내용이라는 건 도대체 뭐야?"

"말 못해."

1분 후, 히로는 다시 질주하고 있었다. 히로는 근처 언덕 발치에서 좁은 뿌리로 기우뚱하게 선 거대한 바위를 발견했다. 그는 자기 발자국이 잡히지 않게 좋은 화면을 담으려고 애쓰며 그 주위를 뛰어다녔다.

"그래서 문제가 뭐야?"

크리슈나가 트랜스 칩으로 말했다.

"문제는, 에카트리나를 볼 수가 없다는 거야. 메시지를 남겼지만 답을 안 해. 그리고 너도 부트스트랩이 어떤지 알지? 거기서 널 보고 싶어 하는 사람을 피하려면 상당히 힘이 들잖아. 그런데도 날 피하고 있어."

크리슈나는 말이 없었다.

"내가 알고 싶은 건 그저 뭐가 어떻게 된 거냐는 것뿐이야."

"그녀가 널 피하고 있는 거지."

"하지만 왜? 난 사랑에 빠졌고 그녀는 아니라는 말을 하고 싶은 거야? 그래서 허튼짓이라는 거야 뭐야?"

"그쪽 얘기를 들어 보지 않고는 그녀가 어떤 감정인지 확실히 알 수가 없지. 하지만 너와 똑같이 느끼고 있을 가능성은 꽤 높아. 차이점은 넌 그게 좋은 일이라고 생각하고, 그녀는 아니라는 거야. 그러니 당연히 널 피하겠지. 직접 만나면 너에 대한 감정을 다스리기가 훨씬 힘들어질 테니까."

"젠장!"

크리슈나의 음성에 예기치 못한 쓴웃음이 깃들었다.

"뭘 원해? 1분 전만 해도 내가 널 기계 취급한다고 불평이더니. 이젠 이즈마일로바가 자긴 기계가 아니라고 생각하는 게 불만이로군."

"이봐, 너희들! 이리 와봐. 내가 완벽한 촬영지를 찾았어. 너희도 와서 봐야 해."

고개를 돌리자 히로가 언덕 꼭대기에서 손을 흔들고 있었다. 군터는 투덜거렸다.

"떠나는 줄 알았더니만. 달은 질렸다고, 가서 다신 돌아오지 않을 거라고 했잖아. 어쩌다가 갑자기 평가가 올라갔어?"

"그건 어제였지! 오늘의 나는 개척자고, 세상의 건설자, 왕조 창건자야!"

"점점 장황해지는구만. 조리 있는 대답을 얻으려면 어떻게 해야 하는 거야?"

히로는 높이 뛰어올라서 팔을 활짝 벌리고 조금 우스꽝스러운 자세를 취했다. 그는 내려서면서 살짝 비틀거렸다.

"아냐와 난 결혼해!"

군터와 크리슈나는 서로를 쳐다보았다. 텅 빈 바이저와 텅 빈 바이저가 마주보았다. 군터는 목소리에 억지 의욕을 담아서 말했다.

"농담이지? 진짜야? 축하——"

어딘지 모를 곳에서 비명같은 잡음이 울부짖었다. 군터는 얼굴을 찡그리고 전력 비율을 끊었다.

"이 멍청한 무선이-"

다른 두 사람 중 누군가가 ——둘이 같이 움직이는 바람에 이 거리에서는 누가 누군지 분간할 수 없었다—— 위를 가리키고 있었다. 군터는 고개를 뒤로 젖히고 지구를 올려다보았다. 그는 잠시 동안 지금 보이는 게 무엇인지 확신하지 못했다. 그러다가 보았다. 밤 한가운데에 다이아몬드 바늘처럼 반짝이는 빛. 현실에 뚫린 작고 밝은 구멍 같았다. 아시아 대륙 어딘가였다. 군터가 물었다.

"도대체 저건 뭐야?"

히로가 조용히 말했다.

"블라디보스토크 같은데."

그들은 첫번째 빛이 붉은색으로 변해서 사그러들고, 다른 빛이 두 개 더 피어난 후에야 '중앙 만'까지 돌아갔다. 천문대의 뉴스 자키는 초과 근무를 하면서 주요 뉴스를 잇대어 소문과 공포의 몽타주를 만들어 내고 있었다. 라디오는 서울과 부에노스아이레스에 떨어진 타격에 대한 이야기로 가득했다. 이 둘은 확실해 보였다. 파나마, 이라크, 덴버, 카이로에 대한 공격은 논쟁의 여지가 있었다. 스텔스 미사일이 홋카이도 상공을 낮게 날아가다가 동해에 떨어졌다. 스위스 오비털은 부서진 위성들 때문에 공장을 몇 개 잃었다. 원인이 된 침략국에 대해서는 의견이 분분했고, 대부분의 의심은 한 방향으로 흘러갔지만, 도쿄는 모든 것을 부인했다.

군터는 어느 영국 비디오 수필가의 음성에 가장 강한 인상을 받았다. 그는 누가 첫 발을 쏘았는지나 그 이유는 중요하지 않다고 말했다.

"누굴 탓할까요? 남부 연합, 도쿄, 김 장군, 아니면 아무도 들어보지 못한 정체불명의 테러리스트 집단? 머리카락만 떨어져도 발사되는 무기들을 갖춘 세계에서 그런 질문은 무의미합니다. 첫번째 폭탄이 터졌을 때, 공식적으로 '신중한 응답'이라고 이름 붙여둔 자동 프로그램이 활성화됐지요. 고르쇼프 본인이라도 저지하지 못했을 겁니다. 그의 전술 프로그램은 이 주에 제일 가능성 높은 침략국 세 곳을 선택하여 응답을 발사했습니다. 그중에서 최소 두 곳은 무죄임이 확실하지요. 인류에겐 할 말이 없습니다."

"그 세 국가는 차례로 자기들의 반사적인 '신중한 응답'을 내보냈습니다. 그 결과는 이제 배우기 시작할 참입니다. 이제 우리는 닷새 동안 숨을 돌립니다. 그동안 관련된 모든 국가가 협상을 할 겁니다. 이 사실을 우리가 어떻게 아느냐고요? 공공 데이터 넷이라면 어디에서나 모든 주요 방어 프로그램을 요약할 수 있습니다. 비밀은 없어요. 사실상 개방이야말로 전쟁 억제력의 전부거든요."

"말 그대로 아무도 원하지 않는 전쟁을 피할 시간이 닷새 있습니다. 문제는, 닷새 동안 군사와 정치 권력이 자기들의 방어 프로그램을 장악할 수 있을까요? 그러려고 할까요? 지금 결부된 고통과 분노, 전통적인 증오, 맹목적인 애국주의, 그리고 이미 일어난 죽음으로 사랑하는 이들을 잃은 사람들의 자연스러운 반응 속에서 책임자들이 자기 본성을 누르고 최종적인 전면전에서 제때 몸을 뺄 수 있을까요? 이제까지의 정보에 입각하여 내놓는 추측은, 아니라는 겁니다. 아니, 할 수 없을 겁니다."

"안녕히 주무십시오. 신께서 우리 모두에게 자비를 베푸시길."

그들은 침묵 속에 북쪽으로 날아갔다. 방송이 중간에 끊겼을 때도 아무 말이 없었다. 세상의 종말이었고, 그들이 할 수 있는 말 중에 이 사실 앞에서 의미를 간직할 말은 없었다. 그들은 그저 집으로 향했다.

부트스트랩 근처 땅에는 군데군데 낙서가 있었다. 바위에 커다란 블록체로 쓴 낙서들. 〈카를 조합-아인트호벤 '49와 루이즈 맥티거 알버커키 뉴멕시코〉. 피라미드에 박힌 거대한 눈알. 왕관을 얹은 〈아스날 세계 럭비 챔피언〉. 〈옥수수빵〉. 〈파이 람다 파이〉. 〈모터헤드〉. 곤봉을 든 거인. 군터는 그 위로 내려가면서 이 모든 낙서가 머리 위 세상에 있는 장소와 물건들을 가리키지, 달 고유의 것은 하나도 없다는 생각을 했다. 언제나 무의미해 보였던 사실이 지금은 말할 수 없이 슬프게 다가왔다.

호퍼 착륙장에서 진공 차고까지는 걸어서 얼마 걸리지 않았다. 그들은 굳이 지트니*를 부르지 않았다.

천 번은 통과했을 차고가 지금은 이상하게 낯설어 보였다. 차고는 자기만의 수수께끼 위에 떠 있는 것 같았다. 마치 모든 것이 제거된 후 똑같은 복제품으로 대체되어, 다르면서도 알 수 없는 존재로 만들어놓은 것 같았다. 줄줄이 주차된 차량들은 페인트 선 안에 타입별로 들어가 있었다. 천장등은 바닥까지 늘어졌다.

"야, 여기 되게 조용한데!"

히로의 목소리가 부자연스럽게 컸다.

사실이었다. 동굴 같은 차고 안 깊숙한 곳 어디에서도 원격제어기나 로봇 장비 하나 움직이지 않았다. 압력 누출 탐지기조차도.

"그 소식 때문이겠지."

군터가 중얼거렸다. 그는 아직 자신이 전쟁에 대해 직접적으로 말할 준비가 안 되었다는 걸 깨달았다. 차고 뒤편에는 에어록 다섯 개가 일렬로 서 있었다. 그 위 바위 속에 난 가느다란 창은 따뜻한 노란색으로 빛났다. 군터는 창 너머로 방 안을 돌아다니는 감독을 볼 수 있었다.

히로가 한쪽 팔을 흔들자 안에 있던 작은 그림자가 몸을 앞으로 내밀고 마주 손을 흔들었다. 그들은 제일 가까운 에어록으로 걸어가서 기다렸다.

아무 일도 일어나지 않았다.

몇 분이 지나고, 그들은 에어록에서 물러서서 창 안을 올려다보았다. 감독은 아직 그 자리에서, 서두르지 않고 움직이고 있었다.

"어이! 거기 위에 있는 놈! 일은 하고 있는 거야?"

히로가 공개 주파수로 외쳤다.

남자는 미소 짓고 고개를 끄덕이며 다시 손을 흔들었다.

* 소형 승합차.

188

"그럼 빌어먹을 문 좀 열어!" 히로가 앞으로 걸어갔고, 감독은 마지막으로 고개를 끄덕이며 조종간 위로 몸을 굽혔다.

군터가 말했다.

"어, 히로. 뭔가 이상한데……."

문이 폭발했다.

너무 빠르고 세게 터지는 바람에 문이 돌쩌귀에서 반쯤 떨어져 나올 정도였다. 안에 든 공기가 대포알처럼 터져 나왔다. 잠시 동안 차고는 풀린 공구들, 진공복 부품들과 천조각들로 가득 찼다. 군터는 렌치 하나가 팔을 치고 지나가는 바람에 빙그르르 돌다가 바닥에 넘어졌다.

그는 충격 속에서 위를 올려다보았다. 길고 비현실적인 한순간 동안 온갖 물건과 조각들이 허공에 떠 있었다. 그러더니 공기가 흐르면서 서서히 쏟아져 내리기 시작했다. 그는 진공 작업복 안으로 팔을 주무르며 비틀비틀 일어섰다.

"히로, 괜찮아? 크리쉬?"

"오, 신이시여!"

크리슈나가 말했다.

군터는 홱 돌아보았다. 그는 평상 트레일러의 그림자 속에서 쭈그리고 앉아 있는 크리슈나를 보았다. 도저히 히로일 리 없는 뭔가를 굽어보고 있었다. 히로일 리 없었다. 엉뚱한 방향으로 꺾여 있었으니까. 군터는 가물거리는 비현실 속에서 그쪽으로 걸어가서 크리슈나 옆에 무릎을 꿇었다. 히로의 시신을 내려다보았다.

감독이 복도부터 감압하지 않고 문을 열었을 때, 히로는 문 바로 앞에 서 있었다. 히로는 터져 나오는 공기를 바로 받았다. 공기는 히로를 들어올려 트레일러 옆에 패대기치면서 척추를 꺾었고, 그 반동으로 헬멧 바이저가 산산조각이 났다. 즉사였을 것이다.

"거기 누구야?"

여자 목소리가 말했다.

군터가 알아차리지 못한 사이 지트니 한 대가 차고에 들어와 있었다. 군터가 눈을 들었을 때는 두번째, 그리고 세번째 차가 들어오고 있었다. 사람들이 내리기 시작했다. 곧 스무명 정도가 차고를 가로지르기 시작했다. 그들은 두 무리로 나뉘었다. 한 무리는 곧장 에어록으로 갔고 그보다 작은 무리는 군터와 그 친구들이 있는 쪽으로 왔다. 어느 모로 보나 군사 작전 같았다. 여자가 다시 말했다.

"거기 누구야?"

군터는 친구의 시신을 안아들고 섰다.

"히로야."

그는 무뚝뚝하게 말했다.

"히로."

그들은 조심스럽게 몸을 띄우고 전진했다. 카치나 댄서들처럼 반원을 그리고 걷는 텅 빈 바이저의 작업복들. 군터는 회사 로고를 알아볼 수 있었다. 미츠비시. 웨스팅하우스. 홀스트 오비털. 이즈마일로바의 붉은색과 오렌지색 작업복도 있었고, 어디인지 알 수 없는 선명한 몬드리안 문양도 있었다. 여자가 다시, 긴장하고 조심스러운 말투로 말했다.

"지금 기분이 어떤지 말해 봐, 히로."

베스 해밀턴이었다.

크리슈나가 말했다.

"히로는 그쪽이 아닙니다. 그건 군터고, 저게 히로예요. 군터가 안고 있는…… 우린 고지대에 나가 있었는데……"

크리슈나의 목소리가 갈라지더니 혼란스럽게 무너졌다.

"크리슈나?"

누군가가 물었다.

"운이 좋네. 크리슈나를 먼저 보내. 안에 들어가면 필요해질 거야."

다른 누군가가 크리슈나의 어깨에 팔을 두르고 끌고 갔다.

무선으로 또렷한 목소리가 감독에게 말했다.

"드미트리? 나 시그네야. 나 기억하지, 드미트리? 시그네 옴스테드. 친구잖아."

"기억하고 말고, 시그네. 기억해. 내가 어떻게 친구를 잊어버리겠어? 당연히 기억하지."

"아, 잘됐네. 정말 다행이야. 잘 들어, 드미트리. 다 괜찮아."

군터는 노여움에 무선에 대고 말했다.

"무슨 헛소리야! 저 멍청이가—!"

웨스팅하우스 옷을 입은 덩치가 군터의 아픈 팔을 잡고 흔들었다.

"입 닥쳐! 심각한 상황이야, 망할 자식아. 네놈 어를 시간이 없다고."

남자는 으르렁거렸다.

해밀턴이 둘 사이에 끼어들었다.

"맙소사, 포스너. 군터는 방금——"

그녀는 말을 멈췄다.

"내가 해결할게. 내가 진정시킬게. 30분만 줘, 알았지?"

나머지 사람들은 눈짓을 교환하고 고개를 끄덕이더니 몸을 돌렸다.

군터에게는 놀랍게도, 예카트리나가 트랜스 칩으로 말을 걸어왔다.

"유감이야, 군터."

그녀는 중얼거리더니 가버렸다.

그는 아직도 히로의 시신을 안고 있었다. 그는 자신도 모르게 친구의 망가진 얼굴을 내려다보고 있었다. 살에 멍이 들었고 얼굴은 너무

끓인 핫도그처럼 부풀어 있었다. 그는 눈을 돌릴 수가 없었다.

베스는 그를 살짝 밀어서 움직이게 했다.

"자. 시신을 픽업 트럭 뒤에 싣고 절벽으로 나가자."

베스의 주장대로 군터가 운전했다. 할 일이 있으니 도움이 되었다. 그는 운전대에 손을 올려놓고 모슬렘 길 출구를 찾아 앞을 응시했다. 눈이 따끔거리고, 가혹할 정도로 마른 느낌이었다.

베스가 말했다. "선제 스트라이크가 있었어. 사보타주가. 우린 이제 막 정황을 끼워 맞추기 시작했어. 아무도 너희가 월면에 나가 있는 줄 몰랐지. 알았으면 누군가를 보내 맞이했을 텐데. 여긴 온통 엉망진창이었어."

그는 말 없이 차를 몰았다. 주위를 둘러싼 몇 마일의 단단한 진공에 감싸여 보호받으며. 그는 트럭 뒤에 히로의 시신이 있음을 느낄 수 있었다. 날개뼈 사이가 계속 근질거렸다. 그러나 말을 하지 않는 한은 안전했다. 고통을 움켜쥔 우주로부터 떨어져 있을 수 있었다. 고통은 그를 건드릴 수 없었다. 그는 기다렸지만, 베스는 이미 한 말에 아무 것도 덧붙이지 않았다.

결국 그가 말했다.

"사보타주?"

"방송국에서 소프트웨어가 녹아내렸어. 모든 레일건에서 폭발이 일어났고. 보이초비즈 코트Boitsovij Kot의 레일건이 터졌을 땐 마이크로스페이스크래프트 어플리케이션에서 나온 남자 셋이 살해당했어. 피할 수 없는 일이었던 것 같아. 여기 있는 모든 군사 산업을 생각하면, 누군가가 우릴 계산에서 빼고 싶어했대도 놀랄 일도 아니지. 하지만 그게 다가 아니야. 부트스트랩에 있던 사람들에게 어떤 일이 생겼어. 진짜 무서운 일이. 일이 터졌을 때 난 천문대에 가 있었어. 뉴스제이가 방송국을 다시 가동할 백업 소프트웨어가 있는지 보려고 부트스트 랩을 불렀는데, 헛소리만 돌아왔어. 미친 소리만 돌아왔다고. 진짜 미 친 소리 말이야. 우린 천문대에 있는 원격제어기들을 끊어야 했어. 조 작하는 사람들이……"

그녀는 이제 울고 있었다. 조용하지만 끈질긴 울음. 그녀는 1분쯤 지나서야 다시 말을 할 수 있었다.

"생화학 무기 같은 건가 봐. 우리가 아는 건 그것뿐이야."

"다 왔어."

모슬렘 절벽 발치에 차를 세우면서 군터는 시추 장치를 가져올 생 각을 하지 못했음을 떠올렸다. 그러다가 바위 표면에 있는 열 개의 검 은 벽감을 보고 누군가가 앞서 생각해 두었음을 깨달았다.

"공격을 받지 않은 건 센터나 천문대에서 일하고 있었거나 월면에 나가있던 사람들뿐이야. 다해서 백 명이나 될까."

그들은 픽업 트럭 뒤로 돌아갔다. 군터는 기다렸지만, 베스 해밀턴 은 시신을 같이 옮기자고 하지 않았다. 어째서인지 그것 때문에 화가 났다. 그는 문을 열고 발판에 뛰어올라서 작업복을 입은 시체를 들어 올렸다.

"끝내자."

오늘 이전에는 달에서 죽은 사람이 여섯 명밖에 없었다. 군터와 베 스는 여섯 명의 시체가 영겁을 기다리고 있는 동굴들 앞을 지났다. 군 터는 그들의 이름을 외우고 있었다. 하이저, 야스다, 스페할스키, 두 바이닌, 미카미, 카스틸로. 그리고 이제 히로까지. 너무 많은 죽음 때 문에 그들 모두의 이름을 알지 못할 날이 오리라는 것이 불가해하게 여겨졌다.

동굴 앞에 데이지와 참나리가 너무 많이 흩어져 있어서 일부는 밟 아 뭉갤 수밖에 없었다.

그들은 제일 처음으로 빈 곳이 나오자 들어갔고, 군터는 바위를 깎아서 만든 돌탁자 위에 히로를 뉘었다. 헬멧 조명의 후광 속에서 시신은 눈 뜨고 볼 수 없을 만큼 뒤틀리고 불편해 보였다. 군터는 어느새 울고 있었다. 크고 뜨거운 눈물 방울이 얼굴을 따라 기어가다가 숨을 들이마실 때마다 입으로 들어갔다. 그는 눈물을 삼킬 수 있을 때까지 송신을 끊어 놓았다.

"젠장."

그는 손으로 헬멧을 닦았다.

"무슨 말이든 해야 할 것 같은데."

해밀턴은 그의 손을 잡고 힘을 주었다.

"오늘만큼 행복해 보인 적이 없었어. 히로는 결혼할 예정이었다고. 사방을 뛰어다니면서 웃고 아이를 키우는 얘기를 해댔어. 그런데 죽어버렸고, 난 히로의 종교가 뭐였는지조차 몰라."

한 가지 생각이 떠오르자 군터는 무력하게 해밀턴을 돌아보았다.

"아냐한테 뭐라고 말하지?"

"아냐에겐 자기 문제가 있어. 이제 기도하고 가자. 산소 떨어지겠어."

"그래, 알았어. 주님은 나의 목자시니……"

그는 고개를 숙였다.

부트스트랩에 돌아가 보니 월면 패거리가 에어록을 장악하고 감독을 조종간에서 떼어 놓은 후였다. 웨스팅하우스 옷을 입은 남자, 포스너가 관측창으로 그들을 내려다보고 경고했다.

"작업복은 열지 마. 늘 단단히 봉하고 있어. 여기 있던 개자식을 친 게 뭔진 모르지만 아직 남아있을 거야. 물에 들었을 수도 있고, 공기에 있을 수도 있어. 한 번 들이마시면 끝나는 거야! 알아들어?"

"알아, 알아. 셔츠를 입고 있어라 이거지."

군터가 으르렁거렸다.

포스너의 손이 조종간 위에서 멈췄다.

"진지하게 얘기하지. 자네가 이 상황의 심각성을 인정하기 전엔 들여보내 주지 않겠어. 이건 소풍이 아니야. 도울 준비가 안 된 사람은 필요 없어. 알아들었나?"

해밀턴이 재빨리 말했다.

"완전히 이해했고, 최대한 협조할 거야. 안 그래, 바일?"

그는 비참하게 고개를 끄덕였다.

에어록 하나가 갈라졌다 해도, 부트스트랩의 공기와 에어록 사이에는 가압 문이 다섯 개 더 있었다. 도시 설계자들은 용의주도했다.

그들은 포스너의 감시를 받으며 복도와 에어록과 탈의실을 지나 화물 승강기로 올라갔다. 그리고 마침내 도시 내부로 들어갔다.

그들은 지옥 입구에 서서 눈을 껌벅였다.

처음에는 의식 가장자리를 갉아 들어오는 어긋난 느낌의 출처를 하나로 꼬집는 것이 불가능했다. 공원에는 사람들이 흩어져 있었고, 분화구 벽과 덮개 틈새로 들어오는 보조광은 밝았으며, 폭포는 여전히 우아하게 단계별로 떨어지고 있었다. 풀밭에서는 메추라기가 익살스럽게 고개를 끄덕거렸다.

그러다가 사소한 세부사항들이 침입해 들어왔다. 어색하게 팔을 휘두르고 머리를 흔들거리며 4층에서 비틀거리고 있는 남자. 바퀴 달린 미소 제조기 스탠드로 만든 빈 카트를 끌고 뒤뚱거리며 오리처럼 꽥꽥거리는 통통한 여자. 노구치 공원의 무릎 높이 숲 속에 앉아서 하나씩 나무를 잡아 뽑고 있는 사람.

그러나 더 깊이 마음을 뒤흔드는 것은 조용한 사람들이었다. 어떤 남자는 개처럼 자의식 없이 터널 입구에 반쯤 걸쳐져 있었다. 여자 셋이 절망에 빠져 극도로 무기력한 자세로 서 있었다. 사방에 건드리지도 말하지도 않고 어떤 식으로도 상대방을 인식하고 있다는 표시를 내지 않는 사람들이 있었다. 그들은 철저하고도 우주적인 고독을 공유하고 있었다.

"도대체──"

무엇인가가 군터의 등을 때렸다. 그는 앞으로 쓰러졌다. 그는 넘어지면서 사람의 주먹이 그를 때리고 있음을 알아차렸고, 그 다음에는 깡마른 남자 하나가 그의 가슴팍에 올라앉아서 미친 듯이 소리치고 있음을 알았다.

"하지 마! 하지 말라고!"

해밀턴이 그 남자의 어깨를 잡고 떼어냈다. 군터는 무릎을 세우고 일어섰다. 그는 광기의 얼굴을 들여다보았다. 공포에 질려 둥그레진 눈, 공황 상태에 빠진 얼굴. 그 남자는 군터를 무서워하고 있었다.

남자는 돌연 몸을 틀어서 해밀턴의 손을 벗어났다. 그는 악마에게 쫓기는 사람처럼 도망쳤다. 해밀턴은 그 뒷모습을 응시하다가 물었다.

"괜찮아?"

"어, 물론이지. 다른 사람들을 찾아보자고."

군터는 공구 띠를 바로잡았다.

그들은 풀밭에 흩어져 있는 넋 나간 사람들을 바라보며 호수 쪽으로 걸어갔다. 아무도 그들에게 말을 걸지 않았다. 한 여자가 맨발로 달려갔다. 꽃을 한 아름 안고 있었다. "이봐!" 해밀턴이 불렀지만 여자는 어깨 너머로 미소를 던질 뿐, 속도를 늦추지 않았다. 군터는 그녀를 막연하게나마 알고 있었다. 마틴 마리에타 사(社)에서 일하는 실행 관리자였다.

"여기 있는 사람 다 미친 건가?"

군터가 물었다.

"그런 것 같군."

여자는 물가에 다다르더니 팔을 크게 내저어 물속에 꽃을 뿌렸다. 꽃들이 수면 위로 흩어졌다.

"저런 낭비를."

군터는 꽃이 있기 전에 부트스트랩에 온 사람이었다. 그는 꽃을 키워도 좋다는 허락을 얻고 도시의 생태계를 다시 쓰기 위해 들인 노력을 알고 있었다. 크럽 사의 파란 줄무늬 작업복을 입은 남자가 호숫가를 따라 달리고 있었다.

여자는 꽃이 다 없어지자 제 몸을 물속에 던졌다.

처음에는 갑자기 물에 몸을 담그기로 한 것처럼 보였다. 그러나 기를 쓰고 버둥거리면서 물속으로 더 깊이 들어가는 것을 보니 수영을 할 줄 모르는 게 분명했다.

군터가 그 사실을 깨달았을 때쯤 해밀턴은 이미 앞으로 뛰쳐나가서 호수를 향해 달리고 있었다. 군터는 뒤늦게 달리기 시작했다. 그러나 크럽 작업복을 입은 남자가 두 사람보다 앞섰다. 그는 첨벙거리며 여자를 좇아 들어갔다. 쭉 뻗은 손으로 여자의 어깨를 잡은 그는 아래로 가라앉으면서 여자를 끌어당겼다. 여자가 얼굴이 붉어져서 숨이 막혀 할 때쯤 다시 솟아오른 남자는 여자의 가슴께를 안았다.

그 무렵에는 군터와 베스도 첨벙거리며 호수에 들어갔고, 세 사람은 함께 여자를 물가로 끌어올렸다. 그녀는 풀려나자 아무 일도 없었다는 듯 차분하게 몸을 돌리고 가버렸다.

"꽃을 더 가지러 가는 거야. 오필리아가 물에 빠져 죽으려고 한 게 벌써 세 번째야. 저 여자만도 아니고. 난 이 주위를 돌면서 누가 뛰어들 때마다 건져내고 있어."

크럽 직원이 설명했다.

"다른 사람들은 다 어디 있는지 알아? 책임자는 있나? 지시를 내리는 사람 말이야."

"도움이 필요하진 않고?"

군터가 물었다.

크럽 직원은 어깨를 으쓱였다.

"난 괜찮아. 그렇지만 다른 사람들은 어디 있는지 모르겠군. 내가 여기 남기로 했을 때 친구들은 2층으로 올라갔거든. 내 친구들을 보거든 그쪽 소식을 들을 수 있으면 좋겠다고 좀 전해 줘. 크럽 작업복을 입은 남자 셋이야."

"그러지."

군터가 말했다.

해밀턴은 벌써 걸어가고 있었다.

층계 꼭대기에서 한 계단 아래에 군터의 동료 G5 직원 하나가 대자로 뻗어 있었다. 그는 조심스럽게 말했다.

"시드니, 좀 어때?"

시드니는 킬킬거렸다.

"노력 중이야. 그걸 묻는 거라면. '어때' 냐는 걸로는 많이 달라질 것 같지 않네."

"그래."

"표현을 더 잘 하자면 왜 지금 일을 하지 않고 있냐고 묻는 게 나을지도 몰라." 시드니는 일어서더니 자연스럽게 군터와 같이 계단을 올라갔다. "내가 동시에 두 곳에 있을 수 없는 건 분명하지. 너도 없이 중요한 수술을 하고 싶진 않을 거 아냐, 안 그래?" 그는 다시 킬킬거렸다. "모순 어법이야. 말들 같은 거지. 길고 환상적인 똥을 배출하는 고전적으로 아름다운 프락시텔레스의 말들 말이야."

"그래."

"난 언제나 하나의 그림 속에 그토록 많은 예술을 구겨 넣은 그들이 감탄스러웠어."

해밀턴이 끼어들었다.

"시드니, 우린 친구들을 찾고 있어. 파란 줄무늬 작업복을 입은 남자 세 명인데."

"봤어. 걔들이 어디로 갔는지 정확히 알아."

시드니의 눈은 서늘하고 공허했다. 어느 특정한 곳에 초점을 맞추는 것 같지 않았다.

"안내해 줄 수 있겠어?"

"꽃도 자기 얼굴은 알아보지."

우아하게 굽이치는 자갈길이 사유 정원과 크리켓 경기터 사이로 이어졌다. 그들은 시드니를 따라 걸어갔다.

2층 테라스에는 사람이 많지 않았다. 광기가 덮치자 대부분이 동굴 속으로 후퇴한 모양이었다. 남아 있는 몇 사람은 그들을 무시하거나, 겁을 내며 피했다. 군터는 집요하게 그들의 얼굴을 들여다보았다. 그들 각각에게서 느껴지는 결함을 분석하려 애쓰고 있었다. 그들의 눈 속에는 공포가 둥지를 틀었고, 자기들에게 뭔가 끔찍한 일이 벌어졌다는 서늘한 자각이 그 본질에 대한 완벽한 무지와 어우러져 있었다.

"맙소사, 이 사람들 좀 봐!"

해밀턴이 신음했다.

군터는 꿈속을 걷는 기분이었다. 작업복이 소리를 없애 주었고, 헬멧 바이저를 통해서 보면 색채도 덜 선명했다. 마치 자기도 모르게 세상에서 떨어져 나와, 그곳에 있으면서도 있지 않은 것만 같았다. 이런 인상은 또 하나의 광기 어린 얼굴이 무심하게, 보면서도 보지 않는 눈으로 그를 볼 때마다 강해졌다.

시드니는 모퉁이를 돌더니 걸음을 빨리하여 터널 입구로 뛰어들어갔다. 군터는 그를 따라 달려갔다. 그는 터널 입구에서 걸음을 멈추고 새로운 광도에 맞추어 헬멧을 조정했다. 바이저가 선명해지고 나니 시드니가 옆길로 뛰어가는 모습이 보였다. 따라갔다.

통로 교차지점에서 보니 시드니의 흔적이 보이지 않았다. 사라져 버린 것이다.

"어느 쪽으로 갔는지 봤어?"

그는 무선으로 해밀턴에게 물었다. 답이 없었다.

"베스?"

그는 복도를 따라 내려가다가, 멈춰 서서 방향을 돌렸다. 이런 터널은 깊었다. 영원히 안을 헤맬 수도 있었다. 그는 테라스로 돌아갔다. 해밀턴은 어디에도 보이지 않았다.

더 나은 계획이 없었기에 그는 길을 따라갔다. 그는 장식용 호랑가시나무 덤불을 지나자마자 윌리엄 블레이크의 그림에서 튀어나온 듯한 광경에 딱 멈춰 섰다.

그 남자는 셔츠와 샌들을 버리고 반바지만 입고 있었다. 바윗돌 위에 쭈그리고 앉아서 주위를 경계하며 끈기 있게 토마토를 먹고 있었다. 무릎 위에는 지팡이나 홀처럼 강철 파이프를 비스듬히 올려놓았고, 백금 전선으로 왕관 비슷한 것을 만들어 얹어서 가격 꽤나 나갈 만한 초전도체 칩을 엮어 이마 위에 늘어뜨리고 있었다. 모든 면에서 짐승의 왕으로 보였다.

남자는 눈 한 번 깜박이지 않고 차분하게 군터를 응시했다.

군터는 몸서리를 쳤다. 그 남자는 교활하기는 하지만 사고력이 없는 유인원만큼도 인간처럼 보이지 않았다. 군터는 영겁을 거슬러 올라가 지각(知覺)의 가장자리에 웅크리고 앉은 고조할아버지 유인원을 바라보는 듯한 느낌을 받았다. 본의 아니게 미신적인 경외심의 전율이 그를 사로잡았다. 고차적인 정신 기능을 벗겨내면 이렇게 되는 건가? 원형이 피부 바로 밑에 도사리고서 튀어나올 기회만 기다리고 있었던가?

군터는 말했다.

"친구를 찾고 있는데. 나같은 G5 작업복을 입은 여자 못 봤나? 그 친구도 누굴 찾고 있었는데 ——"

그는 말을 멈췄다. 남자는 멍하니 그를 바라보고 있었다.

"아, 신경 쓰지 마."

군터는 몸을 돌려 걸어갔다.

잠시 후에는 모든 연속감을 잃어버렸다. 존재는 상호 연결되지 않은 이미지들로 파편화했다. 몸을 거의 반으로 접고서 노란색 고무 오리를 꽉 쥐고 곁눈질하는 남자. 공기 감시기 뒤에서 새된 비명을 지르고 팔을 휘저으며 장난감처럼 뛰는 여자. 부러진 다리로 울면서 바닥을 기어다니는 옛 친구. 군터가 도와주려고 하자 그녀는 공포에 질려 몸부림을 쳤다. 해를 입히지 않고 다가갈 방법이 없었다. 그는 말했다. "여기 있어. 도움을 청해 볼게." 5분 후에 그는 길을 잃었음을 깨달았다. 어떻게 하면 그녀에게 돌아갈 수 있을지 감도 잡히지 않았다. 그는 1층으로 돌아가는 계단에 도착했다. 내려갈 이유가 없었다. 내려가지 않을 이유도 없었다. 그는 내려갔다.

막 계단을 다 내려갔는데 라벤더색의 고급 작업복을 입은 사람이 지나갔다.

군터는 헬멧 무선으로 말했다.

"이봐!"

라벤더 작업복은 그를 흘긋 돌아보았다. 바이저는 흑요석처럼 새까맸고, 몸을 돌리지는 않았다.

"다들 어디 갔는지 알아? 완전히 길을 잃었어. 무슨 일을 해야 할지 알아내려면 어떻게 해야 하지?"

라벤더 작업복은 몸을 굽히고 터널 속으로 들어갔다.

한참만에 목소리가 날아왔다.

"시 행정관 사무실에 가봐."

행정관 사무실은 어지럽게 얽힌 관리 용역 터널들의 미로 속에 자리한 8분의 1킬로미터 깊이의 비좁은 방이었다. 이 방이 조직상 중요했던 적은 없었다. 시 행정관이 우선 수행하는 의무는 공기와 물을 보충하고 에어록 점검표를 작성하는 것이었다. 기계를 믿을 수만 있다면 사람보다 컴퓨터가 훨씬 잘할 수 있는 기능직이었다. 이 방에 지금처럼 사람이 많았던 적은 없었을 것이다. 완전 진공상태에 대비한 작업복을 갖춰 입은 사람 수십 명이 복도까지 늘어서서 불안하게 예카트리나와 도시 위기관리 프로그램(CMP)의 의논에 귀를 기울이고 있었다. 군터는 최대한 사람들을 밀고 들어갔다. 그래도 예카트리나의 모습이 보일락말락했다.

"── 에어록, 농장, 공익 설비까지. 그리고 원격제어기는 다 차단했어. 다음은 뭐지?"

예카트리나의 피시는 작업 멜빵에 늘어져서 위기관리 프로그램의 클라이언트 음성을 증폭시키고 있었다.

"이제 기본적인 통제력이 정립되었다면, 두번째 우선순위는 산업구역입니다. 공장들은 걸어 잠가야 합니다. 반응로는 잠재워야 합니다. 공장과 반응로를 계속 돌릴 만한 감독 인력이 없습니다. 공장에는 요청에 따라 가동할 수 있는 보존 프로그램이 있습니다."

"셋째, 농장은 등한시할 수 없습니다. 틸라피아*는 15분만 산소가 없어도 다 죽습니다. 칼리마리*는 그보다 더 예민합니다. 즉각 숙련된

---

* 열대 민물고기의 이름.

농업 일꾼 세 명을 배치해야 합니다. 미숙련 일꾼밖에 없다면 수를 두 배로 하십시오. 자문 소프트웨어를 쓸 수 있습니다. 자원은 어떻습니까?"

"그 문제는 나중에 다시 이야기하지. 또 다른 건?"

한 남자가 호전적으로 물었다.

"사람들은 어쩝니까? 사람들이 저런 상태인데 공장에 대해 무슨 걱정을 하는 거요?"

이즈마일로바는 날카롭게 시선을 들었다.

"쳉의 연구원 중 한 사람이군요. 맞죠? 당신이 왜 여기 있죠? 할 일이 충분치 않아요?"

그녀는 갑자기 잠에서 깨어난 사람처럼 주위를 둘러보았다.

"다들! 뭘 기다리는 겁니까?"

"그렇게 쉽게 우릴 밀어낼 순 없어! 도대체 누가 당신을 장군님으로 만들어 줬나? 우린 당신 명령을 들을 필요가 없어."

구경꾼들은 불편하게 발을 끌며, 떠나지는 않고 서로에게서 올 신호를 기다렸다. 이렇게 몰려 있으니 작업복은 똑같아 보였고, 헬멧은 텅 비어 표정이 없었다. 마치 걸어다니는 달걀 같았다.

그 순간 사람들의 분위기는 아슬아슬한 균형 위에 있었다. 깃털 하나 무게에 수락으로 기울 수도, 분노로 기울 수도 있었다. 군터는 한 손을 들어올리고 큰 소리로 말했다.

"장군! 여기 바일 이등병이 있습니다! 명령을 기다립니다. 할 일을 말해 주십쇼."

웃음소리가 퍼져 나가고, 긴장이 누그러졌다. 예카트리나가 말했다.

"제일 가까이 있는 사람과 짝을 이뤄서 관리 구역에서 감염자들을

* 식용 오징어.

몰아내요. 그들을 열린 공간으로 내보내요. 자기 몸을 쉽게 해칠 수 없는 곳으로. 방이든 복도든 비우고 나면 꽉 잠그고. 알아들었어요?"

"옙."

군터는 제일 가까운 곳에 있는 작업복을 두드렸고, 그쪽 헬멧은 무뚝뚝하게 고개를 끄덕였다. 그러나 그들 둘이 몸을 돌렸을 때, 앞은 서로를 미는 사람들에게 막혀 있었다.

예카트리나가 손가락질을 했다.

"당신! 농장 록으로 가서 닫아 잠가요. 만에 하나라도 농장이 오염되는 사태는 원치 않아. 누구든 공장을 돌려 본 경험이 있는 사람은…… 뭐, 여기 있는 사람 대부분이겠지만, 원격제어기를 찾아서 공장을 닫는 작업에 착수해요. CMP가 도와줄 거야. 달리 할 일이 없으면 둘씩 짝을 지어서 복도를 비우는 일에 착수해요. 좀 더 종합적인 행동 계획이 서면 전체 회의를 청구하겠어요." 그녀는 잠시 말을 멈췄다. "빠뜨린 게 있나요?"

놀랍게도 CMP가 대답했다.

"도시 안에 어린아이가 스물 셋 있습니다. 그중 둘은 입학 이전의 7세 아동이고 나머지는 5세 혹은 그 이하로, 영구 등록된 달 직원의 자식들입니다. 이 아이들에게는 특별한 보살핌과 보호가 주어져야 한다는 상비(常備) 명령이 떨어져 있습니다. 3층의 예배당을 보육 센터로 전환할 수 있습니다. 아이들을 찾는 대로 예배당에 데려가라고 알려 두어야 합니다. 믿을 만한 사람을 한 명 배치하여 감독하십시오."

"맙소사, 알았어."

예카트리나는 연구 센터에서 온 호전적인 남자를 돌아보고 무뚝뚝하게 말했다.

"당신이 해요."

그는 머뭇거렸지만, 비꼬는 듯한 경례를 붙이고 움직였다.

이를 기회로 정체상태가 풀렸다. 사람들은 흩어지기 시작했다. 군터와 그 동료(알고 보니 그와 마찬가지로 땅쥐인 리자 나젠다였다)도 작업에 착수했다.

이후에 군터는 이 시기를 자신의 인생이 어두운 터널에 들어간 때로 기억하게 된다. 악몽 같은 긴 시간 동안 그와 리자는 사무실에서 창고로 이동하며 환자들을 관리 구역에서 끌어내어 밝은 곳으로 내보내려 발버둥쳤다.

환자들은 협조하지 않았다.

처음 들어간 방 몇 개는 비어 있었다. 네번째 방에서는 정신 나간 얼굴의 여자가 미친 듯이 서랍장과 파일을 뒤지며 내용물을 집어던지고 있었다. 바닥은 쓰레기로 뒤덮혔다. "여기 어디 있을 텐데." 여자는 미친 듯이 중얼거렸다.

"거기 뭐가 있는데?" 군터가 달래는 어조로 말했다. 헬멧 바깥까지 소리가 들리도록 크게 말해야 했다. "뭘 찾는 거야?"

여자는 장난기 어린 미소를 지으며 고개를 기울였다. 그녀는 팔꿈치를 높이 들고 양손을 써서 머리를 가다듬고 쓸어넘기더니, 귀 뒤로 헝클어진 머리카락을 잡아당겼다.

"상관없어. 이젠 분명히 찾을 테니까. 풍뎅이 두 마리가 나타나고, 두 마리 사이에 눈부신 태양 원반이 있어. 좋은 징조야. 섹스의 은유인 건 물론이지. 난 섹스를 했어. 사람이 원할 수 있는 모든 섹스를. 아홉 살 때 도마뱀 왕에게 헛간에서 뒤치기를 당했거든. 내가 뭘 상관했겠어? 그때는 날개가 있었고 내가 날 수 있다고 생각했는데."

군터는 조금 더 가까이 다가갔다.

"도무지 말이 안되는 소릴 하고 있잖아."

"있지, 톨스토이는 옛날에 자기집 뒤 숲에서 발견한 녹색 막대기가 모든 남자가 서로를 사랑하게 만들거라고 말했어. 난 그 녹색 막대기가 물리적인 존재의 기본 원리라고 믿어. 우주는 우리가 인식할 수 있는 4차원과 우리가 인식할 수 없는 7차원의 매트릭스야. 그래서 우리가 7차원 녹색 막대 현상으로 평화와 형제애를 경험하는 거지."

"내 말 좀 들어."

"왜? 히틀러가 죽었다고 하려고? 그런 헛소리 안 믿어."

"맙소사. 미친 사람을 논리로 설득할 순 없어. 그냥 팔을 잡고 끌어내."

나젠다가 말했다.

그러나 그렇게 수월하지가 않았다. 여자는 그들을 무서워했다. 그들이 접근할 때마다 공포에 질려서 달아났다. 천천히 움직이면 구석에 몰 수가 없었고, 둘이 동시에 달려들면 책상 위를 뛰어넘어서 아래 공간으로 숨었다. 나젠다는 여자의 다리를 잡고 끌어당겼다. 여자는 흐느끼며 나젠다의 작업복 무릎에 매달렸다.

"떨어져. 군터, 이 미친년 좀 내 다리에서 떼어내."

나젠다가 으르렁거렸다.

"날 죽이지 말아요!" 여자는 비명을 질렀다. "난 언제나 두번씩 투표했어요. 그랬다는 거 알잖아요. 그들에게 당신이 깡패집단이라고 말했지만, 내가 틀렸어요. 내 폐에서 산소를 빼내지 말아요!"

그들은 여자를 사무실에서 끌어냈고, 군터가 문을 잠그려고 돌아섰을 때 다시 놓쳐 버렸다. 복도를 날 듯이 달려가는 여자를 나젠다가 급히 추격했다. 그러다가 여자는 다른 사무실에 뛰어들었고, 그들은 모든 과정을 다시 시작해야 했다.

그 여자를 복도에서 몰아내어 공원에 풀어놓는 데 한 시간이 넘게 걸렸다. 그 다음 세 명은 비교적 빨리 해결할 수 있었다. 그 후에 한 명은 다시 어려워졌고, 다섯번째는 다시 처음에 만났던 여자였다. 공원에서 자기 사무실을 찾아 돌아간 것이다. 그 여자를 다시 공원에 데리고 나갔을 때, 리자 나젠다가 말했다.

"이제 넷 잡았고 3천 8백 5십 여덟 명 남았군."

"이봐——" 군터가 입을 여는데 트랜스 칩으로 크리슈나의 목소리가 울렸다. 평소답지 않게 딱딱하고 명쾌한 말투였다.

"모두 관리 회의를 위해 즉시 중앙 호수로 모이기 바랍니다. 반복합니다. 즉시 중앙 호수로 가십시오. 지금 중앙 호수로 가십시오."

임시 변통으로 만든 송신기를 이용하고 있는 게 틀림없었다. 음질이 나빴고 칩으로 목소리가 쿵쿵 울렸다.

"좋아, 좋아. 알았어. 이제 좀 닥쳐도 돼."

나젠다가 말했다.

"즉시 중앙 호수로 가십시오. 전원 중앙 호수로——"

"쉿."

두 사람이 다시 공원으로 나갔을 즈음에는 트인 공간에 사람들이 빽빽했다. 작업복 차림의 생존자들만이 아니었다. 부트스트랩의 동굴과 복도들에서 감염자들이 다 나오고 있었다. 그들은 마치 무덤에서 새로 불려 나온 이들처럼 확신 없이, 무턱대고 호수로 향했다. 지상층은 사람으로 꽉 찼다.

"빌어먹을 자식."

군터는 경탄했다.

"군터? 뭐가 어떻게 되어가는 거야?"

나젠다가 물었다.

"트랜스 칩이야! 개자식, 칩으로 말하기만 하면 되는 거였어! 저들은 머릿속의 목소리가 하라는 대로 할 거야."

호수 주위에 사람이 너무 많아서 군터는 다른 작업복을 찾는 데 애를 먹었다. 그러다가 2층 가장자리에 서서 크게 팔을 흔들고 있는 작업복을 보았다. 그는 마주 손을 흔들고 계단으로 향했다.

그가 2층에 도착했을 즈음에는 비감염자가 꽤 모여 있었다. 점점 더 많은 사람이 작업복을 보고 이끌려 왔다. 마침내 예카트리나가 작업복 무선기의 공개 채널로 말했다.

"다 모이길 기다릴 이유가 없어요. 다들 내 말이 들릴 거리에 있는 것 같군요. 앉아서 좀 쉬어요. 그럴 자격이 있으니."

사람들은 풀밭에 주저앉았다. 몇 명은 작업복을 입은 채 등을 대고 눕거나 엎드리기도 했다. 대부분은 그냥 앉았다.

"행운이 따라준 덕분에 감염된 친구들을 통제할 방법을 찾아냈습니다." 가벼운 갈채가 일어났다. "하지만 아직 많은 문제가 남아 있고, 하나같이 수월하게 풀릴 문제는 아니에요. 우리 모두 일어난 일을 보았습니다. 이제 여러분에게 더 나쁜 일에 대해 말해야겠네요. 지구에서의 전쟁이 수소폭탄으로까지 번진다면, 우리 모두는 지구로부터 완전히 단절될 겁니다. 수십 년 간 그럴 수도 있어요."

사람들 사이에 웅성임이 번졌다.

"이게 무슨 의미냐고요? 사치품도 실크 셔츠도 없고, 새로운 씨앗도, 새로운 비디오도 없으며 이미 남기로 결정했던 사람들을 뺀 나머지에게도 집에 갈 방법이 없다는 뜻이죠. 당장의 불편함을 넘어서 생존을 위해 필요한 것들 상당수를 잃게 될 겁니다. 우리의 모든 미시제조(마이크로팩쳐) 능력은 스위스 오비털에서 옵니다. 물 보존량은 1년치가 있지만, 누군가가 에어록으로 들어오고 나갈 때마다 생기는 진공과 녹과 부식에 미세한 수증기를 잃게 되고, 그 미세량도 우리의 생존을 위해서는 필요해요."

"그래도 우린 살아남을 수 있습니다. 표토에서 수소와 산소를 추출해낸 후 융합하여 물을 만들 수 있어요. 공기는 이미 우리가 직접 만들고 있죠. 대부분의 나노 전자공학 없이도 할 수 있어요. 우린 설령 지구가…… 최악의 사태가 일어나더라도 번성하고 성장할 수 있습니다. 하지만 그러기 위해서는 온전한 제조 능력이 필요하고, 온전한 감독 능력도 필요합니다. 공장을 복원하는 데 그치지 않고 사람들을 회복시킬 방법도 찾아야 해요. 앞으로 다가올 시간에는 우리 모두에게 더 많은 일이 요구될 겁니다."

나젠다가 군터에게 헬멧을 대고 중얼거렸다.

"저 할망구는 뭐람."

"관둬, 난 듣고 싶다고."

"다행히도 위기관리 프로그램에는 딱 이런 상황에 맞는 사고 계획이 있어요. 불완전할 수도 있겠지만, 현재 확인 가능한 기록에 따르면 여기 남은 다른 누구보다도 내가 군사 지휘 경험이 많습니다. 이의를 제기하고 싶은 분 있습니까?' 예카트리나는 기다렸지만, 아무도 말이 없었다. "위기가 지속되는 동안에는 준군사적인 조직으로 전환합니다. 어디까지나 관리 목적을 위해서입니다. 장교들에게 주어지는 특권은 없을 것이고, 현재 문제가 해결되는 즉시 군사 조직은 해체합니다. 그 점이 최우선입니다."

그녀는 피시를 흘긋 내려다보았다.

"이러한 목적을 위해 제 밑으로 상급 장교를 세 명 두겠습니다. 카를로스 디아즈-로드리게즈, 미이코 에즈미, 그리고 윌 포스너. 이 세 사람 밑으로 일반 장교를 아홉 명 둡니다. 이들은 각각 열 명 이상으로 구성된 조를 책임집니다."

그녀는 이름을 읽었다. 군터는 4조, 베스 해밀턴의 그룹에 배치되었다. 이어서 예카트리나가 말했다.

"다들 지쳐 있습니다. 센터에 돌아간 친구들이 오염 제거 절차와 부엌과 잠자리 비슷한 것을 만들어 놨습니다. 1, 2, 3조는 여기에서 4시간을 보낸 후 8시간 수면을 취하도록. 4조부터 9조까지는 지금 센터로 돌아가서 식사를 하고 4시간 휴식합니다." 그녀는 말을 끊었다.
"그게 다로군요. 가서 눈 좀 붙이세요."

지친 함성이 올랐다가 사그라들었다. 군터는 일어섰다. 리자 나첸
다가 그의 엉덩이를 친근하게 꼬집었고, 그가 오른쪽으로 움직이자
팔을 잡아당기며 왼쪽, 서비스 승강기를 가리켰다. 그녀는 스스럼없
이 그의 허리에 팔을 둘렀다.

그는 리자 나첸다와 잔 남자들을 알고 있었고, 그들은 모두 리자가
독점욕 강하고 히스테리컬하며 우스꽝스러울 정도로 감정적이라고
말했다. 하지만 알 게 뭐람. 자는 편이 안 자는 것보다 쉬운데.

그들은 발을 끌고 걸어갔다.

할 일이 지나치게 많았다. 녹초가 될 때까지 일했다. 충분하지 않
았다. CMP를 위한 협대역narrow-band 송신 시스템을 만들고, 센터에 초
단파 중계기를 돌려서 CMP가 그들의 분투를 더 효율적으로 지휘하게
했다. 충분하지 않았다. 그들은 꾸준히 조직하고 재배열했다. 그러나
부하가 너무 컸고 피할 수 없는 사고들이 일어났다.

고지대를 넘고 만을 가로질러 원재료와 반쯤 가공된 재료를 운반
하는 데 쓰이던 소형 레일건들은 무사했는데, 그중 반이 정오의 태양
이 알루미늄 레일을 구부리는 바람에 심한 손상을 입었다. 정확한 숫
자를 알 수 없는 로봇 불도저들이 노천 광산에서 흩어져 행방이 묘연
했다. 숫자를 알기 어려운 것은 재고기록이 뒤범벅이 된 탓이었다.
부트스트랩에 저장된 식품 중에 믿을 수 있는 물건은 없었다. 센터의
식사는 농장에서 바로 추수하여 비상용 록으로 운반해야 했다. 숙련
되지 않은 농장원이 원격제어기를 잘못 다루는 바람에 양식 탱크 열
개가 진공에 노출, 월면에 9천 마리의 물고기를 흩뿌렸다. 포스너의
명령에 따라 원격제어기들이 서둘러 포장되어 센터로 옮겨졌다. 상

자에 들어 있지 않은 원격제어기는 대부분 로커암이 손상된 것으로 드러났다.

소규모 승리도 있었다. 군터는 두번째 근무에 진공 창고에서 열 네 개의 면 꾸러미를 발견했고 조립기로 센터에서 쓸 이불을 지었다. 이 것으로 맨바닥에서 잘 일도 끝났고 그는 그날 남은 시간 동안 영웅이 되었다. 센터에는 화장실이 충분치 않았다. 디아즈-로드리게즈가 공 장마다 있는 태양 플레어용 대피소들에서 변기를 뜯어내게 했다. 휴 리엘 가자는 제한된 자원으로 요리를 하는 데 재능이 있음을 알게 되 었다.

그러나 그들은 지고 있었다. 감염자들은 예측 불허였고, 사방에 있 었다. 미쳐 버린 시스템 분석가 한 명이 머릿속의 목소리에 복종하여 호수에 윤활유를 몇 통 집어던졌다. 수중 필터가 막혔고, 수리를 위해 개울을 차단해야 했다. 의사 한 명은 어떻게인지 자기 진단복으로 자 기 목을 조르는 데 성공했다. 도시 생태계는 무작위적인 파괴행위로 심한 긴장 상태에 놓여 있었다.

마침내 누군가가 하나의 목소리를 지속적으로 전송하는 방법을 생 각해냈다. 목소리는 계속 이렇게 말했다. "난 차분해. 난 평온해. 난 아무것도 하고 싶지 않아. 난 이대로 행복해."

이 목소리가 켜졌을 때 군터는 리자 나젠다와 함께 개울을 다시 움 직이려 하고 있었다. 눈을 들자 부트스트랩에 으스스한 고요가 퍼지 는 것을 볼 수 있었다. 테라스 위아래에 병사들이 더할 나위 없이 수 동적인 자세로 서 있었다. 움직임이라고는 새로운 긴장증의 와중에서 딱정벌레처럼 분주히 움직이는 작업복들뿐이었다.

리자는 엉덩이에 손을 올리고 말했다.

"끝내주네. 이제 밥도 먹여줘야겠군."

"이봐, 숨쉴 틈 좀 줘. 응? 좋은 소식이 얼마만인지 기억도 안 난다고."

"자기, 이건 좋은 게 아니야. 변함없는 거지."

리자가 옳았다. 군터는 안도하면서도 알고 있었다. 희망 없는 과제 하나가 다른 희망 없는 과제로 변한 것이다.

셋째 날 기진맥진해서 작업복을 입고 있는데 베스 해밀턴이 그를 멈춰 세우더니 말했다.

"바일! 너 전자공학 좀 알아?"

"아니, 전혀. 트럭 배선을 하거나 초단파 중계기를 만드는 정도는 할 수 있겠지만⋯⋯."

"그러면 됐어. 하던 일 관두고 크리슈나를 도와서 환자들 통제 시스템을 만들어. 잘하면 개별적으로 다룰 수 있을 거야."

그들은 크리슈나의 옛 실험실에 작업장을 만들었다. 이곳에는 옛 경비 기준의 자취가 남아 있었고, 아무도 그곳에서 잘 수 없었다. 그 결과 이 방은 놀라울 정도로 깔끔하고 청결했다. 매끄럽고 개성 없는 바닥에 궤도권에서 만든 실험 장비들이 놓여 있었다. 혼란과 광기가 덮치기 전으로 되돌아간 것 같았다. 새로 판 터널 냄새와 공기 중에 실려 오는 바위 자르는 소리만 아니었어도 아무 일도 일어나지 않은 척할 수 있었을 것이다.

군터는 원거리 존재 장치 안에 서서 조작기로 부트스트랩의 아파트를 훑고 있었다. 서로 연결되지 않은 혼돈의 구멍들이 무수히 늘어선 것 같은 느낌이었다. 그는 어느 방에 들어갔다가 인간의 배설물인 듯한 재료로 벽에 '부처=우주적인 관성'이라고 휘갈겨 놓은 것을 발견했다. 이불 위에 어떤 여자가 앉아서 한웅큼 뜯어낸 솜을 허공에 던지고 있었다. 솜이 갓 내린 눈처럼 방을 뒤덮었다. 다음 아파트는 비어 있고 깨끗했으며, 선반 위에 놓인 제조기가 반짝거렸다.

"이로써 부트스트랩의 임시 인민 정부의 이름으로, 그리고 어디에 나 있는 억압된 민중의 이름으로 너를 국유화하노라."

그는 건조하게 말했다. 원격제어기가 조심스럽게 제조기를 들어올 렸다.

"그 칩 도식은 아직이야?"

"이제 얼마 남지 않았어."

크리슈나가 대답했다.

그들은 통제기 견본을 만들고 있었다. 개별 피시에 암호를 넣어서, CMP가 대상을 식별하고 그 소유자에게 개별적으로 말을 걸게 하자는 것이 기본적인 생각이었다. 전압을 낮추면 피시의 송수신 범위를 반 경 1.5미터로 제한할 수 있을 것이고, 그러면 감염자 각각은 개별 명 령을 받을 수 있다. 그러나 지금의 칩은 스위스 오비털이 개량한 극도 로 예민한 품종이었고, 이상 출력을 처리하지 못했다.

"그렇지만 어떻게 이 친구들에게서 쓸모 있는 작업을 끌어낼 수 있 다고 기대하는지 이해가 안 가. 우리에게 필요한 건 감독자라고. 이 사람들에게선 조리 있는 사고를 기대할 수 없어."

자기 피시 위로 낮게 몸을 굽힌 크리슈나는 잠시 후에야 대꾸했다. "요가 수행자가 어떻게 심장을 멈추는지 알아? 대학원에 있을 때 연 구했어. 프레마난드 수행자께 우리 계기에 연결된 채로 심장을 멈춰 달라고 부탁했고, 그는 자비롭게 동의했지. 최신식 뇌 스캐너는 다 갖 추고 있었지만, 나중에 보니 제일 흥미로운 결과는 심전도에서 나왔 어."

"우린 수행자의 심장이 우리가 기대한 것처럼 느려진 게 아니라, 점점 빨라지다가 물리적인 한계에 이르러 근육성 진통이 시작되었음 을 알았어. 심장이 뛰는 속도를 낮추지 않고, 높였던 거야. 심장이 멈 춘 게 아니라, 경련이 일어났지."

"이 실험 후에 수행자에게 이런 사실을 알고 있었는지 물어봤어. 그는 아니라고, 참 흥미롭다고 대답했어. 그는 정중하게 대응했지만, 우리의 발견이 그렇게 의미 있다고 생각하진 않는 게 분명했어."

"그러니까 네 말은……?"

"정신분열증 환자의 문제점은 머릿속에서 너무 많은 것이 돌아간다는 거야. 너무 많은 목소리. 너무 많은 아이디어. 그들은 사고의 어느 한 사슬에 초점을 맞추지 못해. 하지만 그렇다고 그들이 복잡한 추론을 할 수 없다고 생각하는 건 잘못이지. 사실 그들은 기막힌 착상을 내놓고 있어. 그들의 두뇌는 생각을 정연하게 조직할 수 없을 지경까지 작동하고 있는 거야."

"트랜스 칩이 하는 일은 목소리를 하나 더하는 것이지만, 더 크고 고집스러운 목소리지. 그래서 그들이 복종하는 것이고. 트랜스 칩은 소음을 뚫고 초점을 제공, 생각을 투명하게 만들 수 있는 매트릭스로 작용해."

원격제어기는 관리 터널 깊숙한 곳에 있는 문을 열고 회의실로 들어갔다. 회의 탁자 위에서 정밀제조기 여덟 대가 깔끔하게 줄을 맞춰서 기다리고 있었다. 조작기는 그 옆에 아홉번째 제조기를 놓고, 몸을 돌려 나오면서 문을 잠갔다. 군터가 말했다.

"말이지, 이런 온갖 예방 조치는 필요 없을지도 몰라. 부트스트랩에 쓰인 게 뭔지는 몰라도 이젠 공기 중에 없을지도 모르잖아. 애초에 공기에 없었을지도 모르고. 물이나 다른 데 들었을 수도 있지."

"아, 분명히 공기 중에 있어. 우린 공기로 운반되는 정신분열 엔진을 다루고 있어. 무기한으로 공기 중에 남아 있게 생겨먹었다고."

"정신분열 엔진이라니? 도대체 그게 뭐야?"

크리슈나는 주의가 다른 데 쏠린 단조로운 투로 말했다.

"정신분열 엔진은 고도의 심리적 충격을 입히는 비치사형 전술 무

214

기야. 타깃 벡터를 무능력하게 만들 뿐 아니라 적의 인력과, 피해자를 돌보기 위한 인적 자원에 과잉한 부담을 지우지. 그 결과의 특정한 성질 때문에, 이 엔진은 피해자에게 노출되는 사람들에게 심대한 사기 저하 영향을 미쳐. 특히 피해자들을 돌보는 사람들에게. 그러므로 전술 무기로써는 대단히 매력적이지."

마치 조작 매뉴얼을 그대로 읽는 것 같았다.

군터는 잠시 생각했다.

"칩으로 회의를 소집한 건 실수가 아니었구만? 넌 그게 먹힐 줄 알고 있었어. 그들이 머릿속의 목소리에 복종할 줄 알고 있었어."

"그래."

"이 빌어먹을 것을 센터에서 만들어낸 거지? 네가 말할 수 없다던 게 이거였어."

"일부는 그래."

군터는 장치를 끄고 렌즈를 올렸다.

"이 망할 자식아! 씹할 멍청이 새끼, 지옥에나 떨어져라!"

크리슈나는 놀라서 하던 일에서 눈을 들었다.

"내가 뭐 잘못 말했나?"

"아니! 아니지, 넌 아무것도 잘못 말하지 않았어. 4천 명이 씹할 정신을 놓게 만들었다 뿐이지! 정신 차리고 너희 미치광이들이 무기 연구로 무슨 짓을 했는지 제대로 좀 보라고!"

"그건 무기 연구가 아니었어."

크리슈나는 온화하게 말했다. 그는 배선도에 길고 복잡한 선을 그었다.

"하지만 순수한 연구도 군대의 자금 지원을 받다 보면, 군대 쪽에서 연구를 위한 군사적 응용법을 찾아내지. 이것도 그렇게 된 거야."

"무슨 차이야? 벌써 일은 터졌는데. 네 책임이라고."

이제 크리슈나는 정말로 피시를 치우더니 그답지 않게 불길을 뿜으며 말했다.

"군터, 우리에겐 이 정보가 필요해! 우리가 신석기에 진화한 두뇌를 가지고 기술 문명을 움직이려고 하고 있다는 거 알아? 난 더없이 진지해. 우린 모두 오래된 사냥 채집 프로그램에 갇혀 있는데, 이 프로그램은 이제 우리에게 아무 쓸모가 없어. 지구에서 무슨 일이 벌어지는지 봐. 아무도 시작하려고 하지 않았고 아무도 싸우고 싶어하지 않는 데다가 아무도 멈출 수 없을 것 같은 전쟁통에 빠져 있잖아. 우릴 이런 궁지에 몰아넣는 사고 유형은 아무 도움이 안 돼. 변해야 한다고. 우리가 하려던 일은 그거였어. 인간 두뇌를 길들이는 것. 고삐를 채우는 것!"

"우리 연구가 우리에게 나쁜 쪽으로 돌아선 건 인정해. 하지만 무기가 그렇게 많은데 하나 더해진다고 뭐? 신경프로그래머가 유효하지 않았더라면 다른 무기를 썼을 거야. 독가스나 플루토늄 분말이었을지도 모르지. 사실 그들은 덮개에 구멍을 내서 우리 모두를 질식시킬 수도 있었단 말이야."

"그건 자기 정당화의 헛소리에 불과해, 크리슈나! 너희가 한 짓에 변명은 없어."

크리슈나는 조용하지만 확신을 갖고 말했다.

"넌 절대 우리 연구가 오늘날 우리가 할 수 있는 제일 중요한 일이라는 내 생각을 바꾸지 못해. 우린 우리 두개골 안에 든 괴물을 통제해야만 해. 사고방식을 바꿔야만 해." 목소리가 확 작아졌다. "슬픈 건 우리가 살아남지 못하는 한 바꿀 수도 없다는 점이지. 하지만 살아남으려면, 바뀌기부터 해야 해."

그들은 그 후부터 말 없이 일했다.

군터는 불안한 꿈에서 깨어나서 수면 시간이 반밖에 지나지 않았음을 알았다. 리자는 코를 골고 있었다. 그녀를 깨우지 않으려고 조심하면서 옷을 주워입고 맨발로 벽감에서 내려 서서 복도를 내려갔다. 공용실에 불이 켜져 있었고 목소리가 들렸다.

그가 들어가자 예카트리나가 고개를 들었다. 창백하고 긴장된 얼굴이었다. 눈밑에 희미하게 거무스름한 반원이 보였다. 혼자였다.

"아, 안녕. CMP와 이야기하던 중이야." 그녀는 피시를 껐다. "앉아."

그는 의자를 하나 끌어당기고 탁자 위로 몸을 구부렸다. 그녀를 마주하자 숨을 들이마시는 데 작지만 확실한 노력이 필요했다.

"그래서. 어떻게 되어 가?"

"곧 너희가 만든 통제기를 시험해볼 거야. 한 시간쯤 있으면 공장에서 첫번째 칩들이 나올 거야. 그때까지 남아서 어떻게 작동하는지 봐야 할 것 같아."

"그렇게 나쁜가?"

예카트리나는 그를 쳐다보지 않고 고개를 저었다.

"이봐, 당신은 여기에서 결과를 기다리고 있고, 난 당신이 얼마나 지쳤는지 알 수 있어. 이 일로 엄청나게 달리고 있는 거 아냐."

"네가 아는 것 이상이지. 지금 막 산수를 다시 해 보고 있었어. 상황은 네가 상상할 수 있는 것 이상으로 나빠."

그녀는 황량하게 말했다.

그는 손을 뻗어 그녀의 핏기 없는 차가운 손을 잡았다. 그녀는 그의 손을 아플 정도로 꽉 쥐었다. 눈이 마주쳤고 그는 그녀의 눈에서 그가 느끼는 두려움과 의문을 그대로 보았다.

그들은 말 없이 일어섰다.

"난 혼자 자."

예카트리나가 말했다. 그녀는 그의 손을 놓아 주지 않았다. 사실은 너무나 꽉 쥐고 있어서, 영영 놓지 않을 것만 같았다.

군터는 그녀가 이끄는 대로 걸어갔다.

그들은 사랑을 나누고, 조용한 목소리로 하찮은 일들에 대해 잡담을 나누고, 다시 사랑을 나누었다. 군터는 그녀가 처음 도달하자마자 잠들 줄 알았지만, 그녀는 불안한 에너지로 가득 차 있었다.

"느낄 것 같으면 말해." 그녀가 중얼거렸다. "느끼면 말해."

그는 움직임을 멈췄다.

"왜 늘 그런 말을 하지?"

예카트리나는 멍하니 그를 올려다보았고, 그는 같은 질문을 되풀이했다. 그러자 그녀는 깊고 묵직한 웃음소리를 냈다.

"난 불감증이니까."

"허?"

그녀는 그의 손을 잡고, 그 손으로 자기 뺨을 쓸었다. 그러더니 고개를 숙이고 자기 목과 두개골 옆을 따라 손을 움직였다. 그의 손바닥에 짧고 간질간질한 머리털이 만져지더니, 그녀의 귀 뒤에서 피부 아래에 바이오 칩이 삽입되어 생긴 돌기에 도달했다. 하나는 트랜스 칩이었고 하나는…… "보철물이야." 그녀는 무거운 잿빛 눈으로 설명했다. "쾌락 중추에 걸려 있지. 필요하면 생각으로 오르가슴을 켤 수 있어. 그렇게 하면 언제나 당신과 같이 느낄 수 있어."

그녀는 말하면서 그의 몸 아래에서 천천히 엉덩이를 움직였다.

"하지만 그렇다면 당신에겐 성적인 자극이 조금도 필요하지 않은 거잖아? 의지로 오르가슴을 켤 수 있으니. 버스를 타고 있을 때도. 책상 앞에 앉아 있을 때도. 그냥 그걸 켜고 몇 시간씩 느낄 수도 있잖아."

그녀는 재미있어 하는 표정이었다.

"비밀을 말해 줄까. 막 부착했을 땐 나도 그런 묘기를 즐기곤 했어. 다들 그랬지. 그런 건 금세 벗어나게 돼."

자존심이 상처받은 것 이상의 기분으로 군터는 말했다.

"그렇다면 난 여기서 뭘 하고 있는 거지? 그런 게 있다면 내가 뭐하러 필요하고?"

그는 몸을 빼기 시작했다.

그녀는 그를 다시 자기 몸 위로 끌어내렸다.

"위안 같은 거지. 논쟁의 여지는 있지만…… 이리 와."

그는 잠자리로 돌아가서 작업복 부품을 모으기 시작했다. 리자가 잠결에 일어나 앉더니 멍청히 그를 바라보았다.

"그래서, 그렇게 된 거란 말이지?"

"응, 그래. 미처 끝내지 못한 일이 남아 있었어. 예전 관계랄까." 그는 조심스레 손을 내밀었다. "나쁜 감정은 없는 거지?"

그녀는 그의 손을 무시하고, 벌거벗은 채 화를 내며 일어섰다.

"무슨 낯짝으로 네 물건에서 내 웃음부터 지우지도 않고 거기 서서 나쁜 감정은 없단 소릴 지껄여? 나쁜 자식!"

"아, 진정해, 리자. 그런 게 아니야."

"좆 같은 소리 하네! 그 궁둥짝 하얀 러시아 얼음 여왕에게 꽂혔으니 난 과거사라 이거지. 내가 그년에 대해 모를 줄 알아?"

"어, 헤어지고도 친구로 남을 수 있을 줄 알았는데."

"웃기시네, 머저리." 그녀는 주먹을 쥐고 그의 가슴팍을 세게 때렸다. 리자의 눈에 눈물이 맺히기 시작했다. "꺼져. 널 보는 것도 지겨워졌어."

그는 떠났다.

하지만 잠을 자지는 못했다. 예카트리나는 깨어 있었고 새로운 통제 시스템에서 나온 첫번째 보고서를 보고 열광하고 있었다. 그녀가 외쳤다. "작동해! 작동한다고!" 그녀는 실크 캐미솔을 입고 허리까지 벗은 채로 흥분해서 걸어다녔다. 음모는 하얀 불꽃이었고, 보일락말락한 작은 털들이 배꼽으로 뻗어 갔으며 허벅지 안쪽을 부드럽게 쓸었다. 군터는 피곤한 와중에도 그녀에 대한 새로운 갈망을 느꼈다. 피곤하고 지친 상태로도 행복했다.

"와아!" 그녀는 그에게 성적인 의미는 없이 세게 입을 맞추고, CMP를 불렀다. "초기 계획을 다 다시 돌려. 감염자들을 다시 일터로 보낼 거야. 모든 작업 일정을 조정해."

"지시대로 수행합니다."

"이 상황이 장기적인 전망에 어떤 변화를 주지?"

프로그램은 몇 초 동안 말 없이 데이터를 처리하다가 말했다.

"필요하지만 무척 위험한 회복 단계에 들어서게 됩니다. 전망은 낮고 안정성이 높은 상황에서 전망은 높고 안정성은 낮은 상황으로 진입합니다. 여가가 생기면 비감염자들은 이 정부에 빠른 속도로 불만을 갖게 될 것입니다."

"내가 그냥 그만두면?"

"전망이 극도로 나빠집니다."

예카트리나는 고개를 숙였다.

"좋아, 가장 긴급하게 다가올 새로운 문제점은 무엇일까?"

"비감염자들은 지구의 전쟁에 대해 더 알고 싶다고 요구할 것입니다. 미디어를 즉각 복구하고자 할 것입니다."

군터가 끼어들었다.

"수신기는 쉽게 정비할 수 있어. 대단한 물건은 아니라도—"

"안돼!"

"어? 왜?"

"군터, 이렇게만 설명할게. 여기에서 제일 많이 나타나는 국적 두 개가 뭐지?"

"어, 아마 러시아랑——아."

"그래. 지금으로서는 아무도 누가 누구의 적인지 확실히 알지 못하는 게 최선이라고 봐."

그녀는 CMP에게 물었다.

"내가 어떻게 대응해야 하지?"

"상황이 안정될 때까지는 주의를 다른 곳으로 돌리는 방법밖에 없습니다. 계속 다른 일을 생각하게 하십시오. 사보타주 범인들을 추적해서 전범 재판을 여십시오."

"그건 제외야. 마녀 사냥이나 희생양, 재판 같은 건 없어. 우린 모두 함께 갈 거야."

CMP는 감정 없이 말했다.

"폭력은 정부의 왼손입니다. 진지한 고려 없이 그 잠재력을 버리는 것은 성급합니다."

"그 문제는 논의하지 않겠어."

"알겠습니다. 당분간 무력 사용을 연기하고자 한다면, 부트스트랩에서 사용된 무기를 추적하는 쪽으로 방향을 돌릴 수 있습니다. 무기를 찾아서 확인하는 작업은 누군가를 연루시키지 않으면서 모두의 에너지를 끌어들일 수 있습니다. 또한 이 행동은 궁극적인 치료법이 나올 수도 있다는 의미로 해석될 여지가 있으며, 따라서 실질적으로 거짓말을 하지 않고 사람들의 사기를 고양시킬 수 있습니다."

예카트리나는 이미 여러 차례 되풀이한 일처럼 피곤한 얼굴로 말했다.

"정말로 치료법에 대한 희망은 없는 건가?"

"불가능한 일은 없습니다. 그러나 현재 자원에 비추어 보았을 때 고려하기 어렵습니다."

예카트리나는 생각으로 피시를 끄고, CMP를 놓아주었다. 그녀는 한숨을 내쉬었다.

"그래야 할지도 모르겠어. 무기 사냥을 고집하는 것. 그걸로 뭔가 할 수 있어야 하는데."

군터는 어리둥절해서 말했다.

"하지만 그건 챙의 무기 아니었어? 정신분열 엔진이었잖아?"

"어디에서 그런 말을 들었지?" 그녀는 날카롭게 물었다.

"어, 크리슈나가 말했는데…… 녀석이 별로 중요한 일도 아닌 것처럼 굴길래…… 다들 아는 일인 줄 알았지."

예카트리나의 얼굴이 굳어졌다.

"프로그램!"

CMP가 되살아났다.

"대기."

"비감염자, 5조, 크리슈나 나라심한을 찾아. 지금 바로 그와 이야기하고 싶다." 예카트리나는 팬티와 반바지를 낚아채어 맹렬히 옷을 입기 시작했다. "빌어먹을 샌들은 어디 있는 거야? 프로그램! 크리슈나에게 공용실에서 만나자고 해. 당장."

"명령 수신."

군터로서는 놀랍게도, 예카트리나가 크리슈나를 위협해서 항복을 받아내는 데 한 시간이 넘게 걸렸다. 그러나 결국 크리슈나는 금고로 가서 자기 신분을 증명하고 보관함을 열었다. 그는 사과하듯 말했다.

"다 그렇게 엄중한 건 아니에요. 후원자들이 우리가 얼마나 자주 모든 걸 열어 두고 드나드는지 알았다면 —— 뭐, 그 얘긴 그만두고요."

그는 보관함에서 손바닥만한 크기의 납작한 금속 사각형을 들어 올렸다.

"이게 가장 가능성 높은 발사 수단이에요. 분무 폭탄이죠. 여기에 생물학 병원체를 장전하고, 여기 뒤쪽을 당기면 발사되고요. 15미터 앞까지 병원체를 내뿜을 만한 압력이에요. 나머지 일은 기류가 알아서 하죠." 그는 공포에 질린 눈으로 보고 있던 군터에게 그 물건을 던졌다. "걱정 마. 장전은 안 됐어."

크리슈나는 반짝이는 가느다란 크롬 주사기가 줄지어 담긴 가느다란 서랍 열을 뽑았다.

"이것들은 안에 엔진이 들어 있어요. 표준형 나노무기죠. 예술적인 수준의 물건일 겁니다." 그는 손가락으로 주사기를 쓸었다. "우린 이 주사기 각각이 다른 혼합 신경전달물질을 배출하도록 프로그램했어요. 도파민, 펜시클리딘, 노르에피네프린, 아세틸콜린, 메트엔케팔린, P물질, 세로토닌…… 여기에 묵직한 천국의 조각이 든 셈이지요. 그리고 ——" 그는 빈 공간을 두드렸다. "바로 여기에 잃어버린 지옥의 조각이 있고." 그는 얼굴을 찌푸리고 중얼거렸다. "묘하군. 없어진 주사기가 두 개인데?"

"뭐라고요? 방금 한 말을 못 알아들었어요."

예카트리나가 말했다.

"아, 중요한 건 아니에요. 음, 저기, 내가 생물학 통로 도표를 몇 개 당겨와서 이런 물질들의 화학적인 기초를 보여 준다면 도움이 될지도요."

"괜찮아요. 그냥 단순하고 친절하게 말해줘요. 이 정신분열 엔진에 대해 말해 봐요."

설명에만 한 시간이 넘게 걸렸다.

엔진은 분자 크기의 화학 제조기였다. 미소 제조용 조립기와 비슷했다. 이 엔진들은 챙의 연구팀이 군대의 앞길에 분사하여 충성심을 변화시킬 수 있는 분무형 무기를 개발해 낼 거라는 희망으로 군부에서 공급했다. 군터는 크리슈나가 왜 그것이 불가능한지 설명하는 동안 잠시 졸다가, 미세 엔진이 두뇌까지 도달한 후에 깨어났다.

크리슈나가 설명했다.

"사실은 거짓 정신분열이죠. 진짜 정신분열증은 아름다울 정도로 복잡한 메커니즘이에요. 이 엔진들이 만들어내는 건 지하실에서 파는 모조품에 가까워요. 두뇌 화학작용을 장악하고 도파민과 다른 몇 가지 신경매개물질을 퍼내는 거예요. 그 자체가 실제 질환은 아니죠. 그저 뇌가 계속 팔딱거리게 만든다 뿐이지." 그는 기침을 했다. "알겠죠?"

"알았어요. 좋아요. 그래서 당신은 이런 걸 재프로그램할 수 있단 말이죠. 어떻게?"

에카트리나가 말했다.

"전문적으로는 메신저 엔진이라고 부르는 걸 씁니다. 신경변조기 비슷한 거예요. 정신분열 엔진에게 무슨 일을 할지 말하는 거죠." 그는 다른 서랍을 열고 무미건조하게 말했다. "없어졌군요."

"괜찮다면 화제를 돌리지 말죠. 재고품 걱정은 나중에 해요. 이 메신저 엔진에 대해 말해 봐요. 메신저 엔진을 잔뜩 만들어서, 정신분열 엔진에게 가동을 중지하라고 말할 수 있는 건가요?"

"두 가지 이유에서 안 돼요. 우선 이 분자들은 스위스 오비털에서 만든 수제품이었어요. 우리에겐 그걸 만들 만한 설비가 없어요. 이 엔진에는 스위치가 없어요. 진짜 기계라기보다는 촉매에 가깝거든요. 다른 화학물을 생산하도록 바꿀 수는 있겠지만……" 그는 말을 멈추더니 먼 곳을 보는 표정을 지었다. "젠장." 그가 피시를 움켜쥐자 한 쪽 벽에 화학통로 도표가 나타났다. 그러더니 그 옆에 주요 신경기능의 목록이 떴다. 그러더니 휘갈겨 쓴 행동표상들로 뒤덮인 다른 도표가 떴다. 점점 더 많은 데이터가 벽을 채웠다.

"어, 크리슈나……?"

"아, 좀 있어 봐요. 중요한 일이에요."

크리슈나가 날카롭게 말했다.

"치료법을 알아낼 수 있을 것 같아요?"

"치료법? 아뇨. 그보다 더 좋은 거예요. 훨씬 좋은 거죠."

예카트리나와 군터는 서로를 마주보았다. 그리고 예카트리나가 말했다.

"필요한 거 있어요? 도와줄 사람을 붙여 줄까요?"

"메신저 엔진이 필요해요. 그걸 찾아줘요."

"어떻게? 어떻게 그걸 찾죠? 어딜 봐야 해요?"

"샐리 챙." 크리슈나는 짜증스럽게 말했다. "그 여자가 가지고 있을 거예요. 다른 사람에겐 접근권이 없었으니까." 그는 라이트펜을 낚아채더니 벽에 이해하기 어려운 공식을 휘갈기기 시작했다.

"내가 찾아줄게요. 프로그램!"

"챙은 환자야." 군터가 상기시켰다. "분무 폭탄을 맞았을 거라고." 자기가 설치한 물건에 말이다. 챙을 움직인 정부가 어디인지 알아낼 단서를 없애는 깔끔한 방식이었다. 챙은 제일 처음 미쳐 버린 사람 중에 있었을 것이다.

예카트리나는 얼굴을 찌푸리며 코를 비틀었다.

"너무 오래 깨어 있었나 봐." 그녀는 이어서 말했다. "좋아요, 이해했어요. 크리슈나, 지금부터 당신은 연구에만 매진해요. CMP가 당신 조장에게 알릴 거예요. 지원이 필요하면 나에게 알려줘요. 이 빌어먹을 무기를 끌 방법을 찾아줘요."

그녀는 크리슈나가 어깨를 으쓱이는 모습을 무시하고 군터에게 말했다.

"당신을 4조에서 빼 줄게. 지금부터는 나에게 직접 보고해. 당신이 챙을 찾아줬으면 해. 챙을 찾고, 메신저 엔진도 찾아."

군터는 녹초가 된 상태였다. 여덟 시간을 푹 잔게 언제였는지 기억할 수 없었다. 그래도 그는 자신감 있는 웃음을 지었다. 아니, 그래 보이길 희망했다.

"명령 수신."

미친 여자라면 제 몸을 숨길 수 없어야 마땅하다. 샐리 챙은 할 수 있었다. 아무도 CMP의 주의를 피할 수 없어야 마땅했다. CMP는 이제 점점 더 많은 감염자들에게 연결되어 있었다. 그러나 샐리 챙은 피했다. CMP는 군터에게 감염자들 중에 챙의 행방을 아는 사람은 없다고 알렸다. CMP는 챙이 발견될 때까지 모든 감염자가 한 시간에 한 번씩 주위를 둘러보도록 했다.

서쪽 터널에서는 벽이 뜯겨나가서 공장 내부만한 공간이 만들어져 있었다. 원격제어기들이 돌아왔고, 지금은 200명 가까운 감염자들이 서로의 지시 범위를 침범하지 않도록 서로 거리를 벌리고 조종했다. 군터는 CMP의 속삭임을 뚫고 그들 곁을 걸어갔다.

"불도저는 다 헤아렸습니까? 그러면…… 고장을 일으킨 기계는 모두 치우세요. 레일 윗면에 진공 용접을 하는 데 쓸 수 있으니까…… 온도 저하, 산소 공급이 호환 가능한지 확인……"

멀리 끄트머리에서 작업복 하나가 감독 장치를 무릎에 올려놓고 의자에 앉아 있었다.

"어떻게 되어가?"

226

군터가 물었다.

"최고야."

그는 타카유니의 목소리를 알아들었다. 그들은 플라마프리온 초단파 중계소에서 함께 일했었다.

"공장은 거의 가동 중이고, 레일건 작업도 재개하는 중이야. 여기 효율이 얼마나 좋은지 믿지 못할걸."

"좋은가 보지?"

타카유니는 씩 웃었다. 군터는 목소리로 그 웃음기를 알 수 있었다.

"부지런한 놈들이야!"

타카유니는 챙을 보지 못했다고 했다. 군터는 계속 이동했다.

몇 시간 후 그는 지친 몸으로 노구치 공원에 앉아서 무릎 높이의 숲이 있던 자리에 파헤쳐진 흙을 보고 있었다. 묘목 하나 남지 않았다. 은빛 자작나무는 달 생물처럼 멸종해 버렸다. 기름이 뜬 중앙 호수에 죽은 잉어가 배를 위로 하고 떠 있었다. 이제는 호수 주위에 사슬 울타리를 쳐서 환자들이 들어가지 못하게 막았다. 그러나 아직 쓰레기를 치울 시간은 없었고, 주위를 둘러보니 사방이 쓰레기였다. 슬펐다. 지구가 떠올랐다.

계속 움직여야 할 때라는 걸 알지만, 움직일 수가 없었다. 머리가 수그러들다가 가슴을 건드리고 퍼뜩 올라갔다. 시간이 꽤 지나 있었다.

시야 가장자리에 움직임이 보여서 몸을 돌렸다. 파스텔 톤의 라벤더색 고급 작업복을 입은 사람이 서둘러 지나가고 있었다. 일전에 그에게 행정관 사무실에 가 보라고 말했던 여자였다.

"이봐요!" 그는 외쳤다. "당신이 말한 곳에서 모두를 찾았어요. 고마워요. 조금 겁먹던 참이었는데."

라벤더색 작업복은 몸을 돌렸다. 검은 유리 위로 햇빛이 반짝였다. 길고 고요한 1분이 지나고 여자가 말했다. "별 말씀을." 그리고 다시 움직였다.

"샐리 챙을 찾고 있는데요, 알아요? 본 적 있어요? 몸집 작고 화려하고, 밝은 색 옷을 입고, 화장 진하게 한 감염자인데."

"도움이 못 될 것 같네요." 라벤더 작업복은 팔에 산소탱크를 세 개 안고 있었다. "밀짚시장에 가보지 그래요. 밝은 색 옷이라면 거기 많던데." 여자는 어느 터널 입구로 몸을 숙이고 들어가 버렸다.

군터는 심란한 기분으로 그 뒤를 응시하다가 고개를 저었다. 정말이지 너무, 너무 피곤했다.

밀짚시장은 태풍이라도 휩쓸고 간 듯한 모양새였다. 천막은 뜯겨나갔고, 스탠드는 넘어졌고, 상품은 약탈당했다. 발밑에 오렌지색과 녹색 유리조각이 밟혔다. 그래도 1년치 봉급에 맞먹는 이탈리아 스카프 판매대는 쓰레기 한가운데에 건드리지 않은 채 놓여 있었다. 이치에 닿지 않았다.

시장 여기저기에서 감염자들이 부지런히 청소를 하고 있었다. 그들은 허리를 굽히고 치우고 쓸었다. 그중 한 명이 작업복에게 맞고 있었다.

군터는 눈을 껌벅였다. 실제 사건으로 반응할 수가 없었다. 여자는 떨어지는 주먹에 움찔거리며 새된 비명을 지르고 허둥지둥 달아났다. 천막 하나가 다시 세워져 있었는데, 그 무지갯빛 실크 그늘 속에 다른 작업복 네 명이 기대어 앉아 있었다. 그 여자를 도우려는 사람은 아무도 없었다.

"어이!" 군터가 외쳤다. 마치 대사도 외우지 못하고 플롯이나 자기 역할에 대한 개념도 없이 극 중간에 던져진 것처럼 소름끼치는 자의식이 뒤따랐다. "그만둬!"

작업복은 그를 돌아보았다. 장갑을 낀 한쪽 손에 호리호리한 여자의 팔을 쥐고 있었다. "꺼져."

남자 목소리가 무선으로 을러댔다.

"도대체 무슨 짓이야? 당신 누구야?" 남자는 비감염자 중에 십여 명쯤 있는 웨스팅하우스 작업복 차림이었다. 그러나 군터는 복부 패널에 신장(腎臟) 모양으로 탄 갈색 자국을 알아보았다.

"포스너? 그 여자 놔줘."

"여자가 아니지. 이것 봐, 이건 사람도 아니야. 그냥 감염자라고."

군터는 헬멧 기록 기능을 켜고 경고했다.

"녹화 중이야. 다시 한 번 그 여자를 때리면 예카트리나가 보게 될 거야. 내가 약속하지."

포스너는 여자를 풀어주었다. 여자가 1, 2초쯤 멍하니 서 있자 피시로 흘러나오는 목소리가 통제력을 회복했다. 여자는 빗자루를 집어들고 작업장으로 돌아갔다.

군터는 헬멧 녹화를 끄고 말했다.

"좋아. 도대체 저 여자가 무슨 짓을 했어?"

포스너는 분개하여 한쪽 발을 내밀더니 험악하게 가리켰다.

"내 부츠에 오줌을 싸 놨어!"

천막 안에서 작업복들이 흥미진진하게 지켜보고 있었다. 그들이 큰 소리로 외쳤다.

"그거야 자네 잘못이지, 뭘! 내가 개인 위생에 신경 쓸 시간은 없다고 했잖아."

"습기 조금 가지고 뭘 그래. 진공에 나가면 바로 증발할 텐데!"

그러나 군터는 듣고 있지 않았다. 그는 포스너가 때리던 감염자를 응시하며 왜 진작 아냐를 알아보지 못했을까 생각했다. 입을 꾹 다물고, 얼굴은 걱정으로 잔뜩 일그러져 있었다. 마치 너무 많이 다친 뒤 통수에 열쇠라도 들어 있는 것처럼. 어깨도 앞으로 구부러졌다. 그러나 조용했다.

"미안해, 아냐. 히로가 죽었어. 우리가 할 수 있는 일이 없었어."

아냐는 아무것도 모른 채 불행하게 비질을 계속했다.

그는 교대조 마지막 지트니를 타고 센터로 돌아갔다. 집에 다시 오니 좋았다. 미이코 에즈미가 멀리 떨어진 공장들에서 산소와 물을 약탈해 오기로 결정하고, 바위를 파서 샤워실을 만들어 두었다. 오랫동안 줄을 서서 3분밖에 쓰지 못했고 비누도 없었지만 아무도 불평하지 않았다. 어떤 사람들은 시간을 합쳐서 두셋이 함께 씻기도 했다. 차례를 기다리는 사람들이 거친 농담을 던졌다.

군터는 씻고, 깨끗한 반바지와 글라프코스모스* 티셔츠를 챙겨서 복도를 걸어갔다. 그는 공용실 밖에서 멈칫 하고는 테이블 주위에 둘러앉은 무리가 자기들이 만난 각양각색의 감염자들에 대해 떠드는 이야기에 귀를 기울였다.

"쥐사냥꾼 본 적 있어?"

"아 그럼, 그리고 오필리아!"

"교황!"

"오리 부인!"

"오리 부인이야 모르는 사람이 없지!"

그들은 왁자지껄하게 웃었다. 방 안에서는 따뜻한 공동체의 느낌, 군터의 아버지가 감상적으로 '게뮬트리히카이트Gemutlichkeit' 라고 부르던 느낌이 흘러나왔다. 군터는 안으로 발을 들였다.

리자 나젠다가 잇몸이 드러날 정도로 깔깔거리다가 그를 보고 얼어붙었다. 턱이 딱 소리를 내며 닫혔다.

* 러시아에서 1985년에 설립된 비군사 우주활동 총괄 기구.

"흠, 이즈마일로바의 개인 첩자 아니셔!"

"뭐?"

이 비난에 군터는 숨이 턱 막혔다. 그는 무력하게 방안을 둘러보았다. 아무도 그와 눈을 맞추지 않았다. 모두가 침묵에 빠져 있었다.

리자의 얼굴은 분노로 잿빛이었다.

"들었잖아! 크리슈나를 고자질한 게 너 아냐?"

"완전히 엇나갔군! 철면피하게 무——" 그는 가까스로 자신을 제어했다. 리자의 히스테리에 똑같이 대응해봐야 소용없는 일이었다. "나와 이즈마일로바의 관계가 뭐든 네가 상관할 일은 아니야." 그는 테이블 주위를 돌아보았다. "너희들이 알 자격이 있다곤 생각 안 하지만, 크리슈나는 치료법을 찾는 중이야. 내가 말했거나 행동한 것이 크리슈나를 연구실로 돌려보냈다면 그래, 그렇다고 치지."

리자는 히죽 웃었다.

"그럼 윌 포스너를 밀고한 건 어떻게 변명할래?"

"내가 언제——"

"우리 모두 들었어! 포스너한테 네 작은 헬멧 비디오를 들고 그 잘나신 이즈마일로바에게 바로 갈 거라고 했다면서."

"이봐, 리자."

타카유니가 입을 열었지만 리자는 그를 막았다.

"포스너가 무슨 짓을 하고 있었는지 알아?" 군터는 리자의 얼굴에 삿대질을 했다. "응? 아냐고? 여자를 때리고 있었어. 아냐를! 공공연히 아냐를 두들겨 패고 있었다고!"

"그래서 뭐? 포스너는 우리 중 한 사람 아냐? 정신 나가고, 눈은 죽고, 소리나 질러대고, 침이나 흘리는 감염자가 아니라!"

"이 썩을년! 죽여 버리고 말겠어!"

군터는 분노해서 테이블 너머 리자에게 달려들었다. 사람들이 그에게서 물러서고 달려들면서 일대 혼란이 벌어졌다. 포스너가 팔을 활짝 벌리고 턱을 단호하게 내밀고 군터 앞에 나섰다. 군터는 그의 얼굴을 때렸다. 포스너는 놀란 얼굴로 넘어졌다. 군터는 손이 얼얼했지만 이상하게 기분이 좋아졌다. 다른 사람이 모두 미쳤다면 왜 그라고 못 미치겠는가?

"방금 했지! 네가 그런 놈인 줄 진작에 알았어!"

리자가 새된 소리를 질렀다.

타카유니가 리자를 잡고 한쪽으로 끌고 갔다. 해밀턴이 군터를 잡고 반대쪽으로 당겼다. 포스너는 친구 둘에게 부축을 받고 있었다.

"너한텐 신물이 나! 이 싸구려 창녀!"

군터가 외쳤다.

"들었지! 저놈이 날 뭐라고 부르나 봐!"

그들은 소리를 지르며 반대쪽 문으로 밀려갔다.

"이제 됐어, 군터." 베스 해밀턴은 그를 제일 처음 보이는 벽감에 밀어넣었다. 그는 몸을 떨면서 벽에 기대앉아서 눈을 감았다. "이제 괜찮아."

그러나 괜찮지 않았다. 군터는 문득 예카트리나를 빼면 친구가 하나도 남지 않았음을 깨달았다. 진짜 친구, 가까운 친구는 아무도 없었다. 어떻게 이런 일이 일어날 수가 있지? 마치 모두가 늑대인간으로 변한 것 같았다. 실제로 미치지 않은 사람들이라 해도 괴물인 것은 마찬가지였다.

"이해가 안 가."

해밀턴은 한숨을 내쉬었다.

"뭐가 이해가 안 가, 바일?"

"사람들이 ――우리가 감염자를 다루는 방식. 포스너가 아냐를 때리고 있었을 때, 근처에 작업복이 넷이나 서 있었는데 아무도 포스너를 말리려고 손가락 하나 까딱하지 않았어. 한 명도! 그리고 나도 그렇게 느꼈어. 나머지 놈들보다 나은 척해봐야 소용없다는 느낌. 그냥 걸어가서 아무것도 못 본 척하고 싶었지. 도대체 우리에게 무슨 일이 일어난 거야?'

해밀턴은 어깨를 으쓱였다. 둥글고 밋밋한 얼굴 주위로 검은머리가 짧게 자라 있었다.

"난 어렸을 때 꽤 비싼 학교에 다녔지. 어느 해에는 인성을 풍성하게 해 준다는 활동을 했어. 알아? 인생 실험이라는 거. 우린 두 무리로 나뉘었어. 한쪽은 죄수, 한쪽은 간수였지. 죄수들은 간수에게 허락을 얻지 못하면 배정된 지역을 떠날 수 없었고, 간수들은 더 맛있는 점심을 먹을 수 있고 등등. 아주 단순한 규칙이었지. 난 간수였어.

실험이 시작되자마자 우린 죄수들에게 못되게 굴기 시작했어. 죄수들을 밀치고, 소리를 지르고, 줄을 세웠지. 놀라운 건 죄수들이 우리가 그러게 놔뒀다는 거야. 5대 1로 죄수 숫자가 많았는데도. 우리에겐 그런 짓을 할 권리도 없었지. 하지만 누구 하나 불평하지 않았어. 누구 하나 일어서서 아니라고, 너흰 이럴 수 없다고 말하지 않았어. 그들은 게임대로 했어.

그 달이 끝났을 때, 프로젝트는 끝났고 우린 무엇을 배웠는지에 대한 세미나를 했어. 파시즘의 뿌리가 어쩌고 저쩌고. 한나 아렌트를 읽어 봐. 그런 다음에 모든 게 끝났어. 나랑 제일 친하던 친구가 다시는 나에게 말을 걸지 않았다는 점만 빼면. 그렇지만 걜 나무랄 수가 없었지. 내가 한 짓을 생각하면."

"내가 진짜로 배운 게 뭐냐고? 사람들은 주어진 역할대로 행동한다는 거야. 그들은 그게 자기들이 하는 짓인 줄도 모르고 그렇게 해. 소수자를 택해서 특별하다고 말해 주고 간수로 만들어줘 봐. 그러면 간수 노릇을 하기 시작할 거야."

"그래서 답이 뭐야? 어떻게 하면 우리가 맡은 역할에 사로잡히지 않을 수 있지?"

"내가 알면 얼마나 좋게, 바일. 내가 알면."

예카트리나는 새로 판 터널 끝으로 잠자리를 옮겼다. 그 터널에는 방이 하나뿐이었고, 따라서 그녀에게는 사생활이 충분했다. 군터가 들어서는데 트랜스 칩으로 정적인 음성이 흘러들어왔다. "······충격적인 보고입니다. 카이로에서는 정부 관료들이······" 끊어졌다.

"이야! 복구에 성공──"

그는 말을 멈췄다. 무선 수신이 복구되었다면 그도 알았을 것이다. 센터에서 모두가 떠들었을 것이다. 그렇다면 무선 접촉은 완전히 끊어진 적이 없었다는 말이 된다. 그저 CMP가 통제하고 있었을 뿐이다.

예카트리나는 그를 쳐다보았다. 울고 있다가 그친 얼굴이었다.

"스위스 오비털이 사라졌어!" 그녀는 속삭였다. "연성 폭탄에서부터 열추적 미사일에 이르기까지 온갖 걸로 때렸어. 조선소를 먼지로 만들었어."

그녀가 말하는 모든 죽음의 범위가 잠시 동안 흐릿하게 다가왔다. 그는 옆 의자에 주저앉았다.

"하지만 그렇다면──"

"그래, 우리에게 올 수 있는 우주선이 없어. 이동 중인 우주선이 없는 한 우린 여기에서 오도가도 못하는 거야."

그는 그녀를 끌어안았다. 그녀는 몸이 차가웠고 떨고 있었다. 피부가 차고 끈적한 데다 소름이 돋아 있었다. "잠을 자본 지 얼마나 오래된 거야?"

그는 날카롭게 추궁했다.

"난 도저히——"

"약으로 버틴 거 맞지?"

"나에겐 잠을 잘 여유가 없어. 지금은 안 돼. 나중에."

"예카트리나, 약으로 끌어내는 에너지는 공짜가 아니야. 당신 몸에서 빌리는 것뿐이라고. 약효가 떨어지고 나면 한꺼번에 청구될 거란 말이야. 약에 지나치게 의존하다간 곧장 혼수상태에 빠져 버릴 거야."

"그렇게는——" 발뺌을 하던 그녀의 눈에 혼란스럽고 자신 없는 빛이 스며들었다. "당신 말이 맞을지도 몰라. 휴식을 좀 취할 수 있을지도 모르지."

CMP가 살아났다.

"9조가 무선 수신기를 만들고 있습니다. 에즈미가 그들에게 허가를 내렸습니다."

"젠장!" 예카트리나가 벌떡 일어나 앉았다. "막을 수 있나?"

"광범위한 인기를 얻고 있는 프로젝트를 방해하는 일에는 잃을 수 없는 신뢰도를 잃는 대가가 따릅니다."

"좋아, 그러면 어떻게 영향을 최소화——"

"예카트리나. 잠, 기억나?"

군터가 말했다.

"잠깐만, 자기." 그녀는 이불을 두드렸다. "누워서 기다려. 당신이 잠들기 전에 매듭짓고 올게." 그녀는 부드럽게, 망설이듯이 입을 맞추었다. "괜찮지?"

"그래, 물론이지."

그는 누워서 눈을 감았다. 아주 잠깐.

깨어났을 때는 근무하러 나갈 시간이었고, 예카트리나는 없었다.

블라디보스토크 사태에서 5일밖에 지나지 않았다. 그러나 모든 것이 너무 달라져서 그 전 시대는 마치 다른 세상의 기억 같았다. 그는 생각했다. 전생에 난 군터 바일이었지. 살고 일하고 가끔 웃기도 했어. 그때는 인생이 꽤 괜찮았는데.

희망은 거의 없었지만 그는 아직도 샐리 쳉을 찾아다니고 있었다. 이제는 작업복에게 말을 걸 때마다 도움이 필요한지 물었다. 필요 없다는 사람이 점점 많아졌다.

3층 예배당은 테라스 벽을 마주보는 얕은 원형극장이었다. 바닥 성단소(聖壇所) 주위에는 참나리가 자랐고, 청록색 도마뱀들이 바위 위를 뛰어다녔다. 아이들은 성단소에서 공놀이를 하고 있었다. 군터는 위쪽에 서서 슬픈 목소리의 료헤이 이오마토와 잡담을 나눴다.

아이들은 공을 치우고 춤을 추기 시작했다. 〈런던 브릿지〉였다. 군터는 웃는 얼굴로 아이들을 지켜보았다. 위에서 본 아이들은 수많은 색채의 점이었고, 알아서 피고 지는 꽃이었다. 서서히 미소가 사라졌다. 아이들은 지나치게 춤을 잘 추고 있었다. 한 명도 걸음을 잘못 디디거나 위치를 놓치거나 앵돌아져서 튀어나가지 않았다. 집중하고 몰두하는 표정들. 비인간적이었다. 군터는 외면할 수밖에 없었다.

이오마토가 말했다.

"CMP가 조종하지. 사실 내가 할 일은 별로 없어. 비디오를 뒤져서 아이들이 할 놀이, 부를 노래, 건강을 유지해 줄 운동을 고르기만 하면 돼. 가끔은 그림을 그리게 하기도 하고."

"맙소사, 어떻게 이걸 견뎌?"

이오마토는 한숨을 내쉬었다.

"우리 아버진 알콜 중독자였어. 꽤 거친 삶을 사셨고, 어느 시점부턴가 고통을 덮기 위해 술을 마시기 시작했지. 어떻게 됐는지 알아?"

"통하지 않았군."

"그래. 전보다 더 비참해졌지. 그러자 술에 취할 이유가 두 배가 됐어. 난 설득했지만, 아버진 계속 시도했어. 일이 생각한 방식대로 돌아가지 않는다는 이유만으로 본인이 믿는 걸 포기할 수 있는 사람이 아니었던 거야."

군터는 아무 말도 하지 않았다.

"내가 헬멧을 벗고 저기 합류하지 못하게 막는 건 오직 그 기억뿐인 것 같아."

통합 비디오 센터는 제일 먼 터널 구역 안에 좁게 늘어선 사무실들이었다. 이곳에서는 지구에 있는 시설 좋은 비디오 센터로 보내기 전에 광고와 부수적인 사업에 쓸 장면들을 처리했다.

원래는 붐비던 방들을 통과하면서 아무도 보지 못하는 것은 기운 빠지는 일이었다. 책상들과 어지럽게 흩어진 워크스테이션들은 의도적으로 혼란스럽게 버려져 있어서, 마치 조작자들이 잠깐 쉬러 나갔을 뿐 금세 돌아올 것 같았다. 군터는 몸을 홱 돌렸다가 자기 그림자를 마주하고, 예기치 못한 소리에 움찔했다. 기계를 하나 끌 때마다 등 뒤의 정적은 더 커졌다. 월면에 나가 있을 때보다 두 배는 더 외로웠다.

그는 마지막 조명을 끄고 어둑한 복도로 들어갔다. 그림자 속에 H와 A가 얽힌 로고가 박힌 작업복 둘이 서 있었다. 그는 놀라서 펄쩍 뛰었다. 물론 빈 작업복일 것이다. 비감염자 중에는 현대 에어로스페이스 직원이 없었다. 누군가가 미치기 전에 이곳 임시 창고에 작업복을 버려둔 모양이었다.

작업복들이 그를 붙잡았다.

"어이!" 둘이 양쪽 팔을 잡고 들어올리자 그는 공포에 질려서 외쳤다. 한쪽이 그의 멜빵에서 피시를 낚아채 꺼 버렸다. 그는 무슨 일이 벌어지고 있는지 깨닫기도 전에 짧은 층계 아래로 끌려 내려가서 문을 지나 있었다.

"바일."

그는 아직 건설하지 않은 공기처리 시설을 위해 바위를 파서 만든 천장 높은 방에 와 있었다. 높이 매달린 임시 작업등 여러 개가 희미한 빛을 제공했다. 방 끄트머리에는 작업복 하나가 책상 뒤에 앉아 있고, 그 뒤에 둘이 더 서 있었다. 다들 현대 에어로스페이스 작업복을 입었다. 정체를 알아볼 방법이 없었다.

그를 데려온 작업복 둘이 팔짱을 꼈다.

군터가 물었다.

"이게 뭐야? 당신들 누구야?"

"다른 사람은 몰라도 너에게 말해 줄 일은 없지."

군터는 누가 말했는지 분간할 수 없었다. 목소리는 무선으로 날아왔고, 전자 필터를 통과하면서 성별과 개성을 잃었다.

"바일, 너는 동료 시민들에 대한 범죄를 고발당하여 서 있다. 자기 변호를 위해 할 말이 있나?"

"뭐?"

군터는 앞에, 그리고 양 옆에 있는 작업복들을 보았다. 그들은 구별할 수 없이 똑같았고, 그는 불현듯 그런 익명성으로 무장한 이들이 무슨 짓을 할 수 있을지 두려워졌다.

"들어봐, 당신들에겐 이럴 권리가 없어. 나에 대해 불만이 있다면 정부 조직이 있잖나."

"모두가 이즈마일로바의 정부에 만족하는 건 아니다."

판사가 말했다.

"하지만 그녀는 CMP를 통제하고 있고, 우린 CMP가 감염자들을

238

통제해 주지 않으면 부트스트랩을 운영할 수 없어." 두번째 사람이
덧붙였다.

"그러니 그녀를 피해서 일하는 수밖에."

군터는 이번에 말한 사람이 판사인지, 다른 작업복인지 알 수 없
었다.

"스스로를 위해 변호하고 싶나?"

"정확히 무슨 죄목으로 고발된 거지?" 군터는 절박한 심정으로 물
었다. "좋아, 어쩌면 내가 뭔가 잘못했을지도 모르지. 가능성은 받아
들이겠어. 하지만 당신들이 내 상황을 이해하지 못하는 건지도 모르
잖아. 그런 생각은 해 봤어?"

정적.

"말이지, 도대체 무엇 때문에 화가 난 거야? 포스너? 그거라면 미
안하지 않은데. 사과하지 않을 거야. 아프다는 이유만으로 사람을 막
대할 순 없어. 그들은 여전히 사람이야. 권리가 있다고."

정적.

"하지만 내가 무슨 첩자라거나 그렇게 생각하는 거라면, 내가 돌아
다니면서 사람들을 예카…… 이즈마일로바에게 일러바친다고 생각하
는 거라면 그건 사실이 아냐. 그래, 그녀와 이야기를 하긴 하지. 안 하
는 척하진 않겠어. 하지만 난 첩자도 뭣도 아니라고. 이즈마일로바에
게 첩자 같은 건 없어. 첩자가 필요하지도 않고! 그녀는 그저 사람들
이 흩어지지 않게 하려는 것뿐이야.

맙소사, 그녀가 당신들을 위해 무슨 짓을 했는지 모르지! 그녀가
얼마나 엉망이 됐는지 못봤을 거야! 이즈마일로바에게도 그만두는 게
좋아. 그런데도 버티는 건——"

무선으로 음산하고 어두운 전자음이 일어났고, 그는 상대방이 그
를 비웃고 있음을 깨닫고 말을 멈췄다.

"달리 말하고 싶은 사람 있나?"

군터를 끌고 온 작업복 중 하나가 나섰다.

"재판장님, 이자는 감염자가 인간이라고 말합니다. 그들이 우리의 지원과 지시 없이는 살 수 없다는 사실을 간과하고 있습니다. 그들의 지속적인 안녕은 우리의 끝없는 노동을 대가로 이루어지는 것입니다. 이자는 자기 입으로 유죄 판결을 내리고 있습니다. 법정이 이 범죄에 대한 징벌을 내릴 것을 청원합니다."

판사는 오른쪽 왼쪽을 보았다. 두 동료는 고개를 끄덕이고 뒤로 물러섰다. 책상 위에는 공기흡입관의 주둥이가 올라가 있었다. 군터는 두 작업복이 그와 똑같은 G5 작업복을 입은 누군가를 끌고 다시 들어왔을 때에야 그게 무엇인지 깨달았다.

"우린 널 죽일 수도 있다, 바일." 인공 음성이 딱딱거렸다. "하지만 그건 낭비가 되겠지. 모든 손과 모든 머리가 필요한 상황이니까. 필요할 때는 모두 하나로 뭉쳐야 해."

G5 작업복은 방 한가운데 혼자, 움직임 없이 서 있었다.

"봐라."

현대 작업복 두 명이 G5 작업복에게 다가갔다. 네 개의 손이 헬멧 봉인에 모였다. 그들은 숙련된 손길로 걸쇠를 풀고 헬멧을 들어올렸다. 워낙 빨리 진행된 탓에, 작업복 주인이 멈추려 했어도 실패했을 것이다.

헬멧 아래에는 공포에 질리고 혼란에 빠진 감염자의 얼굴이 있었다.

"바일, 제정신이라는 건 권리가 아니라 특권이다. 너는 유죄다. 그러나 우린 잔인한 사람들이 아니야. 이번 한 번은 경고만으로 풀어주겠다. 그러나 지금은 절박한 시기야. 다음에 또 불쾌한 짓을 하거나, 이번 만남처럼 사소한 일을 꼬마 장군에게 보고할 경우에는 —— 공식적인 심리를 생략할지도 모른다." 판사는 잠시 말을 멈췄다. "잘 알아 들었나?"

군터는 마지못해 고개를 끄덕였다.

"그러면 가도 좋다."

나가는 길에 작업복 하나가 피시를 돌려주었다.

다섯 명. 그는 이 일에 연관된 사람은 다섯 명을 넘지 않는다고 보았다. 한 두 명 더 있을지는 몰라도 그 정도다. 포스너가 이 일이 깊숙이 개입해 있을 것은 분명했다. 나머지를 알아내는 일도 그렇게 어렵지는 않을 것이다.

그러나 그는 위험을 무릅쓸 수 없었다.

근무가 끝나고 들어갔을 때 예카트리나는 이미 자고 있었다. 초췌하고 건강 상태가 나빠 보였다. 그는 그 옆에 무릎을 꿇고 손등으로 부드럽게 그녀의 뺨을 쓸었다.

예카트리나의 눈꺼풀이 열렸다.

"어, 깨우려던 건 아닌데. 계속 자, 응?"

그녀는 미소 지었다.

"군터, 당신은 상냥해. 어차피 잠시 눈붙인 거였어. 15분만 있으면 일어나야 해." 그녀는 다시 눈을 감았다. "이제 정말로 믿을 수 있는 사람은 당신밖에 없어. 모두가 나에게 거짓말을 하고, 잘못된 정보를 주고, 내가 알아야 할 일이 있을 때 입을 다물어. 나에게 뭐든 말해 줄 사람은 당신뿐이야."

그는 생각했다. 당신에겐 적이 있어. 그들은 당신을 꼬마 장군이라고 부르고, 당신이 상황을 움직이는 방식을 좋아하지 않아. 당장이라도 당신에게 대적할 준비가 되어 있지만, 그들에겐 계획이 있어. 그리고 놈들은 무자비해.

그는 큰 소리로 말했다.

"더 자."

"다들 내게 맞서고 있어. 빌어먹을 개새끼들."

그녀가 웅얼거렸다.

다음 날 그는 새로운 공기처리 시스템을 위해 만든 공간들을 뒤지고 다녔다. 찢어진 진공 작업복으로 만든 감염자 둥지를 하나 발견했지만, CMP와 의논한 끝에 이곳에는 며칠 동안 아무도 살지 않았다는 결론을 내렸다. 샐리 챙의 흔적은 없었다.

재판 이전에 밀봉된 공간들을 다니는 것이 괴로웠다면, 이제는 훨씬 더 지독했다. 예카트리나의 적들은 그에게 공포를 감염시켰다. 이성은 그들이 기다리고 있지 않다고, 다른 일이 또 터지기 전까지는 걱정할 것 없다고 말했다. 그러나 후뇌는 그 말을 듣지 않았다.

시간이 느릿느릿 기어갔다. 겨우 근무를 끝내고 햇빛 속으로 나왔을 때, 그는 몇 시간의 고립 탓에 일어나는 현실과의 부조화로 현기증을 느꼈다. 처음에는 평소와 다른 점을 알아차리지 못했다. 그러다가 작업복 무선이 목소리들로 가득 찼고, 사람들이 사방으로 달려가고 있었다. 공기 중에 행복한 소리가 울렸다. 누군가가 노래를 하고 있었다.

그는 지나가는 작업복을 잡고 물었다.

"무슨 일이야?"

"못 들었어? 전쟁이 끝났어. 평화가 왔다고. 우주선이 오고 있어!"

〈제네바 호수〉호는 장거리 빔무기에 대한 두려움 때문에 달까지의 긴 항해 대부분 기간에 텔레비전을 끊어 놓았었다. 그러나 평화가 오자 그들은 부트스트랩에 직통 회선을 열었다.

에즈미 조 사람들은 감염자들을 시켜서 거대한 사각형 천을 만들고 나무줄기를 썰어서 이 천을 분화구 안 그늘진 쪽에 높이 걸었다. 그리고 보조광을 끄자 비디오 영상이 천에 비춰졌다. 스위스 우주인들이 활짝 웃는 얼굴로 카메라 앞에 달려들었다. 데님 옷에 빨간 카우보이 모자들. 그들은 헌터시커 미사일을 피해서 달아난 이야기를 떠들었다. 정력적인 젊은 목소리들이 차례차례 이어졌다.

고위 장교들은 사각천 밑에 모여 있었다. 군터는 그들의 작업복을 알아보았다. 새로 만든 확성기에서 예카트리나의 목소리가 쩌렁쩌렁 울렸다.

"언제 도착하죠? 우주 공항이 깨끗한 상태인지 확인해야 합니다. 몇 시간이나 걸릴까요?"

금발 여자가 다섯 손가락을 들고 말했다.

"45!"

"아니, 43이야!"

"그렇게는 안 돼!"

"거의 45지!"

다시 한번 예카트리나의 목소리가 혼란을 뚫고 들어갔다.

"궤도면은 어떻습니까? 파괴되었다고 들었는데요."

"그렇죠, 파괴당했어요!"

"정말 나빠요. 굉장히 나빠. 몇 년은 걸―"

"하지만 사람들은 대부분―"

"여섯 개 궤도에 경고를 했거든요. 대부분은 항공 겸용 우주선으로 내려갔어요. 엄청난 대피소동이었죠."

"그래도 많이 죽었어요. 몹시 안 좋았죠."

장교들 바로 밑에서 작업복 한 명이 카메라 연단을 조립하는 감염자들을 감독하고 있었다. 이제 작업복이 팔을 크게 휘젓자 감염자들

은 물러섰다. 〈제네바 호수〉에서 누군가가 고함을 쳤고, 몇 개의 머리
가 화면 밖의 텔레비전 모니터를 돌아보았다. 작업복은 카메라를 돌
리고, 느리게 주위를 쭉 훑었다.

우주인 한 명이 말했다.

"그쪽은 어떻습니까? 일부는 우주 작업복을 입고, 일부는 입지 않
았네요. 이유가 뭐죠?"

예카트리나가 깊은 숨을 들이마셨다.

"이쪽에도 변화가 좀 있었어요."

스위스 우주인들이 도착하자 센터에서 요란한 파티가 벌어졌다.
수면 일정이 조정되고, 감염자들을 지키는 최소 인원만 빼고 모두가
달에 새로 온 십여 명을 환영하기 위해 나섰다. 스키플*에 맞춰 춤을
추고, 진공 증류 보드카를 마셨다. 다들 할 이야기, 교환할 소문, 평화
가 유지될 것인지에 대한 의견들이 있었다.

군터는 파티장 안을 서성였다. 스위스 우주인들은 그에게 우울함
을 안겨주었다. 그들은 하나같이 너무나 젊고 싱싱하고 열성적이었
다. 그들이 있으니 그는 초라하고 냉소적이 된 기분이었다. 그들의 어
깨를 잡고 흔들어서 정신 차리게 하고 싶었다.

그는 우울한 기분으로 닫힌 실험실들 사이를 헤맸다. 바이러스 컴
퓨터 프로젝트를 수행하던 방 앞에서 그는 예카트리나와 〈제네바 호
수〉 선장이 생체폐기물 상자를 쌓아 놓고 의논 중인 것을 보았다. 그
들은 예카트리나의 피시 위로 몸을 굽히고 CMP의 목소리에 귀를 기
울이고 있었다.

"여기 산업체들을 독립 국가로 만드는 건 고려해 봤습니까?" 선장

* 1950년대 영국에서 유행한 재즈와 포크가 섞인 음악.

이 물었다. "그러면 뉴시티를 짓는 데 필요한 공장을 얻을 수 있을 텐데. 그리고 고유 설비만 몇 개 더 갖추면 누가 끼어드는 일 없이 부트스트랩을 관리할 수 있을 거예요."

군터는 너무 멀리 있어서 CMP의 반응을 들을 수 없었지만, 두 여자가 웃음을 터뜨리는 것은 보였다. 예카트리나가 말했다.

"음, 최소한 부모 회사들과 조건을 재협상하긴 해야죠. 움직일 수 있는 배가 하나뿐이어서는 사람들을 쉽게 재배치할 수 없을 테니까. 실질적인 인력이 귀중한 상품이 됐어요. 이런 기회를 이용하지 않으면 바보죠."

그는 그 방을 지나쳐, 목적 없이 헤매면서 어둠 속으로 더 깊이 들어갔다. 마침내 앞쪽에 빛이 보이고 목소리가 들렸다. 하나는 크리슈나였지만, 늘 듣던 것보다 빠르고 강하게 말하고 있었다. 그는 호기심을 느끼며 문 바로 앞에서 걸음을 멈췄다.

크리슈나는 실험실 한가운데에 서 있었다. 그 앞에는 베스 해밀턴이 서서 낮은 자세로 고개를 끄덕이고 있었다.

"알겠습니다. 그러죠. 네."

군터는 크리슈나가 해밀턴에게 명령을 내리고 있었음을 깨닫고 깜짝 놀랐다.

크리슈나가 그를 쳐다보았다.

"바일! 안 그래도 널 찾으려던 참이었어."

"그래?"

"들어와, 괜히 서 있지 말고."

크리슈나는 웃으면서 손짓했고, 군터는 그 뜻에 따를 수밖에 없었다. 크리슈나는 젊은 신 같은 모습이었다. 눈동자에서 영혼의 힘이 불꽃처럼 춤을 추었다. 전에는 크리슈나가 얼마나 키가 큰지 몰랐다는 것이 희한했다.

"샐리 챙이 어디 있는지 말해 봐."

"난— 그게, 난 못—" 그는 말을 멈추고 침을 삼켰다. "난 챙이 죽었다고 생각해." 그리고. "크리슈나? 너 어떻게 된 거야?"

"연구를 완성했어."

베스가 말했다.

"내 인격을 머리 끝부터 발끝까지 다시 썼지."

크리슈나가 말했다.

"난 더 이상 수줍음에 시달리는 반병신이 아니야. 알아차렸어?" 그는 군터의 어깨에 손을 올렸고, 그 손길은 따뜻하게 그를 안심시켰다. "군터, 내 몸에 이걸 시도해 보려고 옛 실험 흔적에서 충분한 수의 메신저 엔진을 긁어모으는 게 어떤 수고였는지는 말하지 않겠어. 하지만 작동해. 우린 무엇보다도 부트스트랩에 있는 모두를 치료할 수 있는 방법을 찾아낸 거야. 다만 그러기 위해서는 메신저 엔진이 필요하고, 그건 여기 없지. 이제 샐리 챙이 죽었다고 생각하는 이유를 말해 봐."

"음, 그게, 나흘이나 챙을 찾아다녔거든. CMP도 찾고 있었고. 넌 내내 여기 틀어박혀 있었으니 우리들만큼 감염자들을 알지 못할지도 몰라. 감염자들은 큰 계획을 세우지 못해. 감염자가 이렇게 오랫동안 탐지를 피할 수 있을 리가 없어. 난 그녀가 어떻겐가 효과가 나타나기 전에 월면으로 나가서, 트럭을 타고 산소가 다할 때까지 차를 몰았을 거라고밖에 생각할 수 없어."

크리슈나는 고개를 젓고 말했다.

"아니야. 그건 샐리 챙의 성격에 맞지 않아. 도저히 챙이 자살하는 모습은 그려볼 수 없어." 그는 서랍을 하나 열었다. 반짝이는 금속통이 열을 지어 누워 있었다. "이게 도움이 될지도 몰라. 엔진이 두 통 없어졌다고 말했던 것 기억해? 정신분열 엔진만이 아니라고 했던 것?"

"들었던 것도 같고."

"그동안은 너무 바빠서 생각할 겨를이 없었지만, 이상하지 않아?
챙이 통을 가져갔는데 왜 쓰지 않았겠어?"

"두번째 통엔 뭐가 있었길래?"

해밀턴이 물었다.

"편집증. 혹은 그와 충분히 유사한 화학물. 편집증은 무능력을 초
래하는 경우가 드물지만, 아주 매혹적인 증상이야. 복잡하지만 내적
인 일관성이 있는 망상 체계가 그 특징이지. 망상증 환자는 지적인 기
능에 문제가 없고, 정신분열증 환자만큼 망가지지도 않아. 감정적, 사
회적 반응은 정상에 가깝지. 일치된 행동도 할 수 있어. 혼란기의 망
상증 환자라면 충분히 우리의 탐지를 피할 수 있어."

크리슈나가 말했다.

"좋아요, 다시 정리해보죠. 지구에서 전쟁이 터진다. 챙은 소프트
웨어 폭탄 속에서 명령과 열쇠를 받아서 광기가 가득한 통과 작은 망
상증 주사기를 들고 부트스트랩으로 간다 —— 아니, 말이 안 돼요. 조
각이 들어맞질 않아요."

해밀턴이 말했다.

"어째서 그렇죠?"

"망상증이 정신분열증을 막아주진 않아요. 자기 분무기에서 자기
몸을 지킬 방법이 있겠어요?"

군터는 못 박힌 듯이 섰다.

"라벤더!"

그들은 부트스트랩 꼭대기 테라스에서 샐리 챙을 찾아냈다. 꼭대
기 층은 미개발 상태였다. 언젠가는 (회사 선전책자가 약속한 바에 따

르면) 다마사슴이 맑은 웅덩이 가에서 풀을 뜯고, 수달들이 개울에서 장난을 칠 곳이었다. 그러나 아직은 벌레를 기르거나 박테리아를 뿌릴 흙이 덮이지 않았다. 오직 모래와 기계들, 그리고 불운한 기회주의 잡초 몇 포기뿐이었다.

챙의 캠프는 개울머리 한쪽, 보조광 밑에 있었다. 그들이 다가가자 챙은 일어서더니 잽싸게 옆을 보고 배짱으로 맞서기로 결정했다.

개울 밸브를 지탱하는 버팀목에 〈비상용 천장 유지소〉라는 글자가 찍혀 있었다. 그 밑에 산소탱크가 피라미드를 이루었고, 관짝만한 알루미늄 저장 상자가 하나 놓여 있었다. 베스가 군터의 트랜스 칩을 통해 중얼거렸다.

"정말 영리하군. 저장 상자에서 자면 지나가던 사람 누구라도 그냥 여분의 장비인 줄 알겠지."

라벤더 작업복은 한 팔을 들고 가볍게 말했다.

"다들 안녕. 내가 도울 일이라도?"

크리슈나가 성큼성큼 걸어가서 그녀의 손을 잡았다.

"샐리, 나야. 크리슈나야!"

"오, 신이시여 고맙습니다! 너무 무서웠어."

그녀는 그의 팔에 안겼다.

"이제 괜찮을 거야."

"처음에는 이쪽으로 오는 걸 보고 침략자인 줄 알았지 뭐야. 배가 너무 고파…… 언제부터 굶었는지 모르겠어." 그녀는 크리슈나의 작업복 소매를 붙잡았다. "침략자들에 대해 아는 거지?"

"당신이 최신 정보를 알려주면 더 좋겠는데."

그들은 층계를 향해 걷기 시작했다. 크리슈나는 얼른 군터에게 눈짓을 하고 챙의 작업복 멜빵을 가리켰다. 포켓 위스키 병만한 통이 걸려 있었다. 군터는 손을 뻗어 그 통을 잡아당겼다. 메신저 엔진이었다! 그는 엔진을 손에 쥐었다.

반대편에서는 베스 해밀턴이 거의 꽉 찬 망상증 유발 엔진 주사기를 잡아당겨 없애 버렸다.

자기 이론을 늘어놓는 데 푹 빠져 있던 샐리 챙은 알아차리지 못했다.

"……물론 명령대로 했지. 하지만 말이 안되는 거야. 걱정하고 또 걱정하다가 결국 진짜로 일어나고 있는 일이 뭔지 깨달았어. 덫에 걸린 늑대는 자기 다리를 물어뜯어서 도망칠 거야. 난 늑대를 찾기 시작했어. 도대체 어떤 적이 그런 극단적인 행동을 정당화하지? 인간은 아닌 게 분명해."

크리슈나가 말했다.

"샐리, 더 좋은 말이 없어서 음모라고 하겠지만, 그 음모 개념이 당신이 생각하는 것보다 더 깊이 뿌리 박고 있을지도 모른다는 걸 받아들여 줬으면 해. 문제는 외부의 적이 아니라, 우리의 두뇌 작용이야. 침략자들은 이 모든 일이 시작되었을 때 당신이 자기 몸에 주입한 유사정신이상 유발제고."

"아니, 아니야. 그러기엔 증거가 너무 많아. 다 들어맞는다니까! 침략자들은 육체적으로나 심리적으로나 자기 모습을 가장할 방법이 필요했던 거야. 육체적인 부분은 진공 작업복으로, 심리적인 부분은 광범위한 광기로 해결했지. 덕분에 그들은 들키지 않고 우리 사이를 돌아다닐 수 있어. 인류의 적이 부트스트랩에 있던 사람들을 다 노예로 바꾼 걸까? 생각할 수 없는 일이야! 그들은 우리 마음을 책처럼 읽을 수 있어. 우리가 유사정신분열로 스스로를 지키지 않았더라면 그들은 우리의 모든 지식을 파헤치고, 군사 연구의 비밀을 다 알아냈을 거야……."

군터는 그 말을 들으며 리자 나첸다가 이 모든 이야기에 어떻게 반응할지 상상할 수밖에 없었다. 리자를 생각하자 턱에 힘이 들어갔다. 그는 챙이 말하는 기계와 다를 바 없다는 것을 깨닫고, 혼자 재미있어 했다.

예카트리나는 층계 밑에서 그들을 기다리고 있었다. 그녀의 손은 눈에 띄게 떨리고 있었고, 입을 열자 목소리도 희미하게 떨렸다.

"메신저 엔진에 대해 CMP가 한 말이 다 뭐야? 크리슈나가 치료법 같은 걸 찾아낸 건가?"

"얻었어. 이제 끝난 거야. 친구들을 고칠 수 있어."

군터는 기분 좋게, 조용히 대답했다. 그는 엔진 통을 들어올렸다.

"어디 봐."

예카트리나는 그의 손에 들린 통을 가져갔다.

"아니, 기다려!"

해밀턴이 외쳤지만, 너무 늦었다. 해밀턴 뒤에서 크리슈나는 샐리 챙과 최근 사건들에 대한 해석을 두고 논쟁을 벌이고 있었다. 두 사람 다 아직 앞 사람들이 멈춘 것을 깨닫지 못했다.

"물러서." 예카트리나는 재빨리 두 걸음 물러서더니 날카롭게 말했다. "일을 어렵게 만들 생각은 없어. 하지만 우린 이 상황을 해결해야 하고, 그럴 때까지는 아무도 나에게 가까이 오지 않았으면 좋겠어. 당신도 마찬가지야, 군터."

감염자들이 모여들기 시작했다. 그들은 한두 명씩, 그 다음엔 십여 명씩 잔디밭을 걸어왔다. 예카트리나가 CMP로 불러 모았음이 분명해졌을 무렵에는 크리슈나, 챙, 해밀턴은 사람들의 벽에 가로막혀서 예카트리나와 군터에게 접근할 수 없었다.

챙은 꼼짝도 하지 않고 서 있었다. 보이지 않는 얼굴 뒤에 있는 두 뇌로 이 새로운 사건을 두고 자기 이론을 수정하는 중이었다. 갑자기 그녀의 손이 작업복을 때리며 없어진 통을 찾았다. 그녀는 크리슈나를 보고 공포에 질린 목소리로 말했다.

"너도 침략자구나!"

"당연히 아니지 ——"

크리슈나가 입을 열었지만, 챙은 몸을 돌려 허둥거리며 계단을 올라가고 있었다.

"가게 놔둬. 더 심각한 이야기를 해야 하니까." 예카트리나가 말했다. 감염자 두 명이 작은 산업용 가마를 끌고 종종걸음으로 올라왔다. 그들이 가마를 내려놓자 세번째 감염자가 전기선을 연결했다. 내부가 빛나기 시작했다.

"당신들이 가진 건 이 통이 다지? 내가 이걸 고압솥에 넣어버리면, 그 내용물을 대체할 희망은 없는 거지."

"이즈마일로바, 내 말 좀 들어 봐요."

크리슈나가 말했다.

"듣고 있어. 말해."

크리슈나가 설명하는 동안 이즈마일로바는 팔짱을 끼고 어깨를 비딱하게 기울인 채 듣고 있었다. 설명이 끝나자 그녀는 고개를 저었다.

"고결한 바보짓이지만, 그래도 바보짓에 불과해. 당신은 우리의 정신을 인간 진화 경로에 낯선 무엇인가로 고치고 싶어하는 거야. 생각의 자리를 제트기 파일럿의 소파로 바꾸려는 거지. 그게 해답이라고 생각해? 관둬. 일단 이 상자가 열리고 나면 그 내용물을 주워 담기란 불가능해. 그리고 당신은 그 상자를 열 만큼 설득력 있는 논증을 펴지 못했어."

군터가 항의했다. "하지만 부트스트랩 사람들은! 그들은 ——"

이즈마일로바가 말을 끊었다.

"군터, 그들에게 일어난 일을 좋아하는 사람은 없어. 하지만 위험한 데다 윤리적으로 의심스러운 갱생에 대한 대가로 나머지 사람들이 인간성을 포기해야 한다면…… 글쎄, 대가가 너무 높잖아. 미쳤든 아니든 지금은 그래도 인간인데."

"내가 인간이 아닌가? 날 간질이면 웃지 않을 것 같아요?"

크리슈나가 말했다.

"당신은 판단할 위치가 못 돼. 당신은 자기 신경 배선을 바꾼 데다가 고결함에 도취되어 있어. 스스로에게 무슨 시험을 해 봤지? 인간 표준으로부터 일탈한 부분을 얼마나 면밀히 기록했지? 당신 수치는 어디 있어?" 그녀는 몇 주나 걸릴 분석을 들먹이고 있었다. 순전히 수사학적인 질문이었다. "당신이 완전한 인간으로 판명나더라도——그리고 난 그럴 것 같지 않지만!——장기적인 결과가 어떻게 될지 누가 알지? 우리가 조금씩 조금씩 광기를 향해 걸어가는 걸 무엇이 막아주지? 광기가 무엇인지는 누가 결정해? 누가 프로그래머를 프로그램하고? 아니, 불가능해. 난 우리 마음을 가지고 도박을 하진 않겠어." 그녀는 방어적으로, 화가 난 듯이 되풀이했다. "우리 정신을 가지고 도박을 하진 않겠어."

"예카트리나. 얼마나 오랫동안 깨어 있었던 거야? 몸의 소리에 귀를 기울여. 약물이 당신 대신 생각하고 있는 거야."

군터가 부드럽게 말했다.

그녀는 됐다는 듯, 대꾸도 없이 한 손을 흔들었다.

해밀턴이 말했다.

"실질적인 문제로 들어가서, 이게 없으면 부트스트랩을 어떻게 돌리려고? 지금 조직은 우리 모두를 꼬마 파시스트로 바꿔 놓고 있어. 광기가 걱정스럽다면, 지금부터 1년이 지났을 때 우리가 어떤 꼴일 것 같아?"

"CMP는 확——"

"CMP는 프로그램에 불과해! 아무리 쌍방향이라고 해도 유연한 사고방식은 아니야. 프로그램에겐 희망이 없어. 새로운 것을 판단할 수 없어. 오래된 결정, 오래된 가치들, 오래된 습관, 오래된 두려움밖에 강요하지 못한다고."

해밀턴이 외쳤다.

갑자기 예카트리나가 날카롭게 외쳤다.

"내 앞에서 사라져!" 그녀는 비명을 질렀다. "그만, 그만해, 그만하란 말이야! 더는 듣지 않겠어!"

"예카트리나 ——"

군터가 입을 열었다.

그러나 그녀는 통을 쥔 손에 힘을 주고 있었다. 그녀는 무릎을 굽히고 천천히 가마를 향해 손을 내리기 시작했다. 군터는 그녀가 듣기를 멈춘 것을 알 수 있었다. 약물과 책임감이 그녀를 이 꼴로 만들었다. 모순되는 요구로 그녀를 몰아세우고 당황스럽게 만들다가 떨리는 몸으로 붕괴의 절벽 앞에 서게 만들었다. 하룻밤만 푹 자도 회복될 수 있을지 몰랐다. 이성적으로 생각할 수 있을지도 몰랐다. 그러나 시간이 없었다. 이제는 말로 그녀를 막을 수가 없었다. 그리고 엔진을 파괴하기 전에 달려들기에는 너무 먼 거리였다. 그 순간 군터는 그녀에 대해 말로 할 수 없을 만큼 강렬한 감정이 용솟음치는 것을 느꼈다.

"예카트리나. 사랑해."

그녀는 그쪽으로 고개를 반쯤 돌리면서 산란해진, 어쩌면 조금은 짜증스러운 투로 말했다.

"도대체 지금 ——"

그는 작업 멜빵에 꽂힌 볼트건을 들어올리고, 조준하고, 쏘았다.

예카트리나의 헬멧이 산산이 부서졌다.

그녀는 쓰러졌다.

"헬멧 한쪽만 쏘아도 됐을 거야. 그랬으면 막았을 거야. 하지만 내가 그렇게 잘 쏜다고 생각하질 않았어. 그래서 머리 한가운데를 조준했어."

"쉬이. 해야 할 일을 한 거야. 자신을 괴롭히지 마. 더 실질적인 일에 대해 이야기해."

해밀턴이 말했다.

그는 아직도 기진맥진한 상태로 고개를 저었다. 그는 무척 오랜 시간 동안 베타 엔돌핀에 잠겨 있었다. 아무것도 느끼지 못하고, 신경 쓰지도 못했다. 솜에 싸여 있는 것 같았다. 아무것도 그를 건드릴 수 없었다. 아무것도 그를 해칠 수 없었다.

"내가 얼마나 넋을 놓고 있었지?"

"하루."

"하루라고!"

그는 간소한 방 안을 둘러보았다. 개성 없는 바위벽과 매끄럽고 특징 없는 표면의 실험 장비들. 멀찍이에서 크리슈나와 챙이 보드 위로 몸을 구부린 채 서로가 쓴 내용 위에 초조하게 다른 내용을 휘갈기며 행복하게 토론을 벌이고 있었다. 스위스 우주인 한 명이 들어와서 그들의 등에 대고 말을 걸었다. 크리슈나는 심란해하며 눈도 들지 않고 고개를 끄덕였다.

"훨씬 오래된 줄 알았어."

"충분히 오래됐어. 우린 이미 샐리 챙의 팀에 관련된 모든 사람을 구했고, 나머지도 시작이 썩 괜찮아. 곧 너도 어떻게 스스로를 고칠지 결정해야 할 거야."

그는 죽은 사람이 된 기분으로 고개를 저었다.

"내가 할 수 있을 것 같지 않아, 베스. 나에겐 그럴 만한 배짱이 없어.”

“우리가 배짱을 줄게.”

“아니, 난……”

그는 다시 새까만 현기증이 솟구쳐오르는 것을 느꼈다. 주기적이었다. 마침내 가라앉았다고 생각하려고 하면 다시 돌아왔다.

“난 내가 예카트리나를 죽였다는 사실을 따뜻한 자기 만족의 홍수 속에 씻어버리고 싶지 않아. 생각만 해도 구역질 나.”

“우리도 그건 원치 않아.”

포스너가 대표 일곱 명을 실험실로 인도해 들어왔다. 크리슈나와 챙은 고개를 들어 그들을 보았고, 무리는 시끌벅적하게 반반으로 갈라졌다.

“그런 무책임은 이제 충분해. 이젠 우리 모두가 결과에 대한 책임을 질─”

모두가 동시에 말하기 시작했다. 해밀턴이 얼굴을 찌푸렸다.

“책임을 지기 시작─”

목소리들이 커졌다.

“여기에선 이야기를 못 하겠다. 같이 월면으로 나가자.”

그들은 조종실을 밀폐시키고 ‘끓는 만’ 길을 따라 서쪽으로 향했다. 앞쪽에는 태양이 죄메링 분화구의 침울한 벽에 거의 닿아 있었다. 산맥과 분화구 꼭대기로부터 그림자가 떨어져, 멀리 반짝이는 ‘중앙만’을 향해 손을 뻗었다. 군터는 가슴이 뻐근하게 아름답다는 생각을 했다. 반응하고 싶지 않았지만, 그의 내면을 괴롭히는 고독에 반향하는 엄혹한 선들은 이상하게도 마음에 위로가 되었다.

해밀턴이 피시를 건드렸다. ‘Putting on the Ritz’의 노랫가락이 두 사람의 머릿속을 채웠다.

그는 비통하게 말했다.

"만약 에카트리나가 옳았다면? 우리가 우리를 인간으로 만들어 주는 모든 것을 포기하려는 거라면? 존재의 가능성을 머리만 큰 감정 없는 슈퍼맨으로 바꾸는 건 별로 매력이 없어."

해밀턴은 고개를 저었다.

"크리슈나에게 물어 봤고, 아니라는 대답을 들었어. 크리슈나 말로는…… 근시였던 적 있어?"

"어렸을 때 그랬지."

"그렇다면 이해할 거야. 크리슈나는 레이저 수술을 받고 병원을 막 나섰을 때 같다고 했어. 모든 것이 선명하고 또렷하고 명료해 보이는 것 말이야. 예전에 '나무'라고 부르던 덩어리가 수천 개의 개별적이고 독립된 잎사귀로 변하고, 세상은 예기치 못한 세세한 것들로 가득 찼지. 지평선에는 한 번도 보지 못했던 것들이 있고. 그런 식이래."

"아. 더 멀리 갈 이유는 없겠군."

그는 앞을 응시했다. 태양의 원반이 죄메링을 건드리고 있었다.

그는 트럭 시동을 껐다.

베스 해밀턴은 불편한 얼굴이었다. 그녀는 헛기침을 하더니 퉁명스럽지만 활기찬 목소리로 말했다.

"군터, 있지. 여기로 데리고 나와 달라고 한 데는 이유가 있어. 자원 합병을 제안하고 싶어."

"뭐?"

"결혼 말이야."

베스가 한 말을 소화시키는 데 잠시 시간이 걸렸다.

"어, 아니…… 난……."

"난 진지해. 군터, 내가 너한테 엄하게 굴었다고 생각하는 거 알아. 하지만 그건 너에게서 엄청난 잠재력을 봤는데 네가 아무것도 하지 않고 있어서였어. 음, 이젠 상황이 달라졌어. 너의 다시쓰기에 나에게도 발언권을 하나 줘. 나도 똑같이 할게."

그는 고개를 저었다.

"이건 너무 이상한데."

"그걸 변명으로 삼기엔 너무 늦었어. 에카트리나가 옳았어——우린 몹시 위험한, 오늘날 인류가 직면한 제일 위험한 기회에 올라앉아 있어. 그렇지만 말은 이미 새어 나갔어. 지구는 이 소식을 듣고 공포와 매력에 사로잡혔어. 그들은 우릴 지켜볼 거야. 잠깐, 아주 잠깐은 우리가 이걸 통제할 수 있어. 우린 지금 이걸 만드는 걸 도울 수 있어. 아직 작지만 5년만 지나면 우리 손을 떠날 거야.

군터, 넌 훌륭한 정신의 소유자고, 지금보다 더 나아질 거야. 난 우리가 어떤 세상을 만들고 싶은지 의견을 맞출 수 있을 거라고 생각해. 네가 내 편이었으면 좋겠어."

"뭐라고 말해야 할지 모르겠군."

"진정한 사랑을 원해? 그거라면 가졌어. 우린 부드럽게든, 지저분하게든 네가 좋아하는 방식으로 섹스할 수 있어. 더할 나위 없이 쉬운 일이지. 내가 더 조용하거나, 목소리가 크거나, 온화하거나, 뻔뻔스럽길 원해? 협상할 수 있어. 담판을 지을 수 있나 보자고."

그는 아무 말도 하지 않았다.

해밀턴은 자리에 뒤로 기대앉았다. 그리고 잠시 후에 말했다.

"그거 알아? 난 달에서 일몰을 본 적이 없어. 월면에 많이 나오지 않으니까."

"그건 바꿔야 할 거야." 군터가 말했다.

해밀턴은 그의 얼굴을 뚫어지게 바라보다가, 미소 지었다. 그녀는 그에게 가까이 붙었다. 그는 어색하게 그녀의 어깨에 팔을 올렸다. 그래야 할 것 같았다. 그는 손으로 입을 막고 기침을 한 다음 손가락질을 했다.

"지금이야."

달에서의 일몰은 단순했다. 분화구 벽이 태양 원반의 아랫부분에 닿았다. 솟아오른 부분들로부터 껑충 뛰어오른 그림자가 저지대를 줄달음질쳤다. 곧 태양의 절반이 사라졌다. 일그러지지도 않고 매끈하게 줄어들었다. 마지막의 찬란한 빛줄기가 바위 꼭대기를 태우더니, 빛이 딱 그쳤다. 앞유리를 조절하여 별들이 보이기 전 한 순간, 우주는 암흑으로 가득 찼다.

조종실 안의 공기가 서늘해졌다. 갑작스러운 온도 변화로 창틀이 딱딱거렸다.

이제 해밀턴은 그의 목에 입을 대고 있었다. 그녀의 피부는 조금 진득하게 달라붙었고, 희미하지만 뚜렷한 향기를 발산했다. 그녀는 그의 턱을 핥아 올라가다가 귀에 혀를 집어넣었다. 그녀의 손은 그의 작업복 걸쇠를 더듬거렸다.

군터는 아무 흥분도 느끼지 못했다. 오히려 역겨움에 가까운 희미한 혐오감을 느꼈다. 끔찍했다. 그가 예카트리나에게 느꼈던 모든 감정을 모독하는 짓이었다.

그러나 뚫고 나가야 했다. 해밀턴이 옳았다. 그는 평생 후뇌에 지배받았고, 화학적으로 일어나고 제멋대로 적용되는 감정에 따라 움직였다. 의식이라는 종마에 매여서 그놈이 뛰는 대로 뛰어야 했고, 그런 악몽 같은 뜀박질은 그에게 고통과 혼란만을 안겨 주었다. 이제는 그가 고삐를 쥐었다. 그가 원하는 곳으로 말을 몰 수 있었다.

다시쓰기에서 무엇을 요구할지 확신은 없었다. 만족감은 아마도. 섹스와 열정은 확실히. 그러나 사랑은 아니다. 그런 낭만적인 환상은 끝났다. 이제 성장할 시간이었다.

그는 베스의 어깨를 쥐었다. 하루만 더, 그러고 나면 아무래도 좋겠지. 내가 느끼기에 제일 좋은 것만 느끼겠지. 베스의 입이 그의 입술을 찾았다. 그녀의 입술이 벌어졌다. 그는 그녀의 숨결을 맡을 수 있었다.

그들은 입을 맞췄다.

마이클 스완윅(1950년생)은 과학 소설이라는 큰 게임에서 아주 중요한 참여자다. 1980년에 첫 출간된 그의 두 소설은 「기눙가가프*Ginungagap*」와 「성 제니스의 향연*The Feast of St. Janis*」인데, 전자는 탁월한 문학 잡지인 〈트라이쿼털리triquarterly〉의 SF 특집으로 실렸다. 기눙가가프는 북구 신화에서 우주가 탄생한 원초적인 혼돈을 가리키며, 천체물리학에서는 비유적으로 블랙홀을 가리킨다. 후자는 진 울프에 대한 오마주로, 마사 랜덜과 로버트 실버버그가 편집한 〈뉴 디멘션New Dimension 11〉에 실렸다. 첫번째 장편 『흐름 속에서*In the Drift*』(1984)는 스리마일 섬의 핵반응로가 폭발하는 내용의 대체역사 소설로, 윌리엄 깁슨의 『뉴로맨서』와 킴 스탠리 로빈슨의 『야생의 해안』이 들어 있는 테리 카의 에이스 스페셜 선집으로 출간되었다. 그 후로 그는 3, 4년에 한 권 꼴로 훌륭한 소설을 발표했다. 『진공의 꽃들*Vaccum Flowers*』(1987), 『조수의 정류장*Stations of the Tide*』(1991), 네뷸러 상 수상작인 『강철 드래곤의 딸 *The Iron Dragon's Daughter*』(1993), 그가 '하드 판타지'라고 부른 날카로운 풍자물 『잭 파우스트*Jack Faust*』(1997)가 나왔으며 근작 『지구의 뼈*Bones of the Earth*』(2002)는 휴고 상 수상작인 단편 「티라노사우루스와의 스케르초 *Scherzo with Tyrannosau*」를 개작한 작품이다.

그의 단편들은 『중력의 천사*Gravity's Angels*』(1991), 『알려지지 않은 땅의 지리학*A Geography of Unknown Lands*』(1997), 『달의 사냥개들*Moon Dogs*』(2000), 『옛 지구의 이야기들*Tale of Old Earth*』(2000), 그리고 『퍽 앨셔의 알파벳 공부*Puck Aleshire's Abecedary*』(2000) 등으로 엮여 나왔다. 스완윅은 또한 두 편의 영향력 있는 비평을 쓰기도 했는데, 하나는 SF 비평인 "포스트모던으로의 안내서User's Guide to the Postmoderns"(1985)이고, 다른 하나는 판타지

비평인 "전통적으로……In the Tradition……"(1994)이다. 그는 또한 이 분야에서 현재 가장 활동적인 단편 평론가이기도 하다.

하드 SF 작가의 달라진 역할에 대해 스완윅은 이렇게 말한다.

"수많은 SF의 미래 세계는 하인라인, 머레이 라인스터, 폴 앤더슨 같은 이들에게서 빌려온 것이다. 이런 작가들 수백 명은 자유롭고 관대하게 그런 대여를 허락한다. 그러나 이제는 더 그럴 수가 없을 것 같다. 우리는 앞선 작가들이 처음 이런 세계관을 구축하던 때, 미래가 확실하지도 쉽게 보이지도 않던 때로 돌아왔다. 그들은 멋지고 단단하며 설득력 있는 미래를 내놓았다. 그 일을 다시 하는 것이 우리가 할 일이며, 꽤 힘든 일이 될 것이다."

그는 〈뉴욕 SF 리뷰〉에 실린 "미래에서의 성장Growing Up in the Future"에서 「그리핀의 알」에 대해 이렇게 썼다.

내 아버지는 기술자였다. 제너럴 일렉트릭에서 근무했는데…… 아버지가 일터에서 집으로 가져오셨던 사진 한 장을 기억한다. 제너럴 일렉트릭의 기술을 기반으로 건설한 달 식민지를 그린 작품이었다. 돔을 씌운 분화구 안을 걸어다니는 50년대풍의 뻣뻣한 사람들이 보였고, 분화구 옆면으로는 정원이 있는 층층의 테라스가 있었다. 25년 후, 나는 「그리핀의 알」이라는 제목의 중편에서 달 식민지를 그리는 데 그 그림을 출발점으로 이용했다. 그리고 비록 꽤 강한 변화를 주기는 했어도, 그 그림은 내가 실존한다고 믿을 만한 근본적인 힘을 갖고 있었다. 그건 내가 어렸을 때 약속받은 실제 장소였다.

이 중편은 원래 1991년 영국에서 독립된 한 권의 책으로 출간되었다. 레전드 북스의 중편선 중 하나였다. 스완윅은 이 하드 SF를 쓰는 과정에 대해 이렇게 회상한다.

나는 1980년대 끝무렵에 「그리핀의 알」을 썼다. 나는 이 중편을 완성하자마자 『강철 드래곤의 딸』을 시작할 터였고, 그 결과 몇 년 동안 SF로부터 멀어질 것을 알았다. 돌아왔을 때 1990년대에 80년대식 SF를 쓰는 나 자신을 보고 싶지는 않았기에, 나는 혼신을 다해서 이전 세월 동안 쓴 모든 하드SF 관념을 써버리려 했지만, 그럴 만한 이야기를 찾아내지 못했다. 태양 플레어와 핵 용융과 전쟁과 기타 등등이 나오는 것도 그래서다. 아이디어가 진부해지게 하지 않으려면 신선할 때 써먹는 수밖에 없다.

이야기 속에 드러나지 않는 조사를 엄청나게 많이 했다…… 몇 시간씩 전문적인 글을 읽고, 달 표토의 농축 성분을 확증하고, 지도를 그리고 산업지역 사이의 거리를 재고, 분화구 도시의 냉난방 기계를 생각하고…… 내적인 일관성을 획득하기 위해서만도 그보다 훨씬 많은 것이 필요했다. 이야기 속에만 존재하는 독특한 배경, 시간, 사업에 대해 권위를 갖고 쓰기 위해서는 우선 나부터 그 현실성을 믿어야 했기 때문이다.

달? 그건 그리핀의 알이야.
내일 밤에 부화할.
그리고 사내아이들은 얼마나 소리 지르고 기뻐하면서
알을 깨고 나온 그리핀이
몸을 뻗어 하늘을 기는 모습을 지켜볼까
사내아이들은 웃겠지. 안타깝게도
계집아이들은 숨어서 울 테고……

—베이첼 린제이

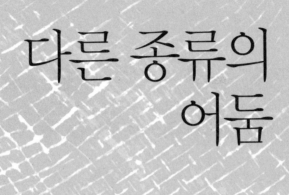

다른 종류의 어둠

Different Kinds of Darkness

| 데이비드 랭포드 |

창밖은 언제나 어두웠다. 부모님이나 선생님들은 이 모든 것이 〈심녹색Deep Green〉 테러리스트들 때문이라고 애매하게 말하곤 했지만, 조나단은 무엇인가 더 있다고 생각했다. 몸서리 클럽Shudder Club의 다른 아이들도 같은 생각이었다.

집이나 학교, 스쿨 버스 창유리 너머의 암흑은 다른 종류의 어둠이었다. 첫번째 종류, 요컨대 보통의 어둠 속에서는 희미하게나마 볼 수 있을 때가 많고, 횃불로 주위를 밝힐 수도 있다. 두번째 어둠은 칠흑 같은 암흑이었고, 아무리 밝은 전등빛도 뻗어 나가거나 주위를 밝히지 못했다. 학교 교문 밖으로 걸어 나가는 친구들을 볼 때마다, 그 애들은 마치 단단한 검은 벽 속으로 걸어 들어가는 것 같았다. 그러나 그 뒤를 따라가면 눈에 보이지 않는 중에도 집으로 가는 버스가 기다리고 있는 곳까지 난간을 느낄 수 있었고, 주위에는 텅 빈 공기밖에 없었다. 검은 공기밖에.

때로는 건물 안에서 이런 특별한 어둠의 장소를 발견하기도 한다.

바로 지금 조나단은 학교의 금지 구역 중 하나인 검은 복도를 천천히 내려가고 있었다. 공식적으로 그는 바깥에 있는 것으로 되어 있었다. 휴식시간 동안, 전혀 어둡지 않고 머리 위 하늘을 볼 수 있는 높은 벽으로 둘러쳐진 운동장을 돌아다니고 있는 것으로 말이다. 물론 문 밖은 몸서리 클럽이라는 무서운 비밀 결사에 어울리는 장소가 아니었다.

조나단은 그 복도의 잉크처럼 어두운 지역 반대편으로 걸어가, 작은 창고의 문을 조용히 열었다. 그 창고는 그들이 두 학기 전에 찾아낸 곳이었다. 안으로 들어가자 공기는 따뜻했고 먼지와 곰팡내가 났다. 휑뎅그렁하니 전구 하나가 천장에 매달려 있었다. 다른 아이들은 이미 와서 종이 상자나 쭈그러진 교과서 더미 위에 앉아 있었다.

"늦었어."

개리, 줄리와 칼리드가 입을 모아 말했다. 새로운 후보자인 헤더는 그저 긴 금발을 뒤로 넘기며 미소를 지을 뿐이었다. 약간 긴장된 미소였다.

"누군가는 꼴찌가 되는 법이지."

조나단이 말했다. 그 말은 의식의 일부였다. 마지막에 도착한 사람이 외부인이거나 스파이가 아니라는 것을 증명해 주는 암호 같은 것이었다. 물론 그들은 서로를 모두 알고 있었지만, 변장의 천재인 스파이를 상상해 보라…… 훨씬 재미있어지지 않겠는가.

칼리드는 평범한 링 바인더 노트를 엄숙하게 들어 올렸다. 그것은 칼리드의 특권이었다. 클럽은 누군가 학교 사진복사기 뒤에 남겨준 도깨비 그림을 칼리드가 찾아낸 후에 생각해 낸 아이디어였던 것이다. 어쩌면 칼리드는 호된 시련과 비밀 결사에 대한 이야기를 너무 많이 읽었는지도 모른다. 뭐 그런 거 있잖은가, 멋들어진 뭔가를 우연히 손에 넣게 되면, 그걸 써먹고 싶어서 좀이 쑤시는 거.

칼리드가 말했다.

"우리는 몸서리 클럽이다. 우리는 감당할 수 있는 자들이다. 20초."

조나단의 눈썹이 추켜올라갔다. 20초는 심했다. 뚱뚱한 소년 개리는 그저 고개를 끄덕이고 손목시계에 집중할 뿐이었다. 칼리드는 바인더를 열고 그 안에 있는 것을 응시했다.

"1…2…3…"

그는 거의 해냈다. 칼리드의 손이, 뒤이어 팔이 뒤틀리며 떨리기 시작한 것은 17초가 지났을 무렵이었다. 그는 공책을 떨어뜨렸고, 그때 개리는 마지막으로 18초를 셌다. 그들은 칼리드가 떨림을 극복하고 자신을 추스르는 동안 쉬었다가, 새로운 기록을 축하했다.

줄리와 개리는 그렇게 야심만만하지 않았고, 그래서 10초의 시련을 선택했다. 둘 다 해냈다. 10초를 셀 때 줄리의 얼굴이 끔찍할 정도로 새하얗게 질리고 개리는 엄청난 땀을 흘리기는 했지만. 그래서 조나단은 자신도 10초를 선언해야겠다고 느꼈다.

개리가 말했다.

"정말이야, 존? 지난번에 넌 8초였잖아. 오늘 밀어붙일 필요는 없어."

조나단은 의식의 말을 인용했다.

"우리는 감당할 수 있는 자들이다."

그리고 개리에게서 링 바인더를 넘겨받았다.

"10초."

매번, 그 도깨비 그림이 정확히 어떻게 보이는지는 잊어버리게 된다. 그 그림은 항상 새로워지는 것 같았다. 그림은 옛 광학 예술 디자인처럼 소용돌이치며 어른거리는 추상적인 흑과 백의 패턴이었다. 그 형태는 근사했다. 고압선을 건드린 것 같은 접촉 쇼크로 머리에 전체가 들어오기 전까지는. 그 그림은 시야를 헝클어 놓았다. 뇌를 헝클어 놓았다. 조나단은 눈 뒤쪽으로 지독한 정전기를 느꼈다……거기 어딘 가로부터 몰아치는 전기 폭풍……즉각적인 열이 피를 통해 노래 부르고……근육은 조였다가 풀리며……오, 맙소사! 개리가 이제 겨우 4초를 센 건가?

그는 자신의 모든 지체가 각기 다른 방향으로 뒤틀리려 할 때마다 자신을 유지하려 애쓰며, 얼마간 더 버텼다. 도깨비 그림의 눈부신 빛은 새로운 종류의 어둠, 눈 안쪽의 그림자 뒤로 사라져 가고 있었고, 그는 끔찍스러운 확신을 가지고서 자신이 정신을 잃거나 토하거나 양쪽 다 하게 될 것임을 알았다. 그는 바로 그 순간, 믿을 수 없이 몇 년이나 흐른 것 같았던 10초가 지난 순간에 포기하고 눈을 감았다.

조나단은 너무나 무기력하고 생기 없는 기분이어서 헤더가 클럽의 완전한 멤버가 되기 위해 5초에 가까이 ── 그렇게 충분히 가까이는 아니었지만 ── 버티는 일에는 주의를 기울일 수가 없었다. 그녀는 끔찍스럽게 손을 떨면서 눈을 감았다. 그녀는 다음 번에는 할 수 있으리라 다짐했다. 그러고 나서 칼리드가 어디에선가 찾아낸 격언으로 모임을 끝마쳤다.

"죽지 않을 만큼의 고통은 우리를 강하게 만든다."

학교는 대개 실제 세계와는 아무 상관도 없는 것들을 가르치는 장소였다. 조나단은 속으로 2차 방정식 같은 것은 실제 생활에서는 쓸데가 없다고 생각했다. 그러니 다름 아닌 수학 수업에서 클럽에 흥미로운 일이 일어난 것은 놀라움으로 다가왔다.

휘트컷 선생은 나이가 아주 많았다. 손주를 볼 나이는 지났고 은퇴할 때가 가까울 정도였다. 그리고 공식적인 수학 진도에서 한동안 벗어난다고 걱정할 분이 아니었다. 적당한 미끼를 던지면 된다. 작은 해리 스틴은 체스와 전쟁게임에 열광하는 아이로 클럽에 들 것을 고려 중이었고, 집에서 귀동냥한 이야기를 물어 봐서 자주 성공을 거두곤 했다. 오늘도 블리트라는 것을 이용하는 테러리스트들과 '수학전쟁'에 대한 질문이었다.

"나는 사실 버논 베리맨을 약간 알고 있었지."

휘트컷 선생은 전혀 재미있을 것 같지 않아 보이는 말투로 이야기를 시작했다. 그러나 점차 재미있어졌다.

"그는 블리트의 B라네. 알다시피. B-L-I-T는 베리맨의 논리 영상화 기법the Berryman Logical Imaging Technique의 약자지. 그가 그렇게 불렀어. 대단히 발전된 수학이지. 자네들 머리로는 이해하기 힘들 거야, 아마도. 20세기 전반부로 거슬러 올라가, 괴델과 튜링이라는 두 명의 위대한 수학자가 그……공리를 증명했지. 어떻게 보면 수학에 부비 트랩이 걸려 있다는 것인데. 어떤 컴퓨터나 깨지고 멈춰 버리게 만드는 문제들이 있지."

교실의 절반 정도가 안다는 듯 고개를 끄덕였다. 그들이 집에서 만든 컴퓨터 프로그램은 아주 자주 그랬던 것이다.

"베리맨은 그에 뒤지지 않는 천재이자 믿을 수 없을 정도의 얼간이였네. 20세기 말, 그는 스스로에게 말했지. '인간의 뇌를 깨뜨리는 문제가 있다면 어떨까? 라고 말이야. 그래서 그는 계속해서 그 문제를 연구했고, 자네들이 무시할 수 없는 문제를 만들어 내는 그 지독한 '영상화 기법'을 산출해 낸 거야. 블리트 패턴을 보기만 해도, 시신경을 통해 들여보내기만 해도, 자네들의 뇌는 멈출 수 있네."

나이 든, 마디가 불거진 손가락이 딱 울렸다.

"끝장이란 거지."

조나단과 클럽은 곁눈질로 서로를 쳐다보았다. 그들은 기묘한 이미지를 응시하는 것에 대해 알고 있었다. 손을 먼저 든 것은 지루한 옛 삼각법에서 시간을 뺏고 있음을 기뻐하고 있던 해리였다.

"어, 베리맨이 자기 패턴을 봤나요, 그럼?"

휘트컷 선생은 음울하게 고개를 끄덕였다.

"그랬다고들 한다. 사고로, 그리고 그 그림이 그를 돌로 만들어 버렸지. 아이러니야. 몇 세기 동안, 사람들은 쳐다보기만 해도 공포로 죽게 만드는 끔찍한 것들에 대한 유령 이야기를 써 왔네. 그리고 한 수학자가, 모든 과학 중에서도 가장 순수하고 가장 추상적인 분야에서, 그 이야기를 현실로 가지고 온 거지……"

그는 〈심녹색〉과 같은 블리트 테러리스트들에 대해 불쾌하게 말했다. 그들은 총이나 폭탄을 필요로 하지 않았다. 그저 사진 복사기나, 벽에 끔찍한 낙서를 남길 스텐실만 있으면 되었던 것이다. 휘트컷 선생 말에 따르자면, TV 방송이 예전에는 녹화가 아니라 '생방'이었다. 고 했다. 티 제로라는 악명 높은 활동가가 BBC 스튜디오로 침입하여 카메라에 〈앵무새Parrot〉라고 알려진 블리트를 보여 주기 전까지는 말이다. 그 사고로 몇백만 명이 죽었다. 요즈음에는 어떤 것도 안전하게 볼 수 없었다.

조나단은 물을 수밖에 없었다.

"그럼, 음, 문 밖의 특별한 어둠은 그런 걸 보지 못하게 하는 건가요?"

"글쎄……그렇다. 효과라는 측면에서는 딱 맞는 말이구나."

노선생은 잠시 턱을 문질렀다.

"너희들이 좀 더 크면 모든 것을 알려 줄 거다. 약간 복잡한 문제지…… 아, 다른 질문이 있나?"

손을 든 것은 칼리드였다. 그는 조나단이 보기엔 뻔히 속내가 들여다보일 정도로 관심 없는 척하면서 말했다.

"이 블리트라는 것들은, 어, 전부 다 정말 위험한 건가요, 아니면

충격만 좀 주고 마는 것들도 있나요?'

휘트컷 선생은 거의 초심자의 호된 체험의 시간만큼 오래 그를 쳐 다보았다. 그리고서 휘갈겨 그린 삼각형들이 있는 화이트보드로 돌아 섰다.

"그만. 말한 대로, 어떤 각의 코사인은……."

클럽의 중심인 네 명은 문 밖 운동장의 특별한 구석, 아무도 사용 한 적이 없는 먼지 쌓인 정글 짐 근처로 흐르듯 다가갔다.

"그럼 우린 테러리스트네. 경찰서에 가서 자수해야 해."

줄리가 쾌활하게 말했다.

개리가 말했다.

"아니야. 우리 그림은 달라. 그건 사람을 죽이지 않아. 그건……."

네 명의 목소리가 합창했다.

"……우릴 강하게 만들지."

조나단이 말했다.

"〈심녹색〉은 뭐에 대해 테러를 하는 거야? 내 말은, 뭐가 싫은 거냐 구?"

칼리드가 자신 없이 말했다.

"바이오 칩이라고 생각해. 사람들 머릿속에 들어 있는 작은 컴퓨터 야. 그들은 그게 부자연스럽다고, 뭐 그런 식으로 비슷하게 말해. 실 험실에 있는 『뉴 사이언티스트』지의 옛 판본 중 하나에 그런 게 약간 있었어."

조나단이 말했다.

"시험에는 좋겠는걸. 하지만 시험 보는 교실 안에 계산기를 가져갈 순 없잖아. '바이오 칩이 있는 사람은 모두, 부디 머리를 문 밖에 두 고 오세요.'"

그들은 모두 웃었지만, 조나단은 불확실한 작은 전율을 느꼈다. 마치 거기에 없는 계단에 발을 올린 것처럼. '바이오 칩'은 부모님이 드물게 소리쳐 싸우던 중에 엿들은 어떤 말과 비슷하게 들렸다. 그리고 그는 '부자연스러운'이라는 말도 들었다고 확신했다. 엄마와 아빠가 테러리스트와 얽히면 안되는데. 그는 갑자기 생각했다. 하지만 그건 너무 바보 같은 생각이었다. 부모님은 그렇지 않았다…….

칼리드가 말했다.

"통제 시스템에 대한 이야기도 있었어. 너희는 통제받고 싶지 않겠지, 지금."

평소처럼 잡담은 갑자기 새로운 주제, 혹은 낡은 주제로 방향을 틀었다. 학교가 낡은 창고로 통하는 복도 같은 곳에 경계선을 긋느라 사용한 두번째 종류의 어둠의 벽에 대한 것이었다. 클럽은 그게 어떻게 작용하는 것인지 궁금했고, 몇 가지 실험을 해 보기도 했었다. 그들이 그 어둠에 대해 아는 대로 적어 놓은 몇 가지는 다음과 같았다.

칼리드의 가시도 이론은 고통스러운 실험을 통해 증명되었다. 어두운 지역은 다른 아이들에게서 몸을 숨기기에는 완벽한 장소였지만, 교사들은 그 암흑 속에서도 그들을 찾아내어 더할 나위 없이 불쾌한 꾸중을 내릴 수 있었다. 아마도 그들이 특별한 종류의 탐지기를 갖고 있는 것 같았지만, 아무도 그런 것을 본 적은 없었다.

칼리드의 발견에 조나단이 덧붙인 버스 이론은 스쿨 버스 운전사가 분명 어두운 와이드 스크린을 통해서 무엇인가를 보고 있는 것처럼 보인다는 사실이었다. 물론 (이것은 개리의 아이디어였지만) 버스는 스스로 돌아가는 운전대와 컴퓨터로 조종되고 있는 것이고 기사는 그저 대비만 하고 있는지도 몰랐다——하지만 어째서 기사가 신경을 써야한단 말인가?

줄리가 말한 거울 이야기가 가장 기묘했다. 줄리조차도 그게 통하리라고 믿지 않았지만, 만약 바깥에 나가 두번째 종류의 어둠 속에 서 있으면서 안쪽으로 거울을 들고 있으면 (그렇게 해서 마치 팔이 검은 벽에 잘린 것처럼 보였다), 거울을 볼 수 없는 곳에 있는 등을 반사시킬 수 있을 것이고, 그 광선이 반사해서 암흑으로 돌아와 옷이나 벽에 밝은 부분을 만들어 준다. 조나단이 지적했다시피, 이것은 창문이 모두 가로막혀 암흑뿐인 교실바닥에 햇빛이 비치는 것과 마찬가지였다. 그것은 빛은 뚫고 나갈 수 있으나 눈은 볼 수 없는 종류의 어둠이었다. 어떤 광학 교과서에도 그런 것에 대한 말은 없었다.

지금까지 해리는 클럽에 가입하지 않겠느냐는 권유를 받아 왔고 이틀 후 목요일에 있을 첫번째 만남을 기다리고 있었다. 아마 그가 시련을 통과하여 클럽에 합류하면 새로운 실험을 해볼 착상이 나올지도 모른다. 해리는 수학과 물리학에 대단히 뛰어났으니까.

개리가 말했다.

"흥미로운 것은 말이야, 만일 우리 그림이 수학적으로 그 블리트라는 것과 같은 작용을 한다면…… 해리는 뇌가 그런 식으로 만들어져 있으니까 더 오래 견뎌 낼 수 있는 걸까? 아니면 자기 파장에 잘 맞아서 더 힘들어지는 걸까? 어떨 것 같아?"

몸서리 클럽은 그 점을 생각해 보았고, 물론 사람에게 실험을 해서는 안 되지만 이것은 어느 쪽으로 논쟁을 하든 멋진 아이디어였다. 그리고 그들은 논쟁했다.

목요일이 왔고, 영원이나 다름없는 역사 시간과 이어지는 물리학이 끝나고 책을 읽거나 컴퓨터 공부를 할 것으로 기대되는 자유 시간이 되었다. 아무도 그것이 몸서리꾼들의 마지막 모임이 될 줄 몰랐다. 환상 소설을 무더기로 읽은 줄리가 나중에 자신이 불길함을 감지했고 뭔가 잘못 돌아가고 있다는 강력한 낌새를 느낄 수 있었다고 주장하기는 했지만. 줄리는 원래 그런 식으로 말하는 경향이 있었다.

곰팡내 나는 창고에서의 모임은 칼리드가 마침내 20초에 도달하고, 조나단이 몇 주 전까지만 해도 불가능한 에베레스트 산 등반처럼 느껴졌던 10초를 넘어섰으며, (소리 없는 박수를 받으며) 헤더가 마침내 클럽의 온전한 멤버가 되는 등 순조롭게 풀려 갔다. 그리고 문제가 시작된 것은 처음으로 시간을 재는 해리가 둥글고 작은 안경을 바로잡고, 어깨를 추스리고, 그 너덜너덜한 의식용 링 바인더 노트를 열고서, 딱딱하게 굳어 버리면서였다. 뒤틀거나 떨지도 않고, 그저 딱딱하게 굳었을 뿐. 그는 끔찍스러운 끅끅 소리와 돼지 멱따는 소리 같은 비명을 질러 대고는 옆으로 쓰러졌다. 입에서 피가 떨어졌다.

헤더가 말했다.

"혀를 깨물었어. 오 맙소사, 혀를 깨물면 대체 어떻게 해야 해?"

이 순간 창고 문이 열리고 휘트컷 선생이 들어왔다. 그는 더 나이 들고 더 슬퍼 보였다.

"이런 일이 일어날 줄 알았어야 했는데."

갑자기 그는 옆으로 눈을 돌리고 한 손으로 눈앞을 가렸다. 마치 강한 빛에 눈이 멀기라도 한 것처럼.

"그거 닫아라. 눈 감아, 파텔 군. 보지 말아. 그리고 그 빌어먹을 것을 그냥 닫아!"

칼리드는 그가 말한 대로 했다. 그들은 해리가 일어서게 도와주었다. 그는 계속해서 쉰 목소리로 '미안해요, 미안해요'라고 말하고 있었고, 지독한 식탁 예절을 지닌 흡혈귀처럼 피를 뚝뚝 떨어뜨리고 있었다. 학교의 작은 양호실까지 이어진, 카펫이 깔리지 않아 메아리가 울리는 복도를 통과해 가는 긴 행진과, 다시 교장 선생님의 방으로 가기까지, 끝나지 않을 것만 같은 음울한 시간이 계속되었다.

교장인 포트메인 선생님은 학교에 떠도는 소문에 따르면 몇 마디의 날카로운 문장으로 어린 학생들을 재로 만들어 버릴 수 있는 종류의 생물——요컨대 인간 블리트라고 불리는 철회색 머리의 여성이었다. 그녀는 책상 너머로 몸서리 클럽 아이들을 영원에 가까운 한순간 쳐다보고, 날카롭게 말했다.

"누구 생각이었지?"

칼리드가 천천히 갈색 손을 들어올렸지만, 어깨 위로 올라가지는 않았다. 조나단은 삼총사의 모토였던 '모두를 위한 하나, 하나를 위한 모두!'를 떠올리고 말했다.

"사실은 저희 모두였습니다."

그러자 줄리가 덧붙였다.

"맞아요."

교장 선생님은 앞에 놓인 닫혀 있는 링 바인더 노트를 가볍게 두드리며 말했다.

"난 정말 모르겠구나. 지구상에서 가장 교활한 무기——정보전쟁에서 중성자폭탄에 버금가는 무기를, 너희들이 그걸 가지고 놀고 있었단 말이지. 뭐라고 말해야 할지 모르겠다만……."

"누군가가 그걸 사진 복사기에 두고 갔어요. 여기. 아래층이요."

칼리드가 가리켰다.

"그래. 실수는 있을 수 있지."

그녀의 얼굴이 약간 부드러워졌다.

"그리고 내 책임이기도 하구나. 사실 우리 역시 졸업을 앞둔 나이 많은 학생들과 간단한 이야기를 나눌 때 그 블리트 이미지를 사용하니까 말이다. 적절한 의료진을 곁에 두고 2초 동안만 노출시키지. 〈흔들기Trembler〉라고 부르는데, 어떤 나라에서는 폭동을 진압하기 위해 커다란 포스터로 그 그림을 이용하기도 한다——영국이나 미국에서는 아니지만. 물론 너희들은 해리 스틴에게 약간의 간질병 증세가 있었다는 사실을 몰랐겠지. 〈흔들기〉가 발작을 일으킬 수 있다는 것도……."

"더 빨리 짐작했어야 했어요."

클럽 아이들 뒤편에서 휘트컷 선생의 목소리가 들려왔다.

"어린 파텔 군이 무척 영리하거나 혹은 무척 죄스러운 질문을 해서 비밀을 누설하고 말았지요. 하지만 난 학교가 테러리스트의 타깃이 된다는 생각엔 익숙해지지 못하는 늙은 바보요."

교장은 그에게 날카로운 시선을 던졌다. 조나단은 찰칵 소리를 내며 머리를 스친 생각에 갑작스러운 현기증을 느꼈다. 대수학에서 모든 것이 그저 옳게 진행되다가 페이지 바닥 흰 공간에서 기다리고 있는 답을 거의 볼 수 있을 때의 작용 같았다. 〈심녹색〉의 테러리스트들이 무엇을 싫어하는가? 왜 우리가 타깃인가?

통제 시스템이다. 너희는 통제받고 싶지 않겠지.

그는 불쑥 말했다.

"바이오 칩이야. 우리 머릿속에 바이오 칩 조종 시스템이 있는 거야. 우리 아이들 모두에게. 그게 어둠을 만드는 거야. 어른들은 볼 수 있는 특별한 어둠을."

잠시 동안 얼어붙은 듯한 침묵이 감돌았다.

"교실로 올라가거라."

휘트컷 선생이 우물거리며 말했다.

교장은 한숨을 내쉬고 의자에서 약간 내려앉은 것 같았다.

"언젠간 알게 될 일이었어요."

교장은 조용히 말했다.

"이건 전부 학교를 떠나는 아이들에게 하는 내 작은 강의란다. 너희가 얼마나 특권을 받은 아이들인지, 너희가 볼 수 있는 것을 편집하는 시신경 속의 바이오 칩으로 너희가 어떻게 해서 평생 동안 보호받아 왔는지에 대한 것이지. 그래서 길거리며 창문 밖, 너희를 죽이려고 기다리고 있는 블리트 그림이 있을 수 있는 곳은 어디든 항상 어두워 보이는 거란다. 하지만 그런 종류의 어둠은 진짜가 아니야——너희에게만 그렇지. 기억해라. 너희 부모님들은 선택권이 있었고, 이런 보호 방법에 동의했단다."

우리 부모님은 동의하지 않았어. 조나단은 엿들었던 싸움을 기억하며 생각했다.

개리가 불분명한 투로 말했다.

"옳지 않아요. 그건 사람들에 대한 실험이잖아요."

칼리드가 말했다.

"그리고 그건 그냥 보호도 아니구요. 여기 건물 안에도 까맣게 된 복도들이 있어요. 우릴 못 가게 하려는 이유만으로. 우릴 통제하려고."

포트메인 선생은 그들의 말을 못 들은 척했다. 어쩌면 그녀는 불온한 말을 흘려듣는 자신만의 바이오 칩을 가지고 있는지도 몰랐다.

"학교를 떠나면 너희는 바이오 칩을 완전히 통제하게 될 거야. 위험을 어떻게 감당할지 선택할 수 있지…… 충분히 나이가 들면."

조나단은 다섯 명의 클럽 아이들이 똑같은 생각을 하고 있다고 장담할 수 있었다. 빌어먹을, 우린 〈흔들기〉로 위험을 감당했고 빠져나왔단 말이야.

분명히 그들은 사실상 위험에서 벗어났다. 교장이 '이제 가도 좋다'고 하면서 벌에 대해서는 한 마디도 하지 않았으니 말이다. 가능한 한 천천히, 클럽 아이들은 교실로 향했다. 고체 같은 암흑으로 채워진 옆 모퉁이를 지날 때마다, 조나단은 그의 눈 뒤에 있는 칩이 빛을 훔치고 있으며 다른 프로그램으로 모든 것, 모든 곳에 대해 장님이 되게 할 수 있다는 생각에 몸을 움츠렸다.

정말 끔찍한 일은 집에 가는 길에 일어났다. 평소처럼 학생들 무리가 등을 떠밀고 수위 아저씨가 옆문을 열었을 때였다. 조나단과 클럽 아이들은 그 무리의 거의 맨 앞에서 길을 열고 있었다. 무거운 나무문이 안쪽으로 돌아갔다. 평소처럼 문은 두번째 종류의 어둠을 향해 열렸으나, 그 어둠으로부터 뭔가 나쁜 것이 따라 들어왔다. 문 바깥 면에 핀으로 꽂혀 약간 비스듬히 매달려 있는 한 장의 커다란 종이. 수위 아저씨는 그 종이를 흘끗 보고는, 벼락에 맞은 사람처럼 쓰러졌다.

조나단에게는 생각할 시간도 없었다. 그는 더 어린 아이들 몇을 밀어내고 그 종이를 잡아채어, 미친 듯이 구겨 버렸다…… 이미 너무 늦었다. 그는 그 종이에 있는 그림을 보았다. 똑같이 끔찍한 데에서 나온 것은 분명했지만 〈흔들기〉와는 전혀 달랐다. 횃대에 앉은 새의 옆모습 같은 비스듬한 검은 형태였지만, 복잡한 요소들, 빙빙 도는 조각들, 프랙털 같은 패턴이 같이 있었고, 그 그림은 그의 마음의 눈에서 불타오르며 매달려 떨어지지 않았다——

——뭔가 힘들고 끔찍한 것이 질주하는 열차처럼 그의 뇌 속으로 달려든다——

——타오르고 떨어지고 타오르고 떨어지고——

——블리트.

어둠 속에서 쫓아오는 새 형상에 대한 길고 끔찍한 꿈을 꾼 후, 조나단은 자신이 소파에, 아니 학교 양호실 침대에 누워 있음을 알아차렸다. 자신의 모든 인생이 완벽하게 딱 멈춰 서 버렸다는 느낌이 지나간 후에는 무엇이나 놀라움이었다. 그는 아직까지 온통 기력이 없었고, 흰 천장을 응시하는 것 이상의 행동을 하기엔 너무나 지쳐 있었다.

휘트컷 선생의 얼굴이 천천히 시야로 들어왔다.

"얘? 얘야? 정신이 드니?"

걱정스러운 목소리였다.

"네…… 괜찮아요."

조나단은, 완전히 진심은 아니었지만 그렇게 말했다.

"하느님 감사합니다. 베이커 간호사는 네가 살아 있다는 사실에 놀랐단다. 살아서 제정신이라는 건 너무나 희망적인 일처럼 보였지. 자, 난 네가 영웅이라는 사실을 경고 해주러 왔단다. 〈대담한 소년이 친구 학생들을 구하다.〉 넌 대담하다고 불리는 게 얼마나 순식간인지 알면 놀랄 게다."

"그건 뭐였죠, 문에 있던 건?"

"극악한 것들 중 하나란다. 몇 가지 이유로 〈앵무새〉라고 불리지. 가엾은 수위 조지는 땅에 쓰러지기도 전에 죽었단다. 그 블리트 종이를 제거하러 온 테러 전담반은 네가 살아남았다는 걸 믿지 못하더구나. 나조차도 그랬어."

조나단은 미소 지었다.

"전 연습을 했는걸요."

"그래. 루시가 ── 아, 포트메인 선생님 말이다 ── 너희 젊은 깡패들에게 충분한 질문을 하지 않았다는 걸 깨닫는 데 오래 걸리지는 않았지. 그래서 내가 네 친구 칼리드 파텔과 이야기를 나누었다. 하느님 맙소사, 그 아인 〈흔들기〉를 20초나 들여다볼 수 있다고! 어른들도 그걸 보고 버티다간 경련을 일으키며 쓰러지는데, 그걸……."

"제 기록은 10초하고 절반이에요. 거의 11초에 가깝죠."

그 노인은 놀라움에 차서 머리를 흔들었다.

"못 믿겠다고 말하고 싶구나. 그들은 바이오 칩 보호 프로그램을 완전히 재평가할 거야. 아무도 예방접종을 하듯이 젊고 깨지기 쉬운 정신을 블리트 공격에 대항하도록 훈련할 생각을 한 적이 없었다. 그런 생각을 했더라도, 시도하기는 꺼렸을 테지…… 어쨌든, 루시와 나는 대화를 나누었고, 네게 작은 선물을 했단다. 그들은 즉시 단파로 바이오 칩을 재프로그램할 수 있고, 그래서──"

그는 가리켰다. 조나단은 애를 써서 간신히 머리를 돌렸다. 창문을 통해, 오직 인공적인 어둠만을 보리라 기대했던 곳에, 처음에는 눈이 받아들이지 못할 정도의 복잡한 장밋빛과 영광이 있었다. 한 번에 조금씩, 그 끔찍한 패턴에 대항하여 치유할 때처럼 그것을 조합하여…… 하늘의 추상적인 찬란함은 장밋빛 석양에 빛나는 지붕이 되었다. 굴뚝이며 위성 안테나마저도 아름다워 보였다. 물론 비디오로 석양을 본 적은 있었지만, 같지 않았다. 그건 살아 있는 불꽃과 전깃불의 둔중한 광채만큼이나 달라 마음이 아플 정도였다. 어른 세계의 다른 많은 것들과 마찬가지로, TV는 말해 주지 않음으로써 거짓말을 한 것이나 다름없었다.

"다른 선물은 네 친구들에게서 온 거구나. 더 괜찮은 걸 준비할 시간이 없어서 미안하다고 했다."

그건 작은, 약간 굽은 초콜릿 바(개리는 항상 그런 것들을 쑤셔넣고 다녔다)로, 줄리가 조심스럽게 왼쪽으로 흘려 쓴 문구에 몸서리 클럽 아이들 전체가 서명을 한 카드가 함께 있었다. 문구는 물론 이것이었다.

'죽지 않을 만큼의 고통은 우리를 강하게 만든다.'

데이비드 랭포드(1953년 생)는 오늘날 SF 팬덤에서 가장 유명한 작가이며, 또 한 명의 전직 물리학자이다(앞서 나온 데이비드 브린을 보라). 그는 『SFX』, 『뉴 사이언티스트』, 『뉴욕 SF 리뷰』에 부정기적으로 리뷰를 쓰며 비판적인 통찰로 유명하다.

그는 SF와 팬덤에 대한 타블로이드 신문인 팬진 〈앤서블〉을 발행하고 있다. (이 팬진은 휴고상을 수상했으며, 〈인터존〉에 월간 칼럼으로 발췌된다. 온라인에서는 http://news.ansible.co.uk에서 볼 수 있다.) 또한 그는 휴고 상 팬-작가 부문을 연거푸 수상하고 있는데(그는 오늘날 팬덤에서 가장 유명한 유머 작가다), 그의 팬-글쓰기는 『귀머거리(랭포드는 귀가 들리지 않는다)의 말을 들어봅시다』라는 책으로 묶여 나왔다. 게다가 그는 몇 권의 논픽션과 네 권의 소설, 즉 하드 SF 소설인 『스페이스 이터 The Space Eater』(1982), 핵무기 연구실을 풍자한 『새는 시설 The Leaky Establishment』(1984), 존 그랜트와 공저한 두 권의 소설 『지구멸망! Earthdoom!』과 『내용물: 예절 희극 Guts: A Comedy of Manners』(2001)의 저자이다. 마지막 두 권은 창자가 얼마나 튼튼한지 시험하게 될 거라는 평판을 얻고 있는 우스운 공포 소설이다. 최근 랭포드는 일련의 인상적인 SF 단편소설을 내놓았고, 대부분이 하드 SF였다.

배경 속에 무기 연구소가 깊이 파묻힌 이 이야기에는 랭포드의 이력 중 몇 줄이 관련되어 있다. "1974년 옥스퍼드 브라세노즈 칼리지 물리학 학사 취득. 1978년 석사 학위 취득. 1975년부터 1980년까지 버크셔 알더마스턴의 원자 무기 연구 시설에서 무기 물리학자로 근무. 이후 지금까지 프리랜서 작가, 편집자 겸 컨설턴트."

휴고 상 단편부문 수상작인 「다른 종류의 어둠」은 아이들과 수학, 그리고 새로운 형태의 무기, 그 쓰임과 악용에 대한 하드 SF다. 이 글은 미래 사회 전체를 보여주는데, 무섭도록 그럴듯하며 멋지고 끔찍하다.

편집자 노트

| 데이비드 G. 하트웰 & 캐스린 크레이머 |

| 새로운 사람, 새로운 장소, 새로운 관점 |

하드 SF의 전통은 적어도 1930년대 후반부터 이어져 내려오고 있다. 1994년에 발간한 하드 SF 앤솔러지 『*The Ascent of Wonder*』에서 우리는 SF의 중심이자 핵심은 하드 SF라는 끈덕진 견해가 존재한다라는 주장을 펼쳤다. 1940년대 이후 하드 SF가 한물 간 일은 한 번도 없었지만, 1990년대처럼 장르 SF의 중심에 서거나 인기를 끈 적도 일찍이 없었다.

하드 SF라는 용어는 1957년 P. 셔일러 밀러에 의해 만들어졌다. 이용어가 과거의 '진짜' SF의 수준에 도달한 작품을 가리키기 위해 만들어졌다는 사실을 감안하면 과거에 대한 동경이라는 측면도 무시할 수는 없지만, 하드 SF가 어떤 식으로든 과학을 중심에 둔 SF를 의미한다는 관점만은 예나 지금이나 바뀌지 않았다. 우리가 강조하고 싶은 것은 바로 이 두번째 측면이며, 이것은 1990년대에 르네상스를 맞이한 하드 SF에서 볼 수 있는 가장 뚜렷한 경향이기도 하다.

출간한 중단편 수를 기준으로 90년대의 유명 하드 SF 작가들을 열거하자면 다음과 같다. 스티븐 백스터, 그렉 이건, 그레고리 벤포드, 제프리 랜디스, G. 데이비드 노들리, 폴 맥콜리, 낸시 크레스, 킴 스탠리 로빈슨, 찰스 셰필드, 브라이언 스테이블포드, 앨런 스틸, 브루스 스털링, 로버트 J. 소여 등이다. 이들 중에는 다른 장르나 하위 장르에서도 여러 작품을 발표한 사람들도 다수 끼어 있지만 SF에도 큰 공헌을 했다는 공통점을 가지고 있다. 과거 10년 동안 중요한 장편들을 발표했지만 관련 중단편—개중에는 중요한 것들도 끼어 있다—의 수는 열 편 미만에 불과한 이전 세대의 유명 하드 SF 작가로는 폴 앤더슨, 데이비드 브린, 그렉 베어, 할 클레멘트, 벤 보버, 래리 니븐, 잭 윌리엄슨 등이 있다. 아서 C. 클라크는 하인라인과 아시모프가 세상을 떠난 뒤에도 공공연한 정치운동과는 거리를 둔 하드 SF의 오래된 이상의 기수로 남았고, 많은 베스트 셀러를 썼다.

멀리 떨어진 시공간에 존재하는 미래의 모습과 오늘날의 정치 상황과는 동떨어진 경이로움으로 가득 찬 그 오래된 이상은 지금도 사라지지는 않았지만, 1990년대 들어서는 시대에 뒤떨어진 면이 눈에 띄기 시작했다. 하드 SF의 핵심을 이루는 아이디어들 다수는 1980년대부터 이미 현실 세계의 우파 또는 좌파의 논리와 결합되면서 정치적인 색채를 띠기 시작했기 때문이다. 예를 들어 가까운 미래의 우주 여행과 무기 계획 따위는 우파, 핵의 위험성과 환경문제 등은 좌파의 영향을 많이 받았다.

하드 SF가 실제로 미국의 우익 정치와 결합한 실례 하나는 지금도 전설로 남아 있다. 1980년대 초에 레이건 대통령에게 〈스타워즈Star Wars〉 방위 계획의 아이디어를 제공한 SF 자문위원들의 이야기다. 2001년 세계 SF 컨벤션의 연설에서 그렉 베어가 한 주빈 연설의 내용을 발췌해 보겠다.

제리 퍼넬은 폴 앤더슨, 그레고리 벤포드, 래리 니븐, 딘 잉, 로버트 하인라인 등의 SF 작가들을 불러 모았다. 유명한 SF 팬인 비조 트림블도 그녀의 딸 로라와 함께 참여했다. 이렇게 모인 SF 작가들이 이런저런 로켓 과학자들, NASA 연구진, 정치인, 장군들과 한자리에 앉아서, 장래에는 핵전쟁 개시 여부를 컴퓨터의 결정에 일임해야 할지도 모를 가능성에 관해서 의견을 교환했다.

물론 그런 가능성은 절대로 받아들일 수 없었기 때문에, 방어망을 건조할 필요가 있었다. 그래서 그들은 다양한 아이디어를 규합하기 시작했다. 대니 그레이엄 장군이 한 가지 아이디어를 제시했고, 일부 SF 작가들은 또 다른 아이디어를 내놓았다. 그리고 그들의 대통령은 SF 팬이었다. 그의 이름은 로널드 레이건이다.

지금은 웃을 수 있다. 당신은 대통령이 현명하기를 바라는가? 혹은 몽상가이기를 바라는가? 운이 좋기를 바라는가? 우리가 웃을 수 있는 것은 로널드 레이건에 의해 추진된 그 계획은 냉전 시대를 통틀어서 가장 황당무계하고 엄청난 허세bluff였기 때문이다. 로널드 레이건은 미국 전역을 보호할 수 있는 핵우산을 설치할 수 있으며 실제로 보호할 수 있다고 했다. SF 작가들은 로켓 과학자들이 이 계획의 비전을 분명하고 명료하게 설명할 수 있도록 도와주었다. 그런 다음에는 이것을 로널드 레이건도 이해할 수 있는 평이한 문체로 번역했다. 그러자 SF를 즐겨 읽던 로널드 레이건은 이렇게 말했다. 안 될 게 뭐 있나? 그리고 그는 운이 좋았다. 그리고 그 일, 어렸을 때 쿠바 미사일 사태를 겪었던 나를 겁나게 했던 것, 늘 존재하던 핵전쟁의 그늘은 어느 날 갑자기 완전히 사라져 버렸던 것이다.

모든 정치적인 화술은 소설 속에서 지나치게 간소화된다. 특히 그것이 반대 그룹에 의해 반복될 경우는 더욱 그러하다. 아마 위의 이야기도 마찬가지일 것이다. 하지만 이러한 위원회가 있었다는 것은 사실이고, 이 위원회는 SF계에서 정치적으로 우파인 작가들에 의해 조직되었다. 베트남전 찬반을 둘러싼 예의 유명한 광고 사건*이 있은 지 10년 뒤에 일어난 이 사건은 미국의 하드 SF가 기본적으로 우익적이라는 주장에 상당한 신빙성을 부여하는 동시에, SF의 오래된 꿈 가운데 하나를 현실로 만들었다. 세계를 통치하는 사람들이 우리가 쓴 SF를 읽고 우리의 예언을 듣는다면, 세상은 좀 더 나아질 것이라는 꿈 말이다.

　일부 작가들, 이를테면 테드 창, 캐서린 아사로, 폴 레빈슨, 마이클 플린, 알렉산더 재블로코프, 데이비드 랭포드, 이언 맥도널드, 로버트 리드, 조지 터너, 제임스 패트릭 켈리, 로버트 찰스 윌슨과 같은 이들은 하드 SF 혹은 스페이스 오페라로 두각을 나타냈다. 이들 모두가—몇몇은 출간 후 수십 년이 지난 후에—지극히 높은 평가를 받은 중단편들을 썼다(다른 분야의 소설 창작과 병행하는 형태로 말이다).

　하드 SF 논의와는 무관한 작품을 가지고 있으며, 이 앤솔러지에 포함되지도 않았지만, 매우 중요한 작품을 발표함으로써 SF계에서 일가를 이룬 작가들도 있다. (이 글은 1990년대의 포괄적인 SF 문학사를 정리하려는 것이 아니다.) 인기가 많고 재능이 풍부하며 문학상까지 수상한 SF 작가들, 이를테면 코니 윌리스, 존 케셀, 잭 워맥, 하워드 월드롭, 제임스 모로우, 테리 비슨, 팀 파워스, 해리 터틀도브, 카렌 조이 파울러, 그리고 닐 스티븐슨 등은 1990년대에 발표한 비(非) 하드 SF 작품들로 유명해졌다. (1990년대는 SF의 주요 형식으로 대체 역사

* 행복한책읽기 SF총서 『영원한 전쟁』 해설 참조.

물이 부상한 시대이기도 했다.)

우리는 1990년대의 중요 SF 작가들 및 대표적인 하드 SF 작품들을 골라 이 책에 모았고, 이런저런 연결 고리와 관계들을 지적함으로써 (종종 스페이스 오페라와 결합되곤 하는) 하드 SF가 최근에 어떻게 발전해서 새로운 세기의 르네상스를 맞기에 이르렀는지를 명확하게 설명해 보려고 노력했다. 이 책은 '새로운 하드 SF,' '바로크 (하드 SF) 스페이스 오페라,' '하드 캐릭터 SF,' 그리고 그 외의 어색한 이름으로 불리곤 하는 형식의 SF에 초점을 맞추고 있다. 1990년대 SF의 새로운 경향New Thing의 범위는 협의의 하드 SF보다는 훨씬 더 넓었다. 그러나 하드 SF의 르네상스를 맞았다는 것은 엄연한 사실이며, 이 책의 작품들이 그것을 증명해 줄 것이다.

이런 현상을 무엇이라고 부를 것인지 합의된 명칭은 없다. 심지어는 이 책이 대상으로 삼는 분야 안에서도 각양각색의 변화를 목도할 수 있다. 우리는 이따금 쓰이는 '급진적 하드 SF' 라는 용어에 초점을 맞출 것이다. 왜냐하면 이 용어는 과거 20년 동안의 SF의 진화에 관해 몇 가지 흥미로운 점들을 지적해 주기 때문이다.

급진적 하드 SF라는 표현은 데이비드 프링글과 콜린 그린랜드가 편집한 〈인터존〉에서 처음 사용되었다(〈인터존〉 8호). 그리고는 브루스 스털링은 그의 논쟁적인 팬진 『싸구려 진실Cheap Truth』에서 그가 원하는 '운동Movement' 의 목적을 설파하기 위해서 이 용어를 선점해서 사용했다. 물론 사이버펑크 운동이나 〈인터존〉에 실린 소설들이 모두 급진적 하드 SF의 이상에 들어맞는 것은 아니었지만, 씨앗은 그때 이미 뿌려졌다고 할 수 있다. 급진적 하드 SF가 1980년대의 미국 SF에서 볼 수 있었던 경향—하드 SF를 군국주의, 우익 내지는 리버태리어니즘[自由意志論], 우주 전쟁 소설 등과 동일시해서 마케팅하는—과 정반대 자리에 서 있는 것은 확실했다. 브루스 스털링의 『싸구려 진실』에는 미국 SF의 그런 경향에 대한 공격으로 넘쳐흘렀다.

하드 SF와 관련해 어떤 일이 있었는지 충분히 이해하기 위해서는, 먼저 스페이스 오페라의 발전에 관한 몇 가지 논쟁에 대해 알아둘 필요가 있다. 그러니 잠깐 다른 곳에 눈을 돌려보자.

지난 20년 동안은 일반적으로 말해서 스페이스 오페라나 하드 SF가 휴고 상 최우수 장편상을 받았다. 대표적인 작가로는 데이비드 브린과 C. J. 체리로부터 버너 빈지, 로이스 맥마스터 부졸드, 그리고 오슨 스콧 카드 등이 있다. 반면 중단편 부문에서는 SF와 판타지 전체에 걸친 넓은 가능성을 포괄하는 작품들이 주로 뽑혔지만 말이다. 사실 휴고 상은 오늘날 우리가 스페이스 오페라라고 부르는 장르에 주로 주어졌다고 해도 과언이 아니다. 1980년대 이전의 수상자들은 자기 소설을 스페이스 오페라라고 부른다면 엄청난 불쾌감을 느낄지도 모르지만 말이다. 그때까지만 해도 스페이스 오페라는 판에 박힌 매문(賣文)을 일컫는 최악의 경멸적인 표현으로 쓰였기 때문이다.

그러나 1970년대 말에 이미 시작된 스페이스 오페라의 재정의(再定義) 과정은 1980년대 초중반에는 완수되기에 이른다. (특히 역량 있는 편집자 레스터 델레이와 주디-린 델레이의 공로가 컸다.) 그리고 1990년대에 이르러서는 인기 SF나 모험 SF의 동의어가 되었다. 스페이스 오페라는 미국에서 〈스타트렉〉이나 〈스타워즈〉를 이야기할 때 가장 자주 쓰이던 용어이기도 하다. 영화와 텔레비전 모두 이러한 재정의 과정을 확립하는 데 상당한 도움을 준 것은 확실하다. 이러한 재정의가, 진부하기 짝이 없는 작품들을 야심적인 SF 모험소설과 뒤섞는 식으로 경계를 불분명하게 함으로써 매상고를 올리고, 영화 각본을 소설화한 노벨라이제이션의 모양새를 좋기 위해 의도되었다는 점은 짚고 넘어가야 하겠지만 말이다.

　1980년대가 되자 낙천주의적이며 문제 해결을 기초로 삼은 전통적인 하드 SF는 사이버펑크(하드 SF의 급진적 개혁을 주장한 오리지널 작가 그룹을 의미한다)의 도래와 휴머니스트(여기서는 시카모어 힐의 보포Boffo들이라고 불리던 작가 그룹을 가리키며, 노스캐롤라이나 주 시카모어힐의 창작 워크숍에 모인 자칭 '따분한 늙다리boring old farts' 작가들은 실제로는 사이버펑크 작가들과 같은 세대였다)들의 득세 사이에 끼어 급격히 입지가 좁아졌다. 이 양대 그룹과 그들을 모방하고 추종하는 외부 그룹들은 새로운 태도와 접근법, 새로운 드레스코드와 새로운 비평 시스템, 좌경 정치관 따위를 지지하며 스페이스 오페라뿐만 아니라 하드 SF의 일반적인 형식과 스타일을 거부했으며, 우파 정치운동에 반대했다. 이런 현상에 관해 언급한 글로는 마이클 스완윅이 쓴 에세이 『포스트모던 가이드』가 잘 알려져 있다.

　1980년대와 1990년대 초기에 진짜 주목을 받은 작가는 윌리엄 깁슨과 브루스 스털링, 그리고 이들의 지지자와 모방자들이었다. 그리고 반대쪽 진영에는 코니 윌리스, 킴 스탠리 로빈슨, 존 케셀, 오슨 스콧 카드 등이 있었다. 로이스 맥마스터 부졸드(〈아날로그〉에서 연재되고 베인Baen북스에서 출간된)도 두각을 나타냈다. 댄 시몬즈도 유명해졌다. 오슨 스콧 카드의 1980년대 SF 앤솔러지인 『Future on Fire』(1991)와 『Future on Ice』(1998))는 현재 읽을 수 있는 80년대 작가들의 선집으로는 군계일학이다. 1990년대에는 이에 필적할 만한 앤솔러지가 없다. 하지만 이 책들에 딸린 오슨 스콧 카드의 장황하고 단정적인 주해(註解)를 읽을 때는 반드시 가드너 도즈와의 『올해의 SF 걸작선Year's Best SF』에 실린 머리말과 비교해 가며 함께 읽어 볼 것을 권한다. 도즈와는 당대의 기호(嗜好)와 주도적인 유행을 (때로는 카드와는 전혀 다른 표현을 써서) 명확하게 제시해 주고 있기 때문이다.

1980년대의 하드 SF는 토 출판사의 영향력 있는 편집자였다가 나중에 베인 북스를 설립한 짐 베인과 SF 잡지 〈아날로그〉의 영향 하에서 발전했다. (베인이 장려했으며 사이버펑크 진영이 비난한 책들로는 버너 빈지의 리버태리언 소설, 로버트 A. 하인라인의 후기 작품들, 그리고 제리 퍼넬이 편집한 밀리터리 SF 앤솔러지인 『There Will Be War』 시리즈 등을 꼽을 수 있다.) 당시의 하드 SF는 군사 픽션이나 (주로 우익적인 입장에서) 자유주의나 자유주의적 정치인을 공격하는 일에만 천착하는 좁은 하위 장르가 되어 가는 것처럼 보였다. 작가가 인위적으로 만들어 낸 문제를 전형적인 캐릭터들이 나서서 해결하는 식이고, 문학적 스타일 따위는 안중에도 없었다.

『The Ascent of Wonder』(1994)는 이런 협착 증세를 치료하기 위한 필연적인 해결책이어야 했으므로, 우리는 하드 SF의 역사적 기원을 고찰하고 하드 SF가 실제로 과학과 어떤 관련을 가지고 있는지를 캐내려고 노력했다. 이 책에는 그레고리 벤포드, 캐스린 크레이머, 데이비드 G. 하트웰이 각각 한 편씩 쓴 서문이 세 편 들어 있다. 벤포드는 하드 SF가 사실에 충실해야 하며, 플롯이 허용하는 한 팽팽하고 촘촘하게 친 사실의 그물을 다루는 것이어야 한다고 주장했다. 캐스린 크레이머는 하드 SF가 존 W. 캠벨의 사후 수십 년 동안 다른 과학적인 콘텐츠와 독립된, 독자적인 상품성을 가진 상품이 되어 갔으며, 특히 레이건 임기 중에는 무기와 거대한 살인 병기 등에 관련된 우익의 권력 판타지로 진화해 갔다는 점을 지적했다. 그녀는 독자들에게 과학이 하드 SF에서 이용될 수 있는 무수한 방법을 알아보자고 말했다. 하트웰은 하드 SF가 진실의 아름다움과 진실과 직면하고 그것을 묘사할 때의 감정적 경험을 다루는 분야이며, 문학적 모더니즘과는 대조적으로 과학에 대한 신념을 다룬 문학이라고 묘사했다.

베인북스와 〈아날로그〉 지는 대중적으로도 인기를 누린 뛰어난 작가들 몇몇을 배출했지만(베인북스에서는 로이스 맥마스터 부졸드가, 〈아날로그〉에서는 마이클 플린이 대표적이다) 이 두 사람과 몇몇 특수한 예외를 제외하면 이 두 매체는 1990년대 초에는 별다른 비평적 관심을 끌지 못했고, SF상의 후보에 오르는 일도 거의 없었다. 〈아날로그〉는 SF계에서 가장 많은 발행 부수를 자랑하는 잡지의 위치를 줄곧 지켜 왔음에도 불구하고, 이 잡지에 게재된 중단편이 명성 높은 『올해의 SF 걸작선』에 실리는 일도 거의 없었다. 오로지 〈아날로그〉에만 작품을 발표한 작가들은 1990년대 들어서는 (자기 선전의 일환으로) 하나의 그룹을 이뤘고, 몇몇 SF 컨벤션에서 편집자 스탠리 슈미트와 함께 기념사진을 찍거나 하면서 '아날로그 마피아' 라는 소리를 듣게 된다. 그러나 그들은 젊고 멋진 최첨단 작가 그룹으로 자기들을 포장하지는 못했다.

'새로운 스페이스 오페라' 란 1980년대 후반과 1990년대에 특히 영국 작가들 사이에서 눈에 띄게 꽃을 피운 경향이며, 이들은 영국에서는 급진적 하드 SF의 부름에 가장 현저하게 호응한 부류였다. 영국의 SF 평론가 폴 킨케이드는 1990년대의 SF에 관한 에세이 『*The New Optimism*』(2001)를 통해 이렇게 술회하고 있다.

영국의 과학소설은 [미국 SF와는] 정확히 반대편 방향으로 나아가고 있다. 사이버펑크 운동이 영국 뉴웨이브의 영향을 인정했던 것처럼, 『*Tale Back Plenty*』의 콜린 그린랜드와 『*Desolation Road*』의 이언 맥도널드와 같은 작가들은 그들이 젊었을 때 읽었던 자유분방한 미국산 SF 모험담에 대한 수줍은 오마주를 쓰고 있기는 했지만 말이다.

…… 오늘날 영국에서 가장 영향력이 있는 작가는 이언 M. 뱅크스이다. …… 적어도 SF적인 맥락에서는 뱅크스에서 켄 맥클로드로, 맥클로드에서 얼라스테어 레널즈로 뚜렷하게 이어지는 계보가 드러난다. 그들이 쓰는 과학소설은 거대하고, 사방팔방으로 뻗어가며, 종종 익살맞거나 그게 아니라면 적어도 색다르고, 의심의 여지가 없이 낙천적이다. 뱅크스의 『컬처Culture』시리즈는 풍요로움과 다양성과 원하는 것은 무엇이든 할 수 있는 능력이 결합된 사회이며, 내가 이토록 유토피아적인 먼 미래의 비전과 조우한 것은 정말로 오래간만의 일이다. 이것은 부유하고 자유로운 미래, 유능한 사람들이 크나큰 불리함을 극복하고 성공하는 미래이며, 누가 봐도 좌익적인 편향성을 제외하면 낙천주의적인 1950년대의 미국 SF에서 읽을 수 있었던 꿈을 놀랄 정도로 닮았다.

하드 SF에서 깔끔한 구분법과 명확한 경계는 존재하지 않는다. 우리는 단지 넓은 범위의 그룹과 일반적인 경향을 지적할 뿐이다. 그리고 새로운 문학적 형태는 오래된 형태들을 대체하는 것이 아니라 그것들과 공존한다. 1990년대에도, 그리고 지금도, 각양각색의 스페이스 오페라와 SF의 옷을 둘렀을 뿐인 노벨라이제이션, 로맨스, 웨스턴 소설 따위는 (조잡한 것들도 포함해서) 얼마든지 존재한다. 건즈백적인 아이디어 스토리에서 캠벨적인 문제 해결 소설을 망라하는 모든 형태―치졸한 문체로 쓴 것까지 포함한―의 하드 SF 또한 마찬가지다. 새로운 것이 낡은 것을 몰아내지는 않았다. 그러나 오래된 악화가 새로운 양화를 구축하는 일도 없었다.

1990년대 초반에 실제로 일어난 일이라면, 그렉 이건, 스티븐 백스터, 폴 맥콜리, 이언 M. 뱅크스, 이언 맥도널드, 그리고 귀니스 존스와 같은 새로운 작가들이 상당한 주목을 받기 시작했다는 점을 들 수 있다. 대부분이 좌익적 성향을 가진 (아니면 적어도 우익이 아닌 것만은 확실한) 이 작가들은 SF를 대상으로 깜짝 놀랄 만한 새로운 시도를 했던 작가들이고, 그들이 택한 분야는 주로 하드 SF나 스페이스 오페라에 집중해 있었다. 그리고 이들 대다수는 미국이 아닌 영국 작가들이었다. 그러나 1990년대 중후반이 될 무렵에는 영국과 미국 양쪽의 많은 작가들이 이들의 뒤를 따라 하드 SF를 발전시키고 스페이스 오페라에 새로운 활력과 다양성을 불어넣는 작업에 동참하고 있었다. 1990년대는 킴 스탠리 로빈슨의 『화성』3부작과 다른 여러 화성 소설들이 출간된 시대였다. 오스트레일리아와 캐나다의 SF 작가들이 SF계에서—특히 하드 SF 분야에서—국적과는 완전히 무관한 개개의 재능 있는 작가들이 아닌 독립된 집단으로 부상한 시기이기도 했다. 우리는 이 책에 실린 각 작품의 말미에 있는 주해를 통해, 그리고 샘플이 되는 작품을 선정하는 행위 자체를 통해서 이런 논의를 계속하고, 하드 SF의 실마리를 끄집어내려고 노력할 것이다.

여기 이 책을 통해서, 야심적이고 복합적인 작풍을 통해 1990년대의 SF계에서 실제로 르네상스를 꽃피웠던 하드 SF의 대표작들을 독자 여러분에게 선보인다.

데이비드 G. 하트웰 & 캐스린 크레이머
뉴욕, 플레즌트빌에서